黒内彪吾《くろうちひょうご》

幻影《げんえい》の嘉例吉《かりゆし》——牧志朝忠《まきしちょうちゅう》とチル

信山社

目次

目次

主要登場人物

板良敷《いたらしき》朝忠《ちょうちゅう》（のちの大湾《おおわん》親雲上《ぺーくみー》、牧志《まきし》親雲上《ぺーくみー》朝忠《ちょうちゅう》）＝この物語の主人公

摩文仁《まぶに》親方《うぇーかた》賢由《けんゆう》＝親清国派・守旧派（黒党）の中心人物

染屋《すみや》チル（辻遊郭「染屋」の遊女《ジュリ》）＝玉城《たまぐすく》照子（琉球舞踊・玉城流名取）＝この物語のもう一人の主人公

林《リン》珊英《シャンイン》（北京・国子監の教授・林英奇《リン・インチ》の娘、俊英《ジュンイン》の妹、朝忠の淡い初恋のひと）

ヤン・デ・ヨング　北京留学時代の朝忠の友人（オランダ人）

安仁屋《あにや》政正《せいしょう》（のちの津波古《つわこ》親雲上《ぺーくみー》、安仁屋政輔の息子）＝国王・尚泰の侍講、若き日の朝忠の親友

安仁屋《あにや》親雲上《ぺーくみー》政輔《せいほ》（のちの与世山親方、政正の父）＝朝忠の師

座喜味《ざきみ》親方《うぇーかた》盛普《せいふ》＝三司官（首相級、三名の司官が月ごとに交代して政務を行う）、守旧派（黒党）、島津斉彬により排斥される。

池城《いけぐすく》親方《うぇーかた》安邑《あんゆう》＝三司官、開明派（白党）

小禄《おろく》親方《うぇーかた》良忠《りょうちゅう》＝三司官、開明派（白党）、王位廃立を企てたとして投獄される。

恩河親方朝恒《おんがうぇーかたちょうこう》＝御物奉行（表一五人役＝財務大臣）開明派（白党）、座喜味親方を薩摩藩に誣告《ぶこく》したとして投獄される。

市来正右衛門《いちきまさえもん》＝薩摩藩士。島津斉彬の意を受けて座喜味親方の排斥工作に当るとともに、「トカラ島商人・伊知良親雲上《いちらぺーちん》」としてフランスからの軍艦買い付けに奔走

市来次十郎《いちきじじゅうろう》＝薩摩藩在番奉行、帰任の折、御用船で朝忠と鹿児島に同行

喜舎場親雲上朝賢《きしゃばぺーくみー》＝津波古親雲上の弟子。津波古の推挙を受けて、国王・尚泰の侍講となり、琉球処分・廃藩置県の世替わりを『琉球見聞録』に纏める。

板良敷朝昭《いたらしきちょうしょう》＝朝忠の次男。兄・朝英が死去した後、没落した板良敷家の家督を継ぐ。

幻影《げんえい》の嘉例吉《かりゆし》——牧志《まきし》朝忠《ちょうちゅう》とチル

島影

西風を満帆に受け、進貢船《しんこうせん》は琉球に向けて、しごく快調に航海を続けた。清国・福州から琉球までは四百海里、一〇日間の船旅である。福州の港を出て数日後、台湾が遠望された。さらに何日かが過ぎて、近くに一群の島嶼が見えた。この辺りからはもう琉球の範域。豊かな漁場なのだろう、八重山の漁師たちの一〇艘余りのサバニ（小舟）が群がって漁をしている。海は穏やかだった。

ところがしばらくすると、船は黒潮に乗って急に速度を増し、大きく揺れ始めた。船員たちが大声で叫びながら狭い船の中を走り回っている。深い海溝に差しかかったことは、海面が濃い藍色に変わったことからも分かる。古来、悪天候に見舞われ、この辺りで遭難した船は多い。

その海溝を何とかうまく横切ると、やがて、前方に島影が見えてきた。船員たちが大歓声をあげた。

「久米だ、久米島だ！」

琉球王・尚育王の在位一四年目（一八四一年）の春である。このとき二四歳の板良敷朝忠《いたらしきちょうちゅう》（のちの牧志朝忠《まきしちょうちゅう》）は、三年にわたる北京での留学を終えて帰国の途にあった。

引き締まった精悍な顔立ち、色は浅黒い。広い額、鋭角の鼻、そして切れ上がった目。大きく見開いたその両眼が鋭く光っている。その容貌には、張り詰めたような厳しさがただよう。

この進貢船には、琉球と清国の商人のほか、琉球王府の役人などが乗っていた。その役人たちの筆頭が摩文仁《まぶに》親方《うぇーかた》賢由《けんゆう》で、福州の琉球館に派遣されていた彼は、任期を終えたばかりであった。未だ三〇代で「親方《うぇーかた》」の階位が与えられているのは、言うまでもなく、家柄が良かったためである。門閥が絶対の琉球では、中級武家出身の朝忠とは、天と地の差があった。福州で最初に挨拶したときの摩文仁の態度は尊大この上なく、朝忠など身分の低い者は目障りだと言わんばかりの態度だったので、朝忠の方も摩文仁を敬して避けるようにして、それ以後は一度も言葉を交わしていない。


翌朝、船は久米島・仲里の真謝湊《まじゃみなと》に寄航した。冊封《さっほう》船や交易船も、琉球に渡る場合には、この久米島に寄航する慣わしである。その昔、清の御冠船（うかんせん）が真謝沖で台風のため遭難、住民の救助で冊封使一行は無事に上陸し、仲里間切（まぎり）の蔵元（代官）から歓待を受けたことがある。清国がその謝恩のため「天后宮」という菩薩堂を建立したので、寄航してこれに詣でるのが慣例になっている。

首里王府から派遣されている蔵元の代官が、進貢船一行のために歓迎の宴を設けてくれた。

「離島のことゆえ何もござらぬが、ここの地酒はかなりいけまする。どうぞ遠慮なく賞味されて船旅の疲れを癒されよ。この久米島は、米も水も良質でござる。そもそも『久米』という島の名は『こめ』に由来すると言われておりましてな、おそらく琉球で最初に稲作が伝わったのは、この島だったのでしょう。加えて、白瀬走川（しらしはいかわ）という川の水が美味でござる」

代官は久米島に惚れ込んでいる様子だ。それを軽蔑するかのように、隣に座った摩文仁親方が、まずそうに酒を口に運んでいた。

宴会はいっこうに盛り上がらない。代官は、雰囲気を変えるように、大きな声で一同に告げた。

「皆々様を歓迎して、ここで地元の踊り手たちの舞踊を披露させて頂く」

彼の合図で、蔵屋敷の広い庭に、踊り手たちが三線（さんしん）を持った楽童子らとともに入ってきた。客の間で「おおっ！」と歓声があがり、やっと宴会が賑やかになってきた。

「清国冊封使ご一行は必ずこの島に逗留されますゆえ、その時にそなえて、私共は舞踊に力を入れておりまする。首里から玉城（たまぐすく）流の師範を呼んで島の者たちに踊りを教えております る」

さすがに立派な舞踊の宴ではあった。もっとも朝忠はずっと上《うわ》の空だった。今の朝忠には踊りに興ずる気持ちの余裕などなかった。心は逸《はや》るばかり。一日も早く帰国して友人たちに清国のことを語りたい。それに、首里に戻ってから自分はどうなるのか、王府で働く場が与えられるであろうかと、そのことばかりが気がかりだ。

「これが最後の演目」と聞いて、朝忠は、はっと我に返った。踊り手全員が出て「だんじょ嘉例《かり》吉《ゆし》」という別れの歌を踊った。

〽だんじょ嘉例吉《かりゆし》や、選《いら》でさしみせる
船の綱取れば、風や真艫《まとも》
サー、サー、カリユシ、
（本当に、船出には嘉例吉《かりゆし》の吉日を選んでいるので出船の船綱を取ると、順風満帆だ）
綱取よる船の、よせでよせまれめ
い参ち参うれ里前、朝夕拝がま
サー、サー、カリユシ
（とも綱を取った船の出航は、別れが辛いからといって止めて止められようか。行ってらっしゃい、愛しいあなた。私は朝夕、あなたの旅の平穏を祈りましょう）(1)

踊りの最後に、踊り手の女たちは、「サー、サー、カリユシ」と繰り返しながら、それぞれ紅いサンダンカの花を一輪ずつ客に手渡して行く。客たちも一緒になって踊り始めた。

踊り手の中で一番幼い少女が目を引いた。まだ六歳か七歳くらいであろう。「あんな幼い子供が、上手に踊っている」と先ほどから客の間では評判だった。

朝忠に花を渡してくれたのは、その幼い少女だった。近くで見ると、玉のように可憐な少女だ。朝忠は聞いた。

「名は何と申す」

「チルです」

少女は、はっきりした声で答えた。

「チルーか、いい名だ。そなたの踊り、最高に良かったぞ」

「ありがとう」少女はくりくりとした目を輝かせた。

朝忠は少女に強烈に魅かれるものを感じて、何か別れがたい気持ちになった。

「また会えると良いな」

「あした、お母さんといっしょに、お見送りにいきます！」

そういうと少女は他の踊り手の輪の中に戻っていった。


次の日の朝、少女は約束通り、母親に手を引かれて、見送りに来ていた。可憐な少女の母親だけあって、美形で頭の良さそうな女性だ。漁師の妻にはとても見えない。朝忠は、その母親に言った。

「昨夜の娘御の舞は、素晴らしいものであった」

「有難うございます。過ぎたお言葉です」

「今日は天気も快晴、波も穏やかで、これも『だんじょ・かりゆし』のお陰にほかならぬ」

母親は恐縮しながらも満面に笑みを浮かべていた。少女の方は恥ずかしそうに母親の後ろに隠れるようにしている。朝忠は膝を曲げ、少女の肩に手を置いて言った。

「チルー殿、またいつか、そなたの舞を見たいものだ」

「はいっ！」

大人のように「チルー殿」と呼ばれたので、少女は感激した様子で顔を輝かせている。

「チルーではなく、チル……でも、チルーと呼ばれるのも好き」

恥ずかしそうに、そう付け加えた。

「うむ、元気でな、チルー」

進貢船は艫綱《ともづな》をほどいて真謝《まじゃ》湊を出港した。岸壁でいつまでも手を振っている少女の姿が目に焼きついた。


船が沖に出ると、久米島の山の上から一筋の煙が上がっている。

「あれは、進貢船が琉球本島に向かっているぞと知らせる遠見台《とおみだい》からの狼煙《のろし》ですわ。帰唐船一隻の場合は一本、二隻の場合は二本、そして異国船の場合は三本。もうすぐ慶良間の島々の番所山にも一本の狼煙の上がるはず。あと一時（とき）もすれば、この船が久米島を出たということは首里に伝えられているという手筈ですわ」船員の一人が物知り顔で朝忠に説明してくれた。「本島に着いたら、皆の衆が『唐船《とうしん》どーい』（唐船だぞ）と歌い踊って、出迎えてくれましょう」

進貢船は琉球本島に向かって順調に進んでいる。しばらくの間、儒艮（ジュゴン）の一群が船の傍を泳いでいるのが見えて、心をなごませた。ジュゴンのことは普通「海牛」というが、琉球では

「海馬」と呼ばれる。首から上が馬に似ているからであろう。立ち泳ぎしながら子を抱いて授乳する姿が何とも可愛らしいと、同じ船員が話してくれた。

「嘉例吉《かりゆし》か……」遠ざかっていく久米の島影を追いながら、朝忠は、複雑な思いで呟いた。この琉球のどこにそんな幸運があるというのだろう。「嘉例吉」は遠くの沖にしかない幻影のようなものに思われる。現実の琉球には、不運が忍び寄ってきているようにしか見えない。朝忠は水平線の彼方に目を凝らしながら、この三年間を振り返っていた。

(1)　宜保栄治郎『琉球舞踊入門』(那覇出版社、一九七九年)三三七頁。

異国

三年前、二一歳のとき、三司官・兼城《かねぐすく》親方を首席とする謝恩使に加わって清国に渡り、北京に留学することが出来た。朝忠は中級士族の三男でしかなかったが、首里の国学で優秀な成績をおさめていたので留学生に選ばれたのである。

北京到着の当初は、ただただ清国の巨大さとその華麗な文明に圧倒された。皇宮「紫禁城」の規模は、首里の御城（うぐすく）の何百倍はあろうと思われる。留学先の国子監（帝国大学）の蔵書庫に集められている膨大な漢籍の数を見ても、その差は歴然としている。首里の国学で学んだことなど、清国では一二、三歳の子供でも知っているようなことばかりだったような気がした。

国子監は広大な敷地の中心に皇帝巡幸の際の御座所があり、清流に睡蓮《すいれん》の花が競い合う堀がその御座所を囲む。敷地内には糸杉の古木が偉容を誇り、厳粛な雰囲気が支配している。左に瑠璃の瓦の壮大な孔子廟、右には夥しい数の学舎が立ち並ぶ。元代から、明、そして清代に至るまでの科挙合格者の名前が刻まれた多数の石碑が、無言のうちに、学問の厳しさを物語っているように思われた。朝忠は、この最高学府で学べることの身に余る幸わせを思わずにはいられなかった。毎日、早朝から深夜まで、漢籍に埋もれて、猛烈に勉強した。

清国内でも最も優秀な人々が集まるこの国子監で、朝忠のことなど、気にかけてくれる人は誰もいないだろうと思われた。しかし、そういう朝忠を、実は静かに見ていてくれる人がいた。それは、朝忠が教えを受けた教授（老師）の一人で、林英奇（リン・インチ）という中堅の学者であった。林教授は朝忠には非常に親切にしてくれて、自宅での夕食に招いてくれるなど、何かと温かい心遣いを示してくれた。国子監で学ぶ「監生」は単なる学生ではなく、国家の官吏でもあったので、厳しい監督の下に置かれて、普通は、自由はないのだが、朝忠は留学生だったし、教授の林先生からの呼び出しということであれば、誰も朝忠の外出を咎める者はいなかった。

林教授には俊英（ジュンイン）という息子と珊英（シャンイン）という娘がいたが、この二人とはすぐに心の通じる仲になった。林俊英は朝忠と同い年、すでに科挙の試験に合格した逸材、妹の珊英は一七歳だったが、兄の俊英によると、妹の方が自分より数段頭が良いというのだから、相当なものだろうと思われる。二〇歳になったら、男装して科挙の試験を受けるのだと言っているそうだ。二人とも、その名前に父親の名前の「英」の一字をもらい、息子の俊英は文字通りの秀才に、娘の珊英もまた、珊瑚のような美しさと意思の硬さを兼ね備えた少女に成長している。

朝忠の唐名は向永功（シャン・ヨンゴン）というのだが、二人は彼のことを「朝忠」と呼んでくれる。

「朝忠君、こんな頭でっかちの娘を結婚相手にもらってくれる男はとても見つかりそうにない。いっそ、君が珊英《シャンイン》をもらってくれないか」俊英は酒が入ると、妹のいる前で、そんな冗談さえ言った。

「まあ、お兄さんったら……朝忠さん、ごめんなさい、兄を許して下さいね、お兄さん、朝忠さんはだめですよ。琉球にきっともう決まったお姫様がおられるんですから……ね、そうでしょ、朝忠さん」

「まさか……私は下級武士の家の三男でしかなく、お姫様など、天地がひっくり返ることでもなければ、とてもとても……」と、朝忠はつい言ってしまった。言ってから後悔した。朝忠には、実は許嫁《いいなずけ》がいた。尤もこれは幼い頃、家同士で決まったことで、朝忠は相手に会ったこともない。

「だったら、いいじゃないか」と酔った兄の俊英は見境ない。

「もう、兄さん、いい加減にして！」そういうと妹の珊英《シャンイン》は、怒った振りをして、部屋から出て行ってしまった。朝忠にはしかし彼女が決して怒っている訳ではないと分かった。出て行くとき、彼女は朝忠の目をじっと見つめて、はっきりと言ったのだ。

「朝忠さん、『天地がひっくり返る』ことだって、あると思いません？」朝忠は、珊英の思いがけない言葉に「えっ？」と言ったきり、後が続かない。どういう意味か？　朝忠には珊英の謎めいた言葉に戸惑っていた。いや、それよりも、珊英に見つめられて、うろたえてしまったと言った方が良いかもしれない。兄の俊英《ジュンイン》は、笑いながら言った。

「やっぱり、あんなお転婆を嫁にするのはやめとけ、君には無理だ。いや、誰にだって無理だ、あっ、は、は、は！」

だが、朝忠は、珊英《シャンイン》の「天地がひっくり返る」という言葉の意味を振り払うことが出来なかった。

彼女は朝忠に何を伝えようとしたのだろう。

その後も何度か林家での夕食に招かれた。林英奇《リン・インチ》先生は、裁判制度に関する宮廷の顧問を務めていて忙しそうだったが、食事の席ではよく息子と娘の二人に議論させ、それを面白がって聞いていた。例えば、「英国は清国と対等な関係を求めているが、清国はこれを受け入れるべきか」といった問題である。息子の俊英《ジュンイン》は保守派の立場で「清国の祖法に『対等』という観念はない、従ってそのような関係を受け入れることは全く不可能だという。これに対して娘の珊英《シャンイン》は革新派で、「時代は変わっているのだから、清国も新しい考え方を取り入れていかないと、世界から取り残されてしまう」と論陣を張った。議論している珊英をみていると、とても一七歳の少女とは思えない。国家の重要政策について、自由にこういう議論ができる家族というのは、朝忠には新鮮な驚きで、うらやましかった。それにしても珊英は、会うたびに益々綺麗になっているような気がした。

当初は清国の巨大さに圧倒されていた朝忠だったが、半年もすると次第に、清国を冷静に眺めることができるようになり、清国の政治経済が立ち行かなくなってきている現状も雰囲気として感じることが多くなった。

北京滞在が一年を過ぎたころ、清国と英国との間で戦争が勃発した。後に「阿片《あへん》戦争」と呼ばれることになる戦争である。もっとも当初、戦闘は九龍、虎門や厦門、上海、南京など南部の遠隔地で行われていたので、北京ではまだそれほどの緊張感はなかった。そもそも誰ひとりとして、清国がこの戦争に敗れるなどとは想像もしていなかった。ところが、翌年の夏（一八四〇年八月）、英国艦隊が北京とは目と鼻の先の天津《テンシン》沖に現れると一挙に戦慄が走った。その時人々は初めて清国が英国の軍艦に次々と敗戦を喫し、大都市が無惨に焼き尽くされてきたことを知ったのである。

紫禁城では、天津に英国海軍極東艦隊が現れたとの報に動揺をきたし、宮廷内の権力闘争が起こって、それまで勇猛果敢に英国に対応してきた林則徐が欽差大臣（特命大臣）の職を解かれ、代わりに琦善が据えられるなど、大混乱となった。北京中が緊張に包まれた。

朝忠は何としても天津に行って英国艦隊を実際に見てみたいと思った。林俊英《リン・ジュンイン》に相談してみようと国子監の門を出たところで、その俊英とばったり出くわした。俊英も朝忠を探していた様子だ。いつもとは違って、俊英からは、体全体から切迫感が伝わってくる。

「珊英《シャンイン》が是が非でも天津に行くと言ってきかないんだ。それで仕方ないから、連れて行くことにしたんだが、朝忠さんも一緒にどうかと思って……一緒に来てもらえると私も心強い」という。

「いや、私もそのことで、俊英さんに相談したいと思っていたところでした、是非、一緒に連れて行って下さい。しかし、珊英《シャンイン》さんのような女子《おなご》を戦場に連れて行くというのは、大丈夫でしょうか？」と朝忠。

「あのじゃじゃ馬には男装させる。父が家にいたら、とても許す訳ないのだけど、父はこの数日、宮廷に呼ばれて家には帰って来ていないので、多分、大丈夫だ」

こうして、俊英、朝忠、珊英、それに従僕が一人同行することになって、四人乗りの馬車で天津に行くこととなった。一昼夜馬車を走らせ、翌日の早朝、天津の海河（白河）河口に到着した。

朝靄の中に英国艦隊の威容を目の前にしたときの衝撃は、筆舌に尽くし難い。艦隊は戦艦ウェルズリー号を旗艦として五艘の軍艦に輸送船なども従えた大艦隊であった。天津では戦闘はなかったものの、艦隊が時折海岸に撃ちこむ威嚇砲弾の威力は、清国がいかに頑張っても抵抗しうるものでないことは明らかだった。俊英《ジュンイン》は、拳を握りしめ、悔しさに肩を震わせて泣いていた。従僕も泣いていた。だが、珊英《シャンイン》だけは、口をきっと結び、じっと遠くの艦隊を見つめるだけで、涙ひとつ見せなかった。

俊英の肩を抱きながら、朝忠も自分の中で、それまでの生き方が全面否定されたような思いに襲われた。琉球の者は皆、清国のことを「唐親国」と呼んで敬い頼ってきた。小さい頃から清国に憧れ、少しでも清国人に近づきたいと思って生きてきた。清国の言語と文化を学ぶために、どれほどの努力を重ねてきたことか。

この二五〇〇年間、理不尽な薩摩の支配に耐えてこられたのも、琉球には清国が後ろ盾になってくれているのだという信頼と誇りがあったからだ。それが今、音を立てて、崩れようとしている。清国が滅びるということは、琉球が滅び、そして自分自身が滅びるということと同じことのように思われた。今後、琉球は、そしてこのおのれは、何を頼りに生きていけばよいのか。

天津からの帰途は、三人とも、心身ともに疲れきっていたので、馬車の手綱は従僕に任せ、狭い座席の中で眠った。朝忠は、誰かが彼の手を握ったので、目を覚ました。手を握っていたのは、珊英《シャンイン》だった。びっくりして手を離そうとすると、珊英は一層強く握り返した。そして、前の座席の兄や従僕に聞こえないよう朝忠に囁いた。

「天地が、ひっくり返っていくわ、国も、そして、ひょっとしたら私たちも。朝忠さん、そう思わない？」

「そうかも、知れない……」朝忠は、やっとのことで珊英に答えた。北京に着くまで、二人は手を握り続けた。

天津から戻った後、一時は絶望感に取り付かれて、何もする気にならなかった。

ある日、王井府《ワンフーチン》の辺りを呆然自失の状態で彷徨《さまよ》っていた朝忠に、「ヘイ、シャン！」と声をかける者がいた。一緒に中国語を学んでいるオランダ人留学生のヤン・デ・ヨングだった。親しくなったきっかけは、朝忠のが清国で使っている唐名、向永功（シャン・ヨンゴン）のヨンゴンとヨングという二人の名前が良く似ているからだった。同じ二〇代の若者だ。長崎にも行ったことがあると、ヤンは以前話していた。

「シャン、なんて不景気な顔しているのだ。まるで夢遊病者のようだぜ」

朝忠が彼に、清国がイギリスに敗れて絶望的な気分なのだと言うと、ヤンは一笑に付した。

「清国の敗北は、琉球にとっても好機じゃないか」

「好機？　何を言っているんだ、無責任なこと言うな！」

朝忠は拳を握り殴りかかりそうな勢いでヤンを睨みつけた。

「いや、そうじゃない。俺の国、ネーデルランドを見ろ、スペインから独立するために八〇年間も戦い続けた。独立後も、フランスやイギリスに占領されたりしてきた。三〇年ほど前には、世界中でオランダ国旗が掲げられていた場所は、アフリカ西海岸のエルミナ要塞と日本・長崎の出島しかなかった、そういう時期もあったのさ。しかし今や欧州の中でも最も盛んな国の一つになり、外国からも一目置かれ尊敬されるようになった。独立を守ってきたお陰だ。国民みんなで、自分たちの国をどういう国にしたいか、真剣に考え議論しあった結果だ。琉球も独立すべきだ。今は琉球が独立を回復するチャンスじゃないか」

「なるほど、ヤン、そう言われれば、たしかに、そうかも知れぬ……しかし、琉球のような小国が、独立してやって行けるわけがない」

「シャン、何を馬鹿なことを言っているんだ！　ヨーロッパには琉球より面積も人口も少ない国が、ちゃんと立派な独立国としてやっている。交易を盛んにして、琉球の特産品を外国に輸出し、琉球が必要なものは外国から輸入すればいい。問題は、国民の一人ひとりが独立心を持っているかどうかだ」

「一人ひとりが独立心？」

「そうだ、だが、まあ……シャンのような学問のある者でさえ外国に依存することしか考えていないようでは、たしかに琉球はいつまで経っても外国の支配から解放されないかもしれないな」

ヤンの最後の皮肉に、朝忠はグサッときた。怒りも覚えた。しかし正直なところ、目から鱗が落ちるような思いでもあった。

琉球が独立するなど、考えたこともなかった。だが、たしかにヤンの言うことが正しいのかもしれない。琉球が生き残る道は、薩摩に乗っ取られる以前の琉球に立ち戻ること、つまり独立の琉球王国を再興すること以外にないのかも知れない。

考えてみれば、薩摩に侵略される以前の一七世紀初めまでの琉球は、薩摩よりも大和よりも、ずっと豊かな、そしてずっと進んだ文明国だった。琉球の山原船は帆を張って「海のシルクロード」を我が庭のように往来していた。中国・韓国・日本はもとより、ルソン（フィリピン）、シャム（タイ）、マラッカ（マラヤ）、スマトラ（インドネシア）、ビルマ、インドに至る広大なアジア地域と交易を行い、巨大な富を琉球にもたらしていたのだ。あの頃の琉球、大交易時代の琉球を取り戻すのだ。阿片戦争で清国が敗れたということは、ヤンが言うように、ひょっとしたら好機到来かも知れない。もっとも、実際に琉球を支配しているのは、清国ではなく薩摩藩だ。薩摩とどう渡り合っていくかが、わが王国の死命を決する……。

「それにだ……」とヤンは容赦なく続けた。「そもそも国家なんてものは、人間がつくりあげたものだ。それにひきかえ人間は国家以前の存在だ。そうだろ？　だとすれば、あくまでも人間が第一で、国家は二の次だ」

「えっ、国がなくて民はどうやって生きるのだ。ヤン、君は祖国に対する忠誠心というものがないのか」

「忠誠心はある。祖国が侵略されたら命をかけて戦う。しかしそれは、祖国があくまでも人々の幸福のために存在しているという前提があってのこと。国家と人民の間には、いわばそういう暗黙の契約があるのだ。国家が人民の幸福を踏みにじるようなことになったら、そんな国は見限って、さっさと外国に出た方が良いと思っている。オランダは外国で自由のために闘って逃れてきた亡命者を多く受け容れて保護している。そのように、少なくともオランダでは、国家よりも人民の方がずっと大切だと考えられているのさ」

「ふーん……国家は二の次とか、国家と人民の間の契約とか、そういう考えには、とてもついていけないな……」そう呟きながらも、朝忠は、今まで「国とは何か」などという問題を考えたことさえなかったことに、なにか非常な恥ずかしさを覚えた。同年代のヤンはすでに自分なりの国家論と世界観をしっかりと持っている。それなのに、この自分はヤンに反論すべきなにものも持っていないのだ。

　留学中、中国人以外の外国人と交際することは固く禁じられていたが、朝忠は積極的に西欧の留学生や外交官とつき合った。英国人や仏国人のほか、ヴァレンティン・ウシャコフという名のロシア人の友人もできた。彼とは朝忠の帰国の際、贈り物を交換するほど親しくなった。周りには誰も琉球の者がいなかったので、その点、気楽であった。しかし、北京滞在中に親しくなった外国人の中でも、ヤン・デ・ヨングは格別だった。彼から教えられたことが、どんなに大きかったことか。

北京留学の三年間が過ぎ、琉球に戻る日が来た。朝忠が林家に挨拶に出向くと、俊英《ジュンイン》が出て来た。彼と半時ほど最後の別れの時を持った。彼は生涯をかけて英国と戦うと誓った。「珊英《シャンイン》は？」と聞くと、不在とのこと。朝忠はがっかりした。彼女は母親と一緒に、山東省の母親の実家で、半ば強制的に「花嫁修業」に出されたということだった。「あのじゃじゃ馬を矯正するには、そうするしかない」と両親が決めたのだという。

「珊英《シャンイン》からこれを預かっている」と渡された手紙には、次のように記されていた。

「貴方様とお会いすれば、お別れするのが辛くなります。貴方様のご好意と優しさは、生涯決して忘れません。ご帰国後、琉球でのご活躍をお祈りしております。貴方様はきっと大きなお仕事を成し遂げられるお方だと信じております」

朝忠は万感の思いを込めて「珊英が戻ってきたら、どうかよろしく伝えてほしい」と俊英に頼んだ。そっと渡そうと、前夜、夜通しかけて書いた珊英宛の手紙は、結局そのまま持ち帰った。紛れもない「恋文」だったから、俊英に見られるわけにはいかなかったのだ。

珊英《シャンイン》との淡い恋は終わった。天津からの帰途、ずっと手を握り合ったことも、もう、思い出の中に封じ込めよう。彼女の言う通り、俺は琉球の役に立つために清国に派遣されたのだ。俺の一生は、琉球のために捧げられなければならないのだ。

帰途、朝忠は、留学で得た貴重な知見を王国のために使おうと、焦る気持ちを抑えながら、琉球に戻ってきた。福州で船を待つ間、朝忠はこの三年の間に見聞したことを一書にまとめた。表題を『清朝見聞録』とした。帰朝報告としてそれを進呈することが留学の機会を与えてくれた王府の方々への報恩であり義務だとも考えたからだ。

国政を預かる高官の方々に参考にしてもらえれば望外の幸せだ。何冊か写本を作って配布し、評判が良ければ出版することも可能ではないか。そう考えるだけで胸がわくわくする。王府の役人に講話を依頼されれば、いつでも出向いていく用意がある。話したいこと、伝えたいことは、山ほどあるのだ。

強風

尚育王の在位一七年目（一八四四年）三月一一日（旧暦）の琉球・首里城下。北京留学から帰国して、むなしく三年が経った。板良敷《いたらしき》朝忠《ちょうちゅう》、もう二七歳になるというのに、未だ王府に任官できず、依然として無給の部屋住みをかこって、悶々とした毎日を過ごしている。帰国報告として朝忠が執筆した『清朝見聞録』は、阿片戦争に関する記述が清国の名誉を棄損する恐れありとして没収されてしまい、口外一切無用と言い渡されて、誰とも議論することさえ叶わない。この三年間、鬱屈した気分が晴れることはなかった。

帰国の翌年（一八四二年）八月、南京条約が締結され、阿片戦争は終結した。清国には多額の賠償が課せられたほか、香港の割譲を余儀なくされた。清国にとって、いや、中国人全体にとって、これほどの屈辱はなかった。北京の林俊英《リンジュンイン》・珊英《シャンイン》の兄妹はどうしているだろうか、時として二人のことが無性に懐かしく思い出される。俊英《ジュンイン》は任官して地方に派遣されているのだろうか、珊英はすでに結婚してしまったのだろうか。

すでに東の空があかね色に輝き始めていた。この季節にしては珍しく強い風が吹き、新緑の葉をつけた木々の枝を揺らしている。強風でいつもより早く起き出した小鳥たちの囀《さえず》りが、気のせいか、今朝はいつにも増して姦《かしま》しく響いてくる。

朝忠の実家は首里赤平村にある。中級士族の貧しさが深く滲《にじ》んだ古い平屋建て。それでも武家のみに許された瓦葺ではある。朝忠は隣接した離れ（アサギ）で寝起きしている。剝がれ落ちた壁の部分は一応修復してあるが、壁全体を塗り替える余裕がないため、ひびが入ったり剝がれ落ちたりした部分が上塗りしてある。それがいやに目立って、本来は白い壁が、あたかも世界地図のように見える。毎朝、最初に目にするのは、この怪しげな世界地図、いや地図もどきの壁である。朝忠は家の戸を叩く風の音で少し前に目を覚まし、先程から寝ぼけまなこでその壁をぼんやりと見ていた。

風は西風、首里は琉球本島の西側に位置しているので、風が海の方から吹いているのは確かだ。この風は一体どこから吹いてきたのだろう。中国、インド、あるいはそのはるか遠くの泰西の国々からか……風の音が騒がしい。早く起きろと言っているようでもある。早起きしても、とくにやらなければならない仕事などないのだが、目が覚めてしまった。

「うーん、起きるしかないか……」

朝忠は床の上に身を起こし、一つ伸びをした。それから頰をパンパン、パンパンと叩いた。

――ん？　戸を叩いているのは風ではない、誰かが呼んでいるのだ。

朝忠は部屋を飛び出した。夜明け前というのに、誰だろう？　再び彼を呼ぶ声が聞こえる。

「板良敷朝忠《いたらしきちょうちゅう》殿、安仁屋政正《あにやせいしょう》でござる！」

朝忠は戸口から首だけ出して、外の人物を凝視した。辺りはまだ薄暗い。戸口の外で、恐縮した表情の安仁屋政正が立っていた。細面で色白の若者、一見して上級武家の跡取りという雰囲気がある。

「おう、政正殿か、何事でござるか」

「朝早く申し訳ございませぬ。父が火急の用でお越し頂きたいと申しておりまする」

「そうですか、先生がこの私に……、一体、いかなるご用件でござろうか」

「それは、父から直接お聞きください。何か異国船に関係したことのようですが」

「分かり申した。すぐ支度しますので、しばらく……」

朝忠は素早く着衣を整え戸口の外に出た。政正の父親、そして朝忠の師である安仁屋親雲上政輔《あにやぺーくみせいほ》がこの夜明けに朝忠に急いで来て欲しいというのは、よほど重要な用件であろう。

――一体、何事だろうか？

はやる気持ちを抑えて、朝忠はひとつ深呼吸した。

遠望される丘陵の向こうから、金剛石のような光を放って太陽がゆっくりと昇り、御城《うぐすく》（首里城）の石垣を照らし始めた。強い風は相変わらず吹き止まない。朝露に濡れた砂利道を二人は肩を並べで歩き出した。政正は彼より七歳年下である。朝忠が言った。

「もうすぐ清国に出発ですね」

「ええ、準備がなかなか大変です」と政正。

安仁屋政正は、間もなく北京に留学することが決まっており、三年前に同じ北京留学から戻った板良敷朝忠は、この後輩に北京での生活について色々と助言してきた。

「私が三年前に帰国した時、まだ英国との戦争が続いていましたが、それももう終わったようですから、北京も落ち着いているでしょう」

「私も朝忠さんのように、良い師に巡り会えるといいのですが。何と言っても、朝忠さんは、北京の国子監（帝国大学）で、孔子様七二代目のご子孫、孔憲城（コン・シャンツェン）先生に教えを受けられたのですから、羨ましい限りです。それに高名な学者、林英奇（リン・インチ）先生ともお親しかったのでしょう」

「ええ、師にも友にも恵まれました。孔先生からはお別れのとき、七絶詩二章を頂きましたし、林先生とは気心が合って、やはり詩句を交換したりしました。林先生は今や清朝政府の高官です。しかし、この琉球では、そういうことを分かってくれるのは、政正さんくらいですよ」

「いえ、そんなことはありません。父はいつも朝忠さんのことを、高く評価しています。今にきっと大出世なさいますよ」

「さあ、そうだといいのですが……」朝忠は気のない返事をした。

朝忠は政正に、北京で、林俊英《リン・シュンイン》・珊英《シャンイン》の二人の兄妹の消息を調べて教えてくれるように頼もうかと考えたが、政正がそんなことをやってくれるとは思えなかったので、諦めた。また、北京で会ったオランダやロシアの友人のことも話したかったのだが、外国人との交際は国法で固く禁止されている。政正は自分と違って、決して危険をおかすようなことはしない男だから話しても無駄だろう、そういう思いがやはり先に立ってしまう。

政正は聡明な男だと朝忠はいつも感心している。それに、育ちの良さを映して、とても二〇歳とは思えない落ち着きがある。この若者には、学者としての大成を予想させるような風格がすでに具わっている。首里の最高学府・国学では、朝忠はかつて秀才との評判をとっていたが、政正はさらに上を行っているようだ。政正は朝忠に、いつも尊敬の念をもって接してくれる。だが朝忠は、如才なく隙のない余りに完璧なこの青年が、少し苦手である。

朝忠の師である安仁屋親雲上政輔《あにやぺーくみせいほ》の家は首里桃原村《とうばる》にある。朝忠の住む赤平村と隣接しており、二人とも早足で急いだので、間もなく着いた。安仁屋は、現在、平等所（ひらじょ、裁判所）「大屋子主取」（おおやこしゅとり、検事総長）の職にあり、その地位にふさわしく、石垣に囲まれた屋敷にもその格式が感じられる。朝忠は緊張した面持ちで安仁屋家の門をくぐった。

「朝忠よ、王国の一大事ぞ。昨日の昼前、王府に、異国船来航の恐れありと知らせが入った。昨日の早朝、久米島の沖を本島に向かう帆船が視認されたそうじゃ」

「異国船ですか！　やはり狼煙（のろし）で知らせてきたのですか」

「そうじゃ、三本の狼煙《のろし》が上がったということは、帰唐船ではなく、南蛮船が本島に向かっているということじゃ」

「なるほど、そういうことでしたか」

海防のための連絡網が整備され、しかもそれが実際に役立てられている。朝忠は、琉球王府も案外、見捨てたものではないと思った。しかし、そんなことに感心している場合ではない。国法により、異国船の来航は禁止されており、薪水食料の補給は許されるとしても、上陸は何としても阻止しなければならない。開国や交易、耶蘇《やそ》教の布教などを要求してきた場合には、むろん断固拒絶しなければならない。

「早ければ、今日の昼過ぎにも那覇湊辺りに到着しようほどに、そなたに見てきて欲しいのじゃ。何れの国の船か、そして商船なのか兵船なのかを、先ず知らねばならぬ。王府から拙者に、予め、種々対応策を考えておくようにとのご沙汰があった。御主《うしゅー》がなし前《め》（国王様）は殊のほか御心を悩まされ、王宮は大混乱じゃ」

「分かりました。直ちに那覇湊に向かい、状況をお知らせ致します」

「うむ、頼んだぞ」

朝忠はぞくぞくするような興奮を覚えた。この国難のときに、やっとなすべき仕事が与えられたのだ。もとより、これは王府から命じられた正式の公務ではなく、師・安仁屋親雲上からの個人的な依頼に過ぎない。しかし、そうではあっても、はじめて国政に関わる仕事が彼に回ってきたのだ。

安仁屋親雲上は朝餉を用意させておいてくれたので、朝忠は別室で政正と一緒に食べた。芋粥に小魚と野菜といった質素なものであったが、親雲上の配慮が嬉しい。

朝忠が安仁屋家の門を出る頃には、すでに朝陽が燦々《さんさん》と降り注ぎ、遠望される那覇の街も、その間に点在する村々も、光り輝いていた。雲ひとつない晴天。朝忠は、この朝の輝かしい景色を、脳裏に焼き付けておこう、生涯忘れないでおこう、と誓った。

いつの間にか風は止んでいた。明け方のあの強い西風は、琉球に新たな歴史の幕開けを吹き寄せたのかもしれない。そしてこの朝忠の人生にも新しい息吹をもたらしたのではないか。安仁屋親雲上《あにやぺーくみー》の家を出て首里の城下から那覇に向かう石畳の真珠道《まだまみち》を駆けおりながら、朝忠は自分の前に広がる未来に、何かが起きそうなことを予感した。


三年前、帰国して早々、朝忠が書上げたばかりの『清朝見聞録』を持って王府に赴いたところ、応対に出た役人は顔に青筋を立てて朝忠を恫喝した。

「こんなものが王府の上層部に知れたら、お前は即刻に死罪となろう。お前のために俺はこれを見なかったことにしてやるが」と恩着せがましく言ったあと、「大清国のご威光に関わることは、一切、口外無用」と朝忠に厳命した。

当初、朝忠はこの役人の嫌がらせかとも思ったが、その後、阿片戦争に関する緘口令《かんこうれい》は、王府の絶対的命令であるということを知った。彼は自分の能天気を思い知らされたが、同時に、こうした王府の態度に失望と怒りさえ覚えた。敗戦の結果、清国の国力が急速に衰退していることを、「死罪」と脅されては誰も口にはしない。

だが、事実に目を覆っては道を誤るは必定ではないか、わが王国も今のうちから方策を考えておかないと大変なことになる。清国で起こったことは「対岸の火事」では済まされぬ。火の粉は今にもこの琉球に降り注いでくるのだ。朝忠はこの三年間、焦燥感に追いたてられながら過ごしてきた。「異国船の到来で王宮は大混乱」という師・安仁屋親雲上の言葉を聞いて、朝忠は、やはり自分の考えていた通りではないか、と憤りを新たにする思いだった。

帰国後、朝忠に与えられた仕事は、「加勢筆者」という書類作りを補助する役割の、無給の奉公にすぎなかった。無能な上司に仕えることほど苦痛なことはない。しかし、何もできない歯がゆさを、彼自身ではどうすることも出来ない。

もっとも、朝忠はこの三年間を無為に過ごしてきたわけではなかった。安仁屋親雲上政輔《あにやぺーくみせいほ》の門を叩き、弟子入りして英語の勉強を始めたのである。安仁屋は以前、英国軍艦ライラ号（一八一六年）およびブロッサム号（一八二七年）が来航した時の通事で、そのとき英語会話を習得したのである。

ライラ号の艦長バジル・ホールが帰国後に出版した『大琉球島航海探検記』にも、安仁屋の名前が出ている。琉球王国について「武器を持たず犯罪のない平和な国」、琉球人について「礼節と勤労を重んじ、柔和で理知的な国民」と絶賛したこの本は、西欧人の間では広く読まれている。朝忠はこの本のことを北京でヤン・デ・ヨングから聞いて知ったのだが、そのとき以来、朝忠は帰国したら、安仁屋政輔に師事しようと決めていた。

もっとも安仁屋が通事として活躍したのはかなり前のことで、彼は覚えた英語をその後は使う機会もなく、殆ど忘れてしまったようではある。しかし、英語はともかくとして、安仁屋が語る思い出話は朝忠にとって興味津々であった。酔うと師はいつも同じ自慢話をした。
「英国人はハンカチーフという布切れで幾度も鼻をかみ、それを一日中持ち歩くが、あれは気持ち悪い習慣だ。われわれのように、何枚かの四角に切った懐紙を懐に入れておいて、使った紙は捨て去る方がよほど良いと彼らに言ってやったものよ。あっはっはっ！」
西欧文明に敬意を表しながらも、安仁屋は決して卑屈に陥らず、毅然として琉球の良い面を指摘することも忘れなかった。そうした姿勢が西欧人から尊敬を得ることになり、バジル・ホールにあのような琉球賛美の本を書かせることにもなったのだ。安仁屋のような人物こそ、琉球の宝である。首里から那覇の海岸に急ぐ道すがら、朝忠がずっと考えていたのは、師・安仁屋の偉大さであった。師もまた、朝忠と同じ下級武家の出身ながら、今日の地位を自らの努力によって築き上げた人物である。

――俺も、師のようになりたい！

朝忠が那覇湊に着くと、すでに海岸には多数、王府の役人たちが詰めていた。周辺の村々からは士族が総動員されて、海岸に設けられた番小屋で警戒に当っている。海岸には百姓や町人、それに子供たちが物見高く集まっていた。役人たちが時折彼らを押し返していたが、十数年ぶりの異国船来訪とあっては、解散せよという方が無理である。

群集は増える一方だ。朝忠はそうした人々の群れをかき分けながら、水際まで進んだ。役人に誰何《すいか》されても、「安仁屋親雲上の配下の者でござる」と言うと、すぐ通してくれた。やはり師・安仁屋の威光は偉大だと感服する。

師匠の言葉通り、昼過ぎ、那覇湊沖の水平線に南蛮船の帆柱が見えた。間もなく大きな船体が全容を現した。三本の帆柱（マスト）に大きな白い帆をかけた軍艦であった。掲げている国旗からフランスの船と分かる。両側の船腹には三〇数個の砲門が不気味に並んでいる。あの砲門から大砲が打ち込まれたら、那覇の街は瞬く間に火の海となろう。もしそんなことになったら、それはまさに阿片戦争の再現だ。

勿論、四年前に清国・天津で見た巨大な英国艦隊と比べれば、琉球に来たフランス軍艦は今のところこの一隻だけだから、恐れるほどのことではない。しかし、朝忠は、この一隻の背後にいるフランス極東艦隊の姿を想像して、恐怖と戦慄を覚えた。

フランス船は珊瑚礁に乗り上げないよう細心の注意を払いながら湊に出来るだけ近づくと、帆をたたみ、碇《いかり》を下ろした。直ちに王府の番船が幾艘も周りを取り囲んだ。緊張の瞬間である。

このような場合、王府は、国法（薪水令《しんすいれい》）に従い、硬軟両様の二面作戦をとる。一方で、異国人を断固として上陸させないよう厳重な警戒線を張るとともに、他方、華やかな音曲で歓迎の意思を表しながら異国船に薪水野菜食料を進呈するのである。実際そのように進んだようだ。以前は「外国船打払令」により、直ちに退去させることになっていたが、阿片戦争の後、打ち払いは外国の干渉に口実を与えることになるとして、緩和されたのである。

フランス船上で交渉を行なった那覇里主《さとぬし》・真栄里親雲上《まえざとぺーくみ》に随行した筆者（書記官）の一人に朝忠の国学時代の級友がいたので、戻ってきたところをつかまえて話を聞いた。ここでも安仁屋親雲上の名前を出すと、すぐに色々と教えてくれた。

「船名はアルクメーヌ号、艦長のデュプラン大佐、水兵二百から二百五十、みな銃剣で武装している。艦長は来航の目的を薪水食糧の補給と船の補修、と言っているが、とうていそれだけとは思えない」とのことであった。

朝忠は首里に取って返して、見てきたところを師の安仁屋親雲上にくまなく伝えた。すでに夕刻であった。

その安仁屋親雲上から朝忠は、明日、薩摩藩の在番奉行所・御仮屋《うかいや》で、薩摩藩と王府との合同の評定が開かれることになったので、正装して供をするようにと命じられた。

「わしは元来、異国通事として王府につとめていたので、今でも、外国事情の専門家のように思われておる。御仮屋では、ご奉行から色々とご下問を受けるであろう。その際、朝忠よ、そちの助けが要るかも知れぬ」

「はい、何なりとお申し付け下さい」

「世界が大きく動いておる。そのことはわしのような者にもよく分かる。しかし、世界がどのような方向に動いているのか、その中で、琉球のような小国は、いかに立ち振る舞えばよいのか、わしのような老人には一向に見えてこぬ。これからは、お主らのような若者の時代じゃ」

朝忠は師の言葉に感動した。安仁屋親雲上は、その学識と人柄で、王府内でも尊敬を集めている。その人から「期待されている」といわれ、これ以上の幸せはない。朝忠にしてみれば、いよいよ、留学の、そしてその後の精進の成果が試されるのだ。心が躍る、というのはこういうことを言うのであろう。

朝忠にとって、この日は興奮の一日であった。その夜、自宅に戻った朝忠は、未明から走り回っていたこともあって、疲労困憊。部屋の壁のよごれた「世界地図」を見ているうちに、いつの間にか吸い込まれるように眠っていた。

試練

翌日午後、薩摩藩の御仮屋《うかいや》で、琉球王府との合同会議が開かれた。朝忠は安仁屋親雲上の供として随行した。朝忠が御仮屋の中に入ったのは、これがはじめてだった。王府側は、摂政の浦添王子をはじめ、主だった大臣、高官が全員出席している。薩摩側は、新旧の在番奉行と奉行所幹部。薩摩の御用船は風待ちの期間が長く、新旧の奉行が重なっていることが多い。

今日の会議は、新奉行の平田善太夫が取り仕切っており、古奉行の方は、体調が思わしくないのか、琉球側から差し出された御進物を受け取ったあとは、早々に退出してしまった。新奉行の方は、着任早々の大事件とあって、緊張感とともにかなりの意気込みが感じられる。異国船の来訪とその背景についても、ある程度の知識を持っていることが窺える。

薩摩藩の内情に詳しい者の解説によると、藩主・島津斉興《なりおき》は息子・斉彬《なりあきら》の余りに進歩的な思想に危機感を抱いて家督を譲ろうとせず、斉彬は未だ江戸・芝の藩邸で「お部屋住み」のままである。しかし老中・阿部伊勢守正弘は斉彬を当世一の英傑と畏敬して、両者は強い信頼と協力の関係で結ばれているとのこと。新任奉行の平田善太夫は、この斉彬の影響を強く受けた人だというのだ。琉球側には最初から、この新任奉行のやり方がこれまでの古奉行とは大分勝手が違うようだと、戸惑いが広がっていた。

琉球側からは真栄里親雲上《まえざとぺーくみ》がまず、昨日の接触を通じて判明したフランス船・アルクメーヌ号の対応について報告した。艦長は、水や食料の補給のほか、船の修理のための木材等の提供を求めているとのことである。琉球王府としては、それらのものを与えれば、フランス船は間もなく琉球を離れていくであろう、それほど心配する必要はないとの楽観的な見方を示した。

「大騒ぎするほどの問題ではありませぬ」と言わんばかりの口調である。だが、薩摩の新任奉行は、やや懐疑的な表情である。奉行が尋ねた。

「そもそもフランスとはどのような国なのか」

いよいよ、安仁屋政輔の出番である。

「ご下問、誠に恐れ入りましてござりまする。いやはや、この老骨、英国については多少の知識もあり申したが、恥ずかしながら、フランスのことは殆ど聞き及んでおりませぬ。それにつきましては、これに控えておりまする私の供のものが、いささかの知識を持っておりますれば、未だ無役の青二才ではございまするが、その者に答えさせることをお許し願えればと存じまする……」

安仁屋は、この際、彼の弟子である板良敷朝忠の名を摂政、三司官はじめ王府の幹部に知らしめることが出来ればと考えていたのであろう。普通ならありえないことなのだが、国家存亡の危機であれば、そのようなことも許されよう、という計算があったようだ。はたして、奉行から朝忠に好意的な言葉があった。

「うむ、苦しゅうない、申してみよ、名は何と申す」

「はっ、板良敷朝忠《いたらしきちょうちゅう》と申しまする」

朝忠は、はっきりとした透き通る声で答えた。

「おお、そちが板良敷か、そのほうの秀才ぶり、聞き及んでおるぞ。清国に留学し、今は安仁屋より英語を学んでいると聞く。中々に先見の明がある」

新任の奉行にそこまで情報が伝わっているとは、安仁屋のみならず、居並ぶ王府の面々も驚きを隠さなかった。だが、朝忠は平然として答えた。

「はっ、恐れ入りまする。されば、フランスという国は、その権勢すこぶる大にして、大英帝国と肩を並べる泰西の大国にござりまする。アフリカの各地に植民地をもち、近年は安南（ベトナム）、カンボジアの辺りにも勢力を伸ばしております。すでにアフリカは、泰西列強により分割されてしまっておりますれば、それらの国々の矛先がアジアに向かっていることは必定でありまする。フランスは、先般、英国に続いて、清国との間にも和親条約を結んで最恵国（さいけいこく）待遇を要求し、英国と同様の利権を得ているとのことでござりまする」

普通の若者だったら声が震えたかも知れない。しかし朝忠はこういうとき、肝《きも》が据《す》わって、気後れするということがない。大きな高い声で、よどみなく一気に答えた。それなりの研鑽努力はやってきたという自信があった。

「その、……最恵国待遇というのは何じゃ？」

奉行が聞いた。

「は、万国公法に定める規則で、一の外国に与えたる利権は、他の外国にも平等に認めなければならないとするものでありまする。泰西の諸国は、植民地の利権をめぐってお互いの間で争いになることを避けるため、それぞれ対等な条件で収奪の平等を認め合おうとしているものと思われまする」

「なるほど、泰西の国々はさすがうまいことを考えるものよ、恐るべしじゃな。いずれにせよ、フランスは英国と同類ということか」

「は、そのように考えてよろしかろうと存じまする」

朝忠がそう答えると、薩摩の役人たちの間には、「やはりそうか……」といった深いため息が漏れた。

だが朝忠は、琉球高官たちの間には一斉に反発の感情が吹き出しているのを感じ取った。話の内容よりも、このような場で、無官の若造に喋らせておくのは極めて不適当、いやそれどころか危険だ、というのであろう。大体、髭《ひげ》も蓄えられない若さでありながら、あのように自信満々に断定的なものの言い方をするとは、無礼というほかない、ということのようだ。奉行が朝忠に次の質問をしようとした時、たまりかねて王府の役人の一人が口を挟んだ。

「恐れながら、申し上げげます」

「うむ、摩文仁《まぶに》親方《うぇーかた》か、何であろう」

「その板良敷なる者は、未だ赤冠の無役者。ご奉行様のご下問とはいえ、どこの馬の骨か分からぬ者に、かような席で無責任な話をされては、私共の立場がございませぬ」

摩文仁親方賢由は守旧派の代表格である。摩文仁親方は三年前まで中国・福州の琉球館に派遣されていた。同じ進貢船で帰国したので、朝忠のことを覚えていないはずはない。どこの馬の骨か分からぬ、とはひどい言い草ではないか、そう思いながらも、朝忠は微動もせず、表情を殺してじっと畳の目を睨みつけていた。

安仁屋政輔は冷や汗をかきながら、このような場で弟子を売り出そうなどと考えたことはやはり間違いだった、ひいきの引き倒しになってしまった、と後悔している様子である。

ところが、奉行は、ややムッとした表情で摩文仁親方に言った。

「赤冠か黄冠かは知らぬが、頭の上にどういう冠を被っているかは、関係ない。問題は、頭の中身じゃ、そうであろう」

「はっ、恐縮に存じまする」

「親方は、万国公法については、ご存知であろうの」

「はっ、いえ、少しだけは……」

「では、最恵国待遇についてご存知であったか」

「いえ、……初めて聞きましたが」

「そうであろう、拙者も初めて知り申した。われわれ二人とも、この若者のお陰で一つ頭が良くなったではないか」朝忠は奉行が自分を守ってくれたことに感謝した。だが、少しやりすぎだ、これでは摩文仁親方の面目がなくなってしまうのではないか、とさすがの朝忠も心配になった。

案の定、摩文仁は苦虫を噛み潰したような表情で不快感を精一杯にあらわしている。奉行はそれを無視して、再び朝忠に尋ねた。

「そこで、先程の続きじゃが、板良敷、英国もフランスも同類ということは、……英国もフランスも、いずれは琉球や大和に対し、何か企んでいると考えるべきか」

「もとより、推測の域を出るものではござりませぬが……」

朝忠は、自分がこれまで考えてきたことを、ここで言うべきかどうか、迷った。言えば、王府の高官から、「危険な跳ね上がり者」と思われるのは必定だ。しかし他方、この機会を逃したら、もう「次の機会」などないだろう。

「うむ、そちの推測を申してみよ」

いずれにせよ奉行のこの言葉で、もう後に引けなくなった。

「はっ」

朝忠は覚悟を決めて、これまで考えてきたことをはっきりと述べることにした。師匠の安仁屋親雲上にさえ話したことのない内容で、しかも摩文仁親方の先程の言葉も気になってはいたのだが、薩摩在番奉行の許しがあった以上、もはや恐れることはないだろう。

「ご賢察のとおり、私は、英国、フランス両国がいずれ、わが王国に対して和親条約の締結を求め、わが国がそれを拒めば、武力によってその意思を通そうとするのではないかと恐れておりまする。いずれ、アメリカ、ロシア、オランダなども両国に続きましょう。阿片戦争以降、清国は屈辱的な不平等条約（南京条約）を結ばされ、莫大な賠償金を支払わされて、その国力は急速に衰退しております。戦いに敗れた国の人民が、いかに悲惨な運命を辿っているかを、私はこの目で見、この耳で聞いてまいりました。インド、スマトラ、ルソンなども、すでに泰西列強の植民地になってしまいました。清国も、早晩、それら列強の支配下に入ることになりましょう。その二の舞にならぬよう、わが王国は今から準備を整えておくことこそ肝要かと存じまする。列強の野心から王国を守るためには、国防の備えを飛躍的に強化することこそ不可欠と考えまする」と一気に陳述した。

本当は、朝忠は続けて「国防強化を実現するためには、かつての王国の時代のように、諸外国との交易で富を増殖することしかありませぬ」と言いたかったのだが、それはとりもなおさず薩摩による琉球支配と鎖国の祖法を非難することになるので、さすがにそれを言うのはやめた。またさらには「何より重要なことは、われわれ一人一人が、国を守るという気概を持つことであろうと存じまする」と言って締め括りたかったのだが、これも、そうした気概を喪失してしまっている王府高官への批判に他ならない。いずれも反逆罪で死罪になりかねない無謀な発言となるので控えた。朝忠としては、これでもかなり禁欲した積りだった。

しかし、朝忠の発言は充分すぎるほど衝撃的だったようだ。大広間は、氷が張ったように沈黙が支配した。朝忠は反応を待った。薩摩武士の多くは、朝忠の言うのを聞いて大きく頷き、琉球にも自分の言葉で世界の政治を語ることの出来る人物がいるということに驚いている様子である。

だが、首里王府の高官たちは、よどみなく自説を展開する朝忠に対し、そのふてぶてしさに立腹し憎悪の念をかきたてているらしい。そのことに、朝忠も気付かざるを得なかった。

「なるほど……大変なことじゃな……」

奉行は息をのんで押し黙っている。朝忠の説明にかなりの衝撃を受けているようであった。すると先程の摩文仁親方が再び発言した。

「恐れながら、大清国のご威光は、一、二の泰西の国に港を開いたくらいで揺るぐようなものではありませぬ。それに英国やフランスも、富豊かな大清国からは交易の権利を得ようと考えるかも知れませぬが、琉球と交易して何も得られないことは早晩分かるはず。このたびのフランス船も、修理が終われば早々に立ち退きましょう。いや、必ず数日内に退去させて見せまする」

摩文仁は朝忠を睨みつけながら、大見得を切った。朝忠は出来るだけ無表情につとめたが、彼にはこういうとき悪い癖がある。相手が馬鹿なことを言うと、「へへっ……」とそれこそ相手を馬鹿にしたような表情が、一瞬だが、顔に表れてしまうのだ。摩文仁がそれに気づかなかったわけがないと思うとさすがに心配になった。

摩文仁に対して奉行は「そうであれば、よいがの……」と応えたものの、摩文仁の顔も見ずに呟くのみであった。摩文仁の言うことなど信用していないという態度があからさまであった。気まずい沈黙が流れた。

結局、その日の会議では、修理のためフランス船を泊湊に回航させて、必要な木材等を提供することが決められて、今後の様子を見ようということになった。

「安仁屋殿は良い弟子を持たれたな」

散会前に奉行が言ったこの一言で、朝忠はいくらか救われた。しかし彼が摩文仁親方と論争したような形になってしまった以上、しかもそれが摂政以下王府最高幹部の居並ぶ前で起こったことであれば、彼の将来にとって、それは最悪の結果であったことを朝忠も認めないわけにはいかなかった。はっきりしたのは、もはや王府での任官など望むべくもない、ということだろう。

「今日われわれはあの若者の『ご高説』を伺うためにここに参ったのかな」などと、「表《おもて》一五人衆」と呼ばれる閣僚の一人が安仁屋親雲上に非難がましく皮肉を言っているのが聞こえた。老師は恐縮しきって、「申し訳ございませぬ、誠に、誠に」と謝っている。王府の役人たちはみな朝忠に蔑んだ目で冷たい一瞥を投げるのみで、言葉をかけようという者は一人もいなかった。

「安仁屋殿は、この責任をとって、平等所（ひらじょ、裁判所）の職を辞し隠居するほかないかも知れぬな」

役人たちは朝忠の傍で聞こえよがしに言った。

その安仁屋政輔も、二人だけになると、憮然として朝忠に言った。

「モノには言いようというものがある。そちにはまだ、それが分かっておらぬ。王府ではもっと婉曲に、どちらともとれぬように話すのがしきたりじゃ。まあよいわ、そちは破門じゃ！　わが屋敷には、今日限り、出入り禁止じゃ」

「はっ、申し訳ござりませぬ」

朝忠は平伏して師に謝したが、しかし到底納得できなかった。ご奉行のご下問に答えたまで。何ら咎めを受けるようなことではないはずだ。それなのに、これは何たる仕打ちであろう。もとより、師の立場はよく分かるし、何の恨みもない。しかし、王府高官たちのあの態度は何だ！　朝忠は、彼らに対する怒りで体が震えた。

赤平の家に帰り着き、頭から布団を被って忘れようとしたが、情けなさが込み上げてきて、眠ることも出来ない。今日の午後までは、天国にも昇る心地であったが、今は逆に、地獄に突き落とされたような気分だ。

翌日も、朝忠は那覇の海岸に来た。フランス船は泊湊に回航され、船の周りは依然として琉球の伝馬船が取り囲んでいる。海岸には見物人が押しかけて、じっと成り行きを見守っている。もっとも朝忠は、今日は、安仁屋親雲上に命じられてここにいるわけではない。周りの野次馬と変わりないのだ。士族であることを示す赤冠も今日は着けていないので、髪の毛も無秩序そのもの、修験者のように伸びている。昨夜は結局、一睡もできず、目が落ち窪んでいる。

師匠には見放されたも同然。絶望感がひしひしと迫ってくる。

「ああ、俺は結局、一生、日陰者で終わるのだろうか……」と朝忠は呟いた。

師に「破門だ」などと申し渡された以上、将来の見通しが断たれてしまったのは確かである。琉球の士族は、家禄の有無で、有禄士族と無禄士族とにはっきりと分けられている。前者は間切（村）を領有する地頭職などに就いている士族で、三七〇家ほど。これに対して、領有地を持たない下層士族の家は、板良敷家を含めて七千以上もあるのだ。たとえば、安仁屋政正の場合などは、親雲上（ぺーくみ）の息子だから、北京留学から戻れば、すぐに任官できることになっている。能力があっても低い身分のために任官できない者は、一体、どうしたらよいのか。

「しかし、『日陰者』とは良く言ったものだ……」と朝忠は苦笑する。板良敷家は次兄が米や野菜を作ってそれで何とか食っているのだが、朝忠も少年時代よく兄を手伝った。それで知ったことだが、同じ苗を植え、同じように水や肥料をやっても、日が当たるか当たらないかで、作物の生育には歴然とした差が出るのだ。日陰では何も育たない。それを目の当たりにして、朝忠は愕然としたことを今でも思い出す。

「俺は絶対に日陰者などにはならないぞ！」と天に向かって叫んだものだ。だが、彼のように身分の低い家に生まれた者が日の当たる場所に出るのは、この琉球では殆ど不可能に近い。悔しさで歯軋りする思いだ。

何気なく海岸に目を移した時、朝忠は、小舟を降りてこちらの方に歩いてくる漁師風の二人の男と一人の子供の姿に気付いた。子供は、一〇歳位だろうか、薄汚れた着物を纏《まと》い髪の毛も短く切っているので、近くに来るまでは、それが女の子ということさえよく分からなかった。

三人の辺りには、異国船のことで興奮気味にざわめいている周囲とはまるで違って、氷のように冷たい空気が流れている。男の一人は足が悪いのか、その少女に手を引かれて歩いている。親子なのだろう。もう一人の漁師の男が、この親子を先導している格好だ。

三人が朝忠の近くに来たとき、先導の男が親子に「ちょっとここで待っていてくれ。俺が先に行って話をつけてきてやろう」と言って、足早に去って行った。残された二人は、朝忠からさほど離れていないところに腰を下ろした。近くで見る父親は、まるで処刑場に引かれて行く罪人のように絶望的な表情だ。娘の方はむしろ落ち着いて見える。この親子にはどういう事情があるのだろう。

「やっぱり、やめようか。やめてもいいんだ……」

父親が弱々しく言った。

「何言ってるの、ここまで来て、今さら……」少女は父親をたしなめるように囁《ささや》いた。「心配しなくたっていいよ、私は大丈夫だから」朝忠は、何か、聞いてはいけないことを聞いてしまったような気がした。

朝忠は少女と目が合った。少女は少し困ったように微笑んだ。

やや間をおいて、少女が朝忠に声をかけた。

「あの船は唐船じゃないよね、どこから来た船なの？」

貧しい身なりの娘にしては、はきはきとした話し方に、朝忠は驚いた。じっと足元を見ていた父親が、正気に返ったように朝忠をチラッと見た。朝忠は、男を無視して少女に答えた。昨日から、朝忠は誰とも言葉を交わしていなかったので、誰でも良い、誰かと無性に話をしたかったのだ。彼は饒舌になった。

「あれはフランスという泰西の国の船だ、ほら、帆柱の一番上に三色旗がたなびいておろう、あれがフランスの国旗だ」

「ふーん、フランス……」

少女は独り言のように言った。

「名をアルクメーヌ号というそうだ」

「船なのに『歩く女の』《アルクメーヌ》なんて、面白いね」

「言葉遊びが好きなようだな、幼いのに賢い娘子だ」

朝忠がそう答えると、父親がかすれるような小声で「余計なこと喋るでねえ」と少女に言った。しかし朝忠は、その男がそこにいないかのように、少女に話し続けた。

「フランスという国はな、葡萄の実から作られる赤い酒がうまい」

「えっ、赤いお酒！」少女の方も、父親の小言を気にする風もなく、朝忠に応えた。

「そうだ。産業も盛んだが、文化芸術では泰西一番の国だ。その昔、ジャンヌ・ダルクという少女がいてな、その少女が兵を率いて侵入してきたイギリス軍と戦い、王国を危機から救ったという話だ」

「すごい女の子だったのね。国を救うなんて」

「そうだよ、女だって、大きな仕事が出来るさ」

「そうだよね、きっと、そうだよね！」と、少女の瞳が輝いた。「それで、女の子は、フランスの女王様になったの？」

「いや……」と朝忠は言いよどんだ。「残念だったがな、ジャンヌの成功を妬んだ貴族の男たちが、彼女のことを『魔女』だと言いふらしたものだから、火炙りの刑に処せられてしまった」

「ま、かわいそう！　火炙りだなんて、残酷ね」

少女は顔を曇らせた。

「しかし今では、ジャンヌ・ダルクはフランスの英雄と認められている。彼女のやったことは決して無駄ではなかったのだ」

「そうなの……いいお話」

少女ははじめて微笑みを見せた。

少女の父親は朝忠の傍を早々に離れるべきだと考えたらしい。腰を浮かして少女に「もう少し、先に行って兄貴を待とうか」と言った。しかし少女は答えず、座ったまま、じっと海を見ている。

「傷口にもう一度膏薬を塗っておこうか」

座りなおした父親が聞いた。少女は「うん」と言って、父親に背を向け、袖から右腕を抜いて肩を出した。父親が薬を塗っている。少女は少し痛そうにした。

「すまんこと……してしまった」と、父親は涙声。

「何言ってんの」

ことさら明るく返事している。

少女が袖に腕を戻そうとしたとき、朝忠はその首筋から肩にかけて切り傷があるのに気づいて、はっと息をのんだ。そして、この時初めて朝忠は、この少女が、どこかに売られていく途中なのだろうと気付いた。村人が食うに困って娘を売るというのはよく聞く話だ。胸が締め付けられるような思いがした。朝忠は言葉を失って、呆然と少女の顔を見ていた。

しばらくして、先に行った男が戻ってきて「話がついたぞ。さあ、行こう」と二人を促した。

少女はまだじっと海を見ていた。それからゆっくりと立ち上がると、はっきりと答えた。

「うん、行こう!」少女は微笑みさえ浮かべている。

その決然とした言い方に、連れの男たちも、むしろ驚いた様子である。朝忠も、ジャンヌ・ダルクの出陣のときは、こんな感じだったのかと連想したほどだ。だが、売られていく少女をこのまま行かせてよいのか。こんなにあどけない娘が金持ちの男たちの慰みものになるなど、とうてい許しがたい。朝忠は焦った。何とか、もう少し引き止めておくことは出来ないものか……

「待て!」

朝忠が不自然に大きな声で言った。先導の男が、キッとした目を向けた。情けないことに、朝忠はその視線にひるんでしまった。いつもなら、決してそんなことにはならないのだが、気落ちしている今日の自分には、たかが漁師の男に立ち向かう気力さえない。なんとも情けない限りだ。

「いや、……娘ごに、砂糖菓子をやっても良いかな?」朝忠はかろうじてそう言いながら、懐から紙に包んだ黒砂糖の小さな塊を取り出して少女に与えた。

「ありがとう」

少女は朝忠の顔をじっと見て、微笑んだ。

娘は男たちに背中を押されるように離れて行った。朝忠は遠ざかっていく少女の後ろ姿を追っていた。

突然、少女が振り返って、明るい大きな声で叫んだ。

「あまーい!」

朝忠は、手を挙げて、それに応えた。少女の声が、いつまでも耳に残った。

少女の姿が見えなくなったとき、朝忠は、両手で顔を覆った。

「俺はあの娘を見殺しにしたのだ……」

いつもなら、朝忠が他人のことに関心を持つことなど全くない。常にその時々の目標に向かって邁進している朝忠は、自分に関わりのない人々のことは、目にも入らない。しかし、今日の俺はいつもとは違う。そう、理由は明らかだ。王府への任官の夢が途絶えて、自分がいかにも不憫に思えたからなのだ。

「首筋に傷跡があったが、死のうとでもしたのかな……あの娘には、俺などには想像もできないような過酷な運命が待っているのだろうな。それにもかかわらず、あの娘はそれに立ち向かっていこうとしていたではないか」

朝忠は呟《つぶや》いた。

「それにひきかえ、俺は何とひ弱な男に成り下がってしまったのか。あの少女の哀れさを思えば、俺の任官のことなど、小さな問題かもしれないな。ああ、それにしても、この国は、どうしてこんなに貧しいのか。何故だ？　……言うまでもない、政事が悪いからだ。こんな危機に直面しているというのに、王府には、誰一人、自分の頭で考え、自分たちの力で乗り越えようという気概のある者がいないからだ。ああ、こん畜生、腹立たしい、悔しい！」

こんなことを誰か王府の役人に聞かれたら、ただでは済まなくなるなと思いながらも、朝忠はこみ上げてくる怒りを抑えられなかった。

だが、あの少女が、毅然として自分の人生に立ち向かおうとしていた姿を思い出して、朝忠は不思議な感動を覚えた。

朝忠は溜息をつきながら手許に残っていた黒砂糖の塊を口に放り込んだ。少し焦げたようなほろ苦い甘さが、舌に溶けて、そして消えた。

「あまーい、か……」

朝忠は寂しそうに思い出していた。名も知らぬ娘子だったが、交わしたひと言ふた言で、あの娘は、この俺に人間らしさを取り戻させてくれたような気がする、と朝忠は思った。

数日後、状況が大きく変わった。

朝忠の家に、再び、安仁屋政正が走ってきた。老師からの、至急屋敷に来るようにとの伝言である。

「破門は、早々と解けたようですよ！」

政正が笑いながら伝えた。急いで屋敷に赴くと、師は言った。

「朝忠よ、そちの言った通りであったぞ」

「何のことでしょうか」

「昨日、フランス船の艦長から王府に、和親条約を結んで開国し、交易を行なうようにとの要求が突きつけられたのじゃ。王府の役人がそれを婉曲に拒んだところ、埒《らち》が明かないならば、フランス国東洋艦隊が来航し、砲弾が那覇の街を焼き尽くすであろうと、まあ、それに近いことを言ったようじゃ。王宮はまたまた大混乱じゃ。摩文仁親方は気の毒に御仮屋に呼び出されて、ご奉行から厳しく叱責を受けたそうじゃ、板良敷の言った通りではないか、と」

「そうでしたか。私は、いずれこの先、そうなるかも知れないと申し上げたまででしたが……」

「とにかく、そちは今や王府でも英雄扱いじゃ。それで、そちを異国通事に抜擢しようということになったそうじゃ。これから直ちに王府に参上して、必要な手続をとるようにとのお達しがあった」

「えっ、本当ですか！　有難うございます。何とも、夢のようなお話です」

朝忠は師に礼を言った。王府の役人たちのいい加減さには、怒りよりも嘆かわしさの方を強く感じるが、有給の身分に取り立てられたことは、やはり何よりも嬉しい。

「良かったですね！」

傍で話を聞いていた政正も自分のことのように喜んでくれた。朝忠は、昨日までの腐り切った気分は霧散して、今は狂喜乱舞の心地である。さすがに、薄っぺらな自分が恥ずかしいが、やはりこの喜びは隠しようがない。

「先生のお陰です。本当に有難うございました。ご恩は生涯忘れませぬ。こんな嬉しいことはありませぬ」

朝忠は師に何度も心からの礼を述べた。

「だが、朝忠よ」

安仁屋親雲上は、朝忠の有頂天を見透かしているかのように、厳しい口調で言った。

「そちに警告しておく。王府はな、伏魔殿じゃ。そちは頭が切れすぎる。モノをはっきり言い過ぎる。よいか、王府は学校とは違うのじゃ。学校では誤りを恐れず何でも自分の考えをはっきりと言うようにと教えられたであろう。だが、王府では、物事は出来るだけ曖昧にしておき、出来るだけ時間をかせいで、ぬらりくらりとやるのじゃ。そうしないと、必ず足元をすくわれる。これがわしのそちに対するはなむけの言葉じゃ」

「は、心して励みまする」

「いや、励まずとも良い、励まずとも良いのじゃ。そちを見ていると、わしは命が縮む思いじゃ」

師はどこまでも心配そうであった。

こうしてともかくも朝忠は念願の任官を果たしたのである。今日からは異国方の役人になるのだ。王国の外交官として仕えるのだ。輝かしい未来が自分の前に開けてきたことを実感した。ああ、何と素晴らしいことか！


数日前に出会った少女の記憶は、朝忠の頭からもう遠くに押しやられてしまっていた。

通　事

王府の異国通事となってからの朝忠は、正式には「板良敷里之子《さとぅぬし》朝忠」と呼ばれるようになったが、水を得た魚のようなその活躍ぶりには、誰しも目を見張った。「励まずとも良い、ぬらりくらりとやるのじゃ」と師匠に言われた朝忠であったが、任官のその当日から、アルクメール号の対応に駆り出されて、同船が退去するまでの期間、不眠不休の激務が続いたのである。

フランス側の要求は、案の定、薪水の補給にとどまらなかった。和親条約を結んで国交を開くこと、そして貿易と布教の自由を認めるよう要求してきたのである。琉球としてはもとよりこれをのむことは出来ない。だが、拒否すれば、あの砲門が火を吹くことになる。絶体絶命の危機である。

琉球の立場は微妙である。琉球は清国に朝貢し琉球王は清国皇帝から冊封《さっぽう》を受けているという意味では清国に従属しているが、それは清国との貿易を行なうための便法であり、多分に象徴的なものである。そのことは、清国も、諸外国も暗黙に認めていることに他ならない。

他方、琉球に対する実質的な支配は薩摩藩によって行なわれているが、そのことが清国に知られれば清国が攻めて来るかも知れないので、それは秘密とされている。もっとも清国も、薩摩が琉球を支配していることについて実際はよく知っているのだが、知らない振りをしている。そうした偽りの国家関係の中で、琉球は一応、かろうじて独立国の体裁をとっているのである。欧米との開国や貿易は鎖国体制の下で許されない。「その問題は江戸で幕府と交渉してくれ」と言えれば一番簡単なのだが、そういうわけにはいかないのだ。

そうした事情だから、琉球側は、のらりくらりと交渉を引き延ばし、相手が根負けして退去してくれるのを待つ、という以外に何らの戦略はないのである。

第一回の交渉は、泊の聖現寺で行なわれた。外国人を上陸させることは本来禁止なのだが、フランス側の強い要求で、薩摩藩庁も仕方なく認めたのである。フランス側はデュプラン大佐、琉球側は那覇里主《さとぬし》・真栄里親雲上《まえざとぺーくみ》が代表となり、それぞれ通事・筆者を従えて交渉に臨んだ。もちろんその中には、随行の筆者（書記官）に変装した薩摩の役人の姿もあった。

会談は、中国語を基本とし、それをそれぞれ仏語・琉語に再び訳すという二重通訳で行なわれたが、朝忠もこの第一回会談から通事として参加することになった。当初は筆頭通事が通訳をしたが、中々通じない。そこで朝忠が代った。朝忠の方が数段も有能な通事であることは明らかだった。結局その後は専ら朝忠が通事を務めることになったのである。

デュプラン大佐が口火を切った。

「ご承知の通り、阿片戦争の結果、清国は大英帝国に屈し、沿岸諸都市を開港し交易を開始するに至った。しかるに、わがフランスは、清国と和親条約を締結し、最恵国条項の下に、英国が得た権益はすべてフランスにも同様に均霑（きんてん）されることになった」

――やはり、最恵国条項だ！

「このように貴国の宗主国たる清国が国を開くことになった以上、琉球国においても、開港・交易はもはや問題ないはずである」

デュプラン、まずは理詰めで開国を迫った。

真栄里親雲上《まえざとぺーくみ》はこれに対して、次のように応えた。

「われわれには、そもそも貴国が何ゆえわが国との国交を望まれるのか理解しがたい。わが王国は、貴国から遠く離れた小国にして、金、銀、銅、鉄の産出もなく、見るべき産業もありませぬ。人民はわずかばかりの産品を物々交換してその日の食料をかろうじて得ているにすぎませぬ。そのような最貧国が貴国のような大国に港を開いても、何ら交易する物がございませぬ。それに、わが国には通貨もなく、交易の手段もありませぬ」

「それは話が逆であろう」とデュプラン大佐は言った。「開国し交易を開始すれば、自ずと産業は育つものだ。通貨がないというなら、作れば良いではないか」

真栄里は、これ以上、中身に入るのは避けることにして、次のように述べた。

「ともかく、ご要望のおもむき、しかと承りました。誠に重要なお申し出でありますゆえ、王府に持ち帰りまして慎重に評議を尽くし、その上でお返事申し上げる所存、いずれ後日、評定の結果をお持ちいたしまする」

「後日とはいつのことか」とフランス側。

「は、いかに早くても、結論を得るのに、そう、七日はかかるかと……」

「七日だと！　そんなに待つわけにはいかぬ。明日までにお願いする」

デュプラン大佐は一歩も引かぬ強硬な態度である。

「それはとても無理というもの、どう頑張っても五日後……」

「いや、明日だ。もし明日に返事が来ないのであれば、われらは重大な決意をしなければならない。われわが東洋艦隊は現在、安南（ベトナム）に待機中であるが、もしこの交渉が纏まらなければ、われらは、貴国の不誠実な態度を艦隊司令官セシーユ少将に報告することになろう。その上でわれらは大艦隊とともに再び来航して談判に及ぶが、その時には開国どころか琉球王国が存続できるかどうか保証のかぎりではない！」

フランスはいよいよ砲艦外交の本性を顕わしてきた。たしかに、大国の武力の前では、琉球など赤子の首をひねるようなものであろう。朝忠が相手側通事の言葉を翻訳しているのを聞きながら、真栄里親雲上《まえざとぺーくみ》は冷や汗が体中から噴き出しているのを隠しようもなかった。余りの不安と緊張に声が引きつっている。しかし、それでも彼は頑張った。

「そ、それでは……必ず四日後に」

「だめだ、明日だ！　われわれはフランス皇帝の命を戴してはるばる琉球にやってきたのだ。私は皇帝から全権を委任されてここにおる。子供の使いではない！」デュプラン大佐は仁王のように顔を真赤にして声を荒げた。誰の目にも彼の忍耐の糸は今にも切れそうに見えた。凍りつくような緊張が流れた。

そのとき朝忠が立ち上がり、真栄里の発言を待つことなく、デュプランの目を見据えて、例のかん高い大きな声で言った。

「わが王国は、過去二五〇年にわたって鎖国を続けてきたのですぞ。大佐はそれを明日までに変更せよと言われるか、それはあたかも、お国のセーヌ河の流れを、明日までに変えよと言うに等しいことではありますまいか」

意外なところからの発言、しかも故国「セーヌ河」の名が出てきたので、デュプランは度肝を抜かれ、ぐっと詰まった。それまでの勢いがそがれて体勢を崩してしまったのである。末席の通事に過ぎない若者に、痛いところを衝かれた。大きな目をむいて若者を睨みつけたが、かえって朝忠の鋭い眼差しに抗しきれず、大佐はついに目をそらすほかなかった。

デュプランは混乱していた。フランスのことにも通じているらしいこの青年は、一体何者なのだ。ともかく今日は早めに切り上げた方が良さそうだ、デュプランはそう思ったらしい。

「それでは……三日後でよい。三日後に返答を待つ」

こうして第一回の会談は終わった。

だが、三日間はあっという間に過ぎた。王府では連日連夜、評定が続いたが、返答の内容は「拒否」以外にないので、問題はどういう言い方でこれを伝えるか、そしてアルクメール号をどうやって退去させるかだけであるが、いつまで議論を重ねても妙案は出て来ない。とりあえず、あと二日の猶予を求めようということになった。

もっとも、この方針もすんなり決まったわけではない。さらに三日の延長を要求するというのが原案であったが、そもそも猶予を求めれば、相手に期待感を持たせて、猶予後には実質的な譲歩をしなければならなくなるとか、仮に猶予を求めるとしても、三日の期限を一日だけ延長したいというなら何とかなろうがとか、……そもそも真栄里親雲上《まえざとぺーくみ》が最初に七日などと言ったから三日の期限になったので、最初は一カ月というべきであったとか、本質的な問題はそっちのけで重箱の隅をつつくような瑣末なことについて蜂の巣をつついたような議論が延々と続いた。そのあげく、最後は表決によって二日ということになったのである。だが、実際の交渉に当る真栄里にしてみれば、相手が延期を認めるはずもないことは陽を見るよりも明らかである。

「ま、私の首を差し出せば良いことですから……」

その自嘲気味な言葉に、今度は一気に同情が真栄里に集まり、結局は、全て真栄里の判断に一任しようということになった。それなら最初から真栄里親雲上に一任と決めれば良かったのだが。

当日の早朝、真栄里が暗い表情で今日の会談場であるアルクメーヌ号に行く支度をしていると、突然、天を裂くような凄まじい砲声が響いた。いよいよ戦争が始まったのかと逃げ惑う百姓・町人で、那覇の街は大混乱となった。真栄里も殆ど気を失うところであった。

空砲であることはすぐ分かったが、これがアルクメーヌ号からの返事の催促であることは明らかだ。真栄里は気を取り直して随員とともに伝馬舟に乗り込んだが、その顔は極度の緊張で蒼白だった。随員の筆者たちの顔色も同じである。その中で朝忠だけが、浅黒い顔を紅潮させている。朝忠は泊の海岸に咲いていたハマユウの花を何本か切り取って紙に包み小脇に抱えていた。

――ひょっとして、これが役に立つかもしれぬ。

琉球側代表団が縄梯子《なわばしご》をのぼりアルクメーヌ号の甲板に立つと、士官が先導して、銃剣を捧げた水兵達の間を、会議室に導かれた。着席したとき、真栄里は、やはり生きては帰れぬかも知れぬ、と覚悟を決めたようだ。そう考えるとかえってすがすがしい気持ちになったのか、自然と涼しげな笑顔になった。朝忠はその真栄里の顔をうかがって、うん、これなら今日はうまく行くかもしれないと思った。

会場にはすでにデュプラン艦長が苛立った様子で待ち構えていた。艦長の苛立ちには理由があった。飲み水の備蓄は最低限しかなく、食料も底をつき始めていた。毎日、琉球側から補給を受けているが、二三〇人の船員を充分に養うには不充分である。金を支払って購入する積りでいたが、琉球側は貨幣をもらっても使い道がないと受取らない。物々交換も拒否されて、搬入される食料品はすべて琉球側の贈り物である。贈り物だから、量が少ないとは、さすがに言えない。

実はこれが琉球の戦略である。根をあげて、早く退散してくれることだけを願っているのだ。旧暦三月とはいえ琉球ではすでに初夏、物は腐りやすくなってきており、水兵の中には病気になる者も出始めていた。

「して、ご返答はいかに」

いかにも余裕のない表情で艦長が真栄里に問う。

「誠に申し訳ござらぬ。恥ずかしながら、やはり評議は決着できず、あと二日の猶予をお願いしたい」

「何だとっ！」

通訳を介さなくても、大佐が憤激していることは、分かりすぎるほどよく分かる。真栄里親雲上《まえざとぺーくみ》は落ち着いて続けた。

「先日もお話申し上げましたように、わが王国は、貴国から遠く離れた小国にして、金、銀、銅、鉄の産出もなく、見るべき産業もありませぬ。わが国には通貨もなく……」

デュプラン大佐は中国人通訳が終わらないうちにそれをさえぎって叫んだ。

「ええい、そんな話は聞き飽きた、貴殿らはフランスを愚弄する積りか！」

「いえ、決してそのような。ただ、わが国には貨幣もなく、交易しようにも……」

「黙れ！　貴殿らには最初から開国しようという気がないのか。われわれはフランス皇帝のご慈悲をもって和親条約の締結を呼びかけているのだ。結ぶのか、結ばないのか！」

「そのご返答は後日……」

ここで、デュプラン大佐の堪忍袋《かんにんぶくろ》の緒が切れた。

「デゲネ・ヴォ・ゼペ！」

彼はそう叫ぶと、背後に控える士官達に抜刀を命じ、サーベルの切っ先を代表団に向けさせたのである。真栄里も相手がそこまでやるとは思っていなかったので、腰を抜かした。代表団の他の者たちも後ずさりし、あるいは机の下に身を隠すようにした。

その時である。朝忠が大声でフランス士官らを制した。

「メッシューッ、アタンシオン・シルブプレ！」

北京時代に聞きかじったもので、朝忠の話せる唯一のフランス語だった。しかし効果抜群。士官たちは琉球の通事が突然フランス語を話したので、驚いて体を引いた。

「わが王国には、古来、武器というものが存在しませぬ。刀や銃で人を傷つけるということは、この琉球では考えられぬこと。武器を突きつけられたら花一輪を差し上げよと、私たちは先祖代々教えられているのです」

朝忠は、ことさらゆっくりと話した。顔色も変えず、ひるむ様子もない。

彼は、落ち着いて、持ってきたハマユウの花を紙包みから取り出すと、それを一本ずつ、抜刀している士官に手渡したのである。士官たちは困惑げにそれを受取った。

最後に残ったハマユウの一本を、朝忠はデュプランに渡した。デュプランは気まずそうにそれを受け取った。そして、部下たちにサーベルをおさめるように言った。艦長としての権威は丸潰れだが、そうするほかなかった。

デュプランも琉球遠征前にバジル・ホールの本は読んできていたようである。その中に、琉球は武力を持たず武器がない、と確かに書いてあった。ホールは英国への帰還の途中、大西洋のセントヘレナ島に立ち寄り、そこで幽閉中のナポレオン・ボナパルトに会見して琉球のことを話すと、ナポレオンは「この世に武力を持たない国など、あるわけがない」と言い切ったという。デュプランもナポレオンと同じように考えて琉球に来たのであろう。ところが、この琉球には、やはり武器が全くないようなのだ。どうも西欧の常識では理解できぬ国のようだ。この小国の考え方は、西洋の国とは違うし、安南や清とさえ違う……と。

デュプランは急に自分が恥ずかしくなったのかも知れない。根は正直な軍人なのであろう。混乱している様子がよく分かる。もうどうでも良い、というなげやりな感じで、彼は力なく言った。

「それでは二日後のご返答をお待ちする」さらに続けて、「なお、われわれは二日後、ご返答を頂いたら直ちに福州に向けて出発する」と言った。

「えっ、出発……」

真栄里《まえざと》は信じられない気持ちだった。デュプランの先ほどまでの剣幕は、朝忠が渡したハマユウの花一本で、一瞬にして消え去ってしまっている。真栄里たちはまだ事情がよく飲み込めない様子だが、デュプランが、突然、開国要求の意欲を喪失してしまったのは確かだ。

反対に、先ほどまで抜刀していた士官たちは、朝忠と熱烈な握手をしている。

「英国が攻めてきたら、俺たちフランスが必ず琉球を守ってやるからな」

水平たちがそう言ってくれている。

真栄里は狂喜乱舞したい気持ちを抑えながら艦をあとにした。海岸に着くと、彼は凱旋将軍のように叫んだ。

「異国船退散！」

泊の蔵屋敷で待機していた月番三司官その他の王府高官に真栄里親雲上はアルクメーヌ艦上で起こったことを詳細に報告し、朝忠の働きを激賞した。

「板良敷の冷静な判断と機転、そして剛胆さが、わが王国を救ったのです」

真栄里はそう言って、朝忠の活躍を褒めた。王府に勤め始めてまだ五日と経っていなかったが、朝忠にとっては幸先の良い始動であった。

二日後、真栄里親雲上は再びアルクメーヌ号に向かった。伝馬船に満載の水、野菜、食料を積んでいる。最後の贈り物である。真栄里は満面に笑みを浮かべてデュプランに言った。

「このたびは貴国皇帝の深い思し召しにより、わが国との交易のお話を頂き、誠にかたじけなく心より感謝申し上げる。ただ、わが国は小国にして、金、銀、銅、鉄の産出なく、さしたる産業もなければ……」

「もう良い、それは分かった」

デュプランは苦笑いを堪えながら真栄里をさえぎった。デュプランはもう一刻も早くこの不思議な琉球という国から離れたいと願っている。これ以上ここにいると、頭がおかしくなりそうなのだろう。

ただ、一つだけ伝えたいことがある、と彼は言った。

「先にも申したように、半年後には、われらの東洋艦隊が琉球に来訪するであろう。ついては、その際の通事役として、我輩の部下であるフォルカードと清国人通事の二人を残していくこととする。艦隊来訪までの間、よろしく面倒を見て頂くよう」

これは要求ではなく、一方的な通達である、という意図をはっきりと示す断固とした言い方であった。

「この者らに万一のことがあった場合には、その責めは必ず負ってもらう」と恫喝しておくこともデュプランは忘れなかった。

「そんな、まさか……外国人の上陸・滞在は国法で禁止されておりまする」

真栄里は必死に食い下がったが、何故か相手方の通事はそれを翻訳しようとしない。

「それでは、半年後にまた会おう、われら出航の準備があるので、これで失礼する」

デュプランがそう言うと、水兵がピーっと笛を鳴らし、ドラが打ち鳴らされて、何がなんだか分からないうちに、琉球代表団は下船させられてしまった。自分たちの伝馬船にその異国人通事らが乗り込んできたら大変と、こちらも急いでアルクメーヌ号を離れた。

伝馬船が泊の海岸に着いた頃、アルクメーヌ号は帆を揚げ、沖に向かって進み始めた。

「やっと退散してくれた！」

真栄里らは歓声をあげた。

その時である。アルクメーヌ号の傍らからボートが岸に向かって漕ぎ寄せられているのが視認された。

「まさか！」

その小舟には異国人と唐人通事の姿があった。大量の荷物も積み込まれている。直ちに王府の伝馬船がボートを取囲み、アルクメーヌ号に戻るように命じたが、言葉が通じないため、お互いに叫びあっているだけで時間が過ぎてしまった。アルクメーヌ号は満帆の風を受けて、間もなく地平線から姿を消した。万事休す、まさに晴天の霹靂《へきれき》であった。真栄里は「デュプランめ！」と歯軋《はぎし》りしたが、後の祭り、最後に一本とられた形であった。

この後、二人の外国人、宣教師のフォルカードと清国人通事の高は聖現寺に軟禁状態で留め置かれることになる。

しかし、ともかくも、フランス軍艦を無事に退去させたことに、王府も薩摩藩も大いに満足した。とくに朝忠は、その働きによって、王府において一目も二目も置かれる存在となった。

真栄里親雲上は朝忠によって自分の命が救われたと思い、一夜、彼を自宅に呼んで馳走した。王府の高官から食事に招かれる、その席で天下国家を論じる……「任官するというのはこういうことなのだ」と自覚したのはこの時であった。

「それにしても、お主はなぜフランス士官が抜刀して脅迫することを予想していたのか」と真栄里が聞いた。

「それは簡単なことです。阿片戦争で英国が同じことを繰り返したからです。清国の将軍たちは、抜刀した英軍兵士に取り囲まれて降伏文書に署名させられたと聞きました。案の定《じょう》、フランスも同じでした」

「しかし『剣には花を』というのは意表をついた戦術じゃったな。今後、異国船にはこれで行こう」

「いえ、この手が使えるのは一度だけ、一度使ったらもう使えません」と朝忠は応えた。

「何故じゃ」

「こういう話は異国の間ですぐ伝わります。次のときにはもう誰も驚かぬゆえ、何の効果も生みますまい。それに、わが王国にも武力があることは、早晩、異国にも知られるものと思っておいたほうがよいでしょう」

言うまでもなく、薩摩の駐留軍のことである。

「なるほど。お主にかかっては、全てお見通し、という感じじゃな」

真栄里は舌を巻いた。朝忠はどこまでも現実主義者なのである。

薩摩藩の在番奉行・平田善太夫も、王府の従者に変装して琉球の交渉団に加わっていた薩摩の部下から、朝忠の活躍ぶりを聞き、深い感銘を受けたようであった。アルクメーヌ号の一件が落着すると早速朝忠を召しだした。

「若者ながら、天晴《あっぱれ》れである。ところで、先日の会議でもそちは阿片戦争について触れておったが、その戦争の顛末を一書に纏めてくれぬか。この戦争がどのようなものであったか、風説は色々聞くが、正確なところは誰も分からぬ。出来るだけ早く仕上げるよう」

朝忠は家に取って返すとすぐに、猛然と作業を始め、徹夜となったが、翌朝には完成した。大半は、先に清国から帰国後に異国方に提出した『清国見聞記』を基にしている。原本は王府の役人に没収されてしまったが、写しを残しておいたので、助かった。奉行の指示通り、表題は『風聞書（ふうぶんしょ）』とし、執筆者の名前はない。あくまでも「風聞」であり、書いた者にも書かせた者にも責任が及ばないようにするためである。

その日、早速これを泊の奉行所番屋に持参した。

「出来るだけ早く、とは申したが、このように早くできるとは！」

奉行は『風聞書』をめくって感嘆の声をあげた。

「北京留学の帰途、少しずつ書き溜めたものでございます。このような形で帰朝報告が陽の目をみることができ、お役に立てることは、この上なき幸せに存じまする」

「これは直ちに薩摩の御国許（おくにもと）に送る」と奉行は言った。「恐らく江戸表に送られ、若殿・斉彬《なりあきら》様を通じて幕府重臣に届けられるであろう」と。

――島津斉彬とは、どういう人物なのであろうか。当代きっての英傑と言われているという。そういう人物に、自分の書いたものが読まれるというのは、何という光栄であろう。

身辺

朝忠がようやく有給士族の身分となったことを聞きつけて、首里山川村の亀山家からお祝いの使者が板良敷《いたらしき》家にやってきた。早速にも長女ナベと婚姻の礼を執り行って欲しいという亀山家の希望が伝えられた。希望というよりは強要だった。慣習に従って一〇年前、朝忠一七歳、ナベ一二歳のとき、双方の親が取り決めて入籍したのだが、もとより一緒に生活していたわけではない。二人が会ったという記憶もない。清国に留学した後は、ナベのことなどすっかり忘れてしまっていた。

ところが留学から帰国すると朝忠はナベの兄に「このままでは、妹は大年増《としま》になってしまう」と、かなり執拗に正式の結婚を催促されるようになった。朝忠はこの結婚に余り積極的にはなれなかった。そもそもこの婚姻の約束は、慣習とはいえ、彼の全く与《あずか》り知らぬところで決められたものであった。解消できるものなら解消したいと思った。だが、朝忠の留学中、板良敷家は亀山家から種々経済的な援助を受けていたようでもあり、いまさら解消は不可能だったし、これ以上、結婚を引き延ばせなかったのである。

ナベは朝忠より五歳年下だった。本来であればこの際、分家して一家を構えるべきなのだが、貧窮の身、首里赤平村の実家のアサギ（離れ）を借り、新居とするほかなかった。壁だけは新しく塗り替えてもらって、何十年ぶりかで白壁に戻り、朝忠が何となく気に入っていたあの「世界地図」も消えた。

ナベは働き者で、家事を済ませると休みをとるでもなく、はたおり機の前に座って終日、首里花織の布を織り、家計を助けていた。家の外に出ることは殆どない。彼女の名前は、恐らく生まれたとき傍のかまどに鍋があったためかと思われるが、その名に相応しく、家を任せるにはこれ以上信頼できる妻はなかった。

しかし、いかにひいき目にみても、女の魅力には乏しかった。ナベは実際の年齢よりも、ずっと老けて見えた。いつも暗い冷たい顔をして、笑顔を見たためしがない。笑うことは罪だと思っているかのようだ。

それにしても、北京の林珊英《リン・シャンイン》はその後どうしているのだろうか、と朝忠はつい思ってしまう。何という美しい女性だったことか。聡明で機転がきき、会話が弾んだ。それにひきかえ……と、つい比較してしまう。

もっとも、朝忠もこの時期、新婚早々とはいえ、外国船・外国人の往来頻繁となり、国事多難の最中で、泊の蔵屋敷に詰めていることが多く、赤平の自宅には殆ど帰れない日々が続いた。たまに暇をとって帰っても、ナベはとくに嬉しそうな表情を浮かべるわけでもないが、朝忠の帰還を快く思っていないということではないようだ。朝忠が帰った日、ナベはいつも心づくしの手料理を準備した。

久しぶりに家に戻った夜、むさぼるように妻を抱く朝忠に対して、ナベは終始冷静に、声ひとつ立てず「勤め」を果たした。そして、朝忠はただ白けるほかなかった。陰気で無口な妻との間で、会話らしい会話を交わすことも少なくなっていった。

それでも、次の年には初めての子供が生まれて、朝英と名づけた。その後、夫婦の間には二年ごとの間隔をおいて、さらに二人の息子が生まれた。朝昭と朝珍である。長男の朝英が生まれたあとは、夫婦関係はまったくなかったわけではないが、極めて少なくなったことは確かだ。しかし、それでも子供は生まれてくるものだ、夫婦というのは元来そういうものなのかも知れないと、朝忠は他人事のように思ったのであったが。

次郎という男が朝忠の従僕として働くようになったのは、朝忠夫婦にこの長男・朝英が生まれて間もない頃のことである。朝忠の仕事は多忙を極め、従僕が必要なことは明らかだったが、従者を一人食わせるだけの収入もなく、第一、自宅すら満足に持てない身では、寝床を与えることさえ出来なかったから、諦めざるを得なかったのだ。

ところがある日、ナベが珍しく外出し、同じ赤平に住む次郎を連れてきて、彼を従者にしてはどうかと言った。住まいは近くだから「通い」の従僕でよいという。狭いながらも耕地をもち、食うだけの食料は自分で作っているということであった。それで話は決まった。

次郎は朝忠より二、三歳年上であったが、その頃から実年齢よりも老けてみえた。次郎は、朝忠一家が赤平から首里城下の崎山に大邸宅を拝領して移るまでの七年余り、貧乏で忙しいばかりの朝忠によく仕えた。

それ以上に、朝忠が次郎に感謝していることがあったとすれば、次郎がナベの話し相手をしていると、ナベは、人が変わったように明るく振舞う。二人が大声で笑いあっているのを耳にして、朝忠は一再ならず不思議な気持ちになったものである。

しかしともかくも、次郎がいてくれることで、朝忠は家庭のことをかえりみる必要がそれだけ少なくなった。泊の蔵屋敷に部屋をもらっていることもあって、赤平の自宅に帰ることは益々少なくなった。必要な連絡は、すべて次郎がやってくれたからである。

朝忠の師、安仁屋親雲上政輔《あにやぺーくみせいほ》は、出世して余世山親方《よせやまうぇーかた》となった。息子政正《せいしょう》は、アルクメーヌ号事件の後間もなく、朝忠らの見送りを受けて清国へ旅立った。政正の留学は思いのほか長くなり、北京・国子監での研究生活を終えて帰国したのは、実に七年後のことであった。

余世山親方は早くから朝忠の才能を認めていた。朝忠を見出し、彼を世に送り出したのは自分だと自負してもいた。同時にしかし、朝忠の異才がこの琉球では受け容れられない部分もあることを強く感じていた。朝忠の異国通事としての輝かしい活躍ぶりを聞くたびに、余世山親方は彼の危うさが気になって仕方がない。そして何よりも、朝忠が外国通事の仕事に関して、自分に何の相談もしてこないのが、寂しくもあり、腹立たしくもあった。だが、親方はそれを直截に朝忠に向かって表現することが出来ない。王位府内で顔を合わせた時などに、間接的にしか言えないのである。

「最近は大層ご活躍の様子ですな」

親方としては、「心配しているのだぞ」と伝えるための精一杯の表現のようなのだが、朝忠にはそういう間接話法が通じないので、皮肉にしか聞こえない。

それに、最近の師は、飲めば愚痴ばかり。それも決まって、若い頃、身分が低かったために、先輩たちに自分の能力が正当に評価されず、いかに蔑（ないがしろ）にされてきたかという話ばかりである。朝忠も親方とは境遇が似ているから共感することも多い。しかし、それが何度も繰り返されると、さすがに朝忠も暗い気持ちになる。今や師は、紫冠を頂く「親方《うぇーかた》」の地位につき、栄華を極めたといってもいいのだから、昔の些細なことにどうしてそこまで拘泥するのかと思わずにはいられない。息子の政正が北京に行ってしまったこともあって、朝忠の足は自然と桃原《とうばる》の余世山邸から遠のくことになった。

朝忠は異国方からアルクメーヌ号が残していった宣教師フォルカードとその清国人通事の守り役を命じられた。守り役というよりは、彼らが布教活動をしないように見張る監視役であった。半年後にやってくるというセシール提督率いるフランス東洋艦隊の動静を探ることも朝忠の任務である。

朝忠はこの二人が軟禁されている聖現寺に日参し、その後二年間、彼らの面倒をよくみた。朝忠とフォルカードの間には、立場の違いを超えて徐々に信頼関係が生まれた。二人は交換教授をして、朝忠はフランス語を習得し、フォルカードは琉球語を学んだ。

二年後、セシール提督は琉球に来航したが、大艦隊ではなく二隻の軍艦を率いて来ただけであった。このときもセシールは開国と交易を求めたが、デュプランの場合と同じように、琉球側の「のらりくらり」戦術の前に、結局何も獲得することなく、フォルカードと清国人通事を乗せて、琉球をあとにしたのである。

フォルカードと入れ替わるように、今度は英国人医師・宣教師のベッテルハイムが家族同伴で琉球にやってきた。彼もフォルカードと同じように、英国船からボートで強行上陸したのである。ベッテルハイムとその妻子は、その後、来訪したペリー艦隊の船で帰還するまで、八年間の長きにわたって臨海寺、その後、護国寺で、軟禁状態に置かれることになる。このときも朝忠はベッテルハイムの守り役・監視役を命じられ、交換教授で英語や西洋事情を学んだ。

ベッテルハイムは朝忠から琉球語を学び、三年半で『琉球語文典階梯』を書き上げ、さらに八年後には琉語訳の聖書を完成している。もっとも、滞在中、布教活動は厳しく禁止されたから、一人の信徒も得ることは出来なかった。ベッテルハイムは医師でもあり、種痘を広めて天然痘の予防という面では極めて大きな貢献をしたが、そのことについても彼の琉球滞在中は誰も評価しなかったのである。

異国通事に抜擢されてから四年後、朝忠は三一歳で「御用意方筆者・兼通事係り」に昇進、さらに翌年には「里之子親雲上《さとぬしぺーちん》」の位に叙せられた。平士格の者としては異例の出世ではある。しかし、薄給であることには変わりなかった。

朝忠が辻（チージ）の「梅屋」「染屋」「松月亭」などの座敷に足を運ぶようになったのは、異国通事に就任して間もない頃であった。薩摩藩御番屋の役人たちは、非公式の打ち合わせがあるときには、頻繁に辻の「貸し座敷」を利用した。琉球では、それ以外に、談合するための場所がなかったからである。

朝忠も自然とその座敷に呼ばれることが多くなった。御番屋は那覇の西村にあり、辻村はそのすぐ隣である。それら役人の多くが、辻の遊郭に決まった女性を囲っていることも、朝忠は間もなく知った。もっとも、朝忠自身は、自分が「旦那」になって女を囲うなどということは考えもしなかった。結婚したばかりであったし、そもそも、有給の身分になったとはいえ経済的困窮の状態には変わりなかったので、辻通いをするほどの余裕など全くなかったからである。

しかし、朝忠の役割は彼の収入に関係なく年々重要なものになってきており、彼の方から薩摩の役人たちを招くことも必要になってきた。しかし接待に必要な経費が朝忠のような下っ端役人に認められるわけもなく、そういう場合は結局、前借りで貸し座敷を予約するほかなかった。数ある貸し座敷の中で、朝忠が一番良く使ったのが「染屋」であった。そこの女将は、朝忠の実情を理解して、「出世払いでいいのよ」と、いつも快く座敷を貸してくれたのである。朝忠はなぜか女将に気に入られ、その信用は絶大であった。

薩摩の役人を待っている間などに、朝忠は料亭の女将（おかみ）たちから辻の遊郭について色々と教えられた。どの料亭の女将も昔は遊女（ジュリ）だったということだ。貧しい村に生まれ、六、七歳のころ、口減らしのために売られてきたという娘が多い。ジュリとして働くようになると、借金（身代金）は間もなく返済することが出来たのだけれど、故郷には帰る家もないので、そのまま辻《チージ》に残って働き続け、先代の抱親（アンマー）からそれぞれ料亭を受け継ぐのだった。

「辻三百楼・三千美妓」といわれたように、この花街には数百軒の遊郭が立ち並んでいる。昔は生垣で囲まれた茅葺の家が普通だったが、今では高い石垣で囲まれた瓦葺の頑丈で広い平屋の建物が大半で、そこには、武家の屋敷町かと思われるほどの落ち着いた雰囲気があった。その豪華さは、長い期間にこの花街に蓄積されてきた富を象徴している。どの遊郭も、アンマーを中心に、お互い、家族のような、否、家族以上の固い絆で結ばれている。

驚いたことに、辻には、客として来る者達を除くと、男が一人もいない。そこは、完全に女だけで営まれている自治の社会である。村長（むらおさ）にあたる「盛前」（ムイメー）も女性で、その人が神事を司《つかさど》り、辻の行事を取り仕切る。男は一切関与しない。貸し座敷を営む女将もジュリも、男の支援を受けることはない。みな自立した女たちだ。だから、辻には、ヤクザも、ヒモも、人買いも、いない。罪を犯すような女もいない。琉球はもともと女系社会なのだが、ここまで徹底しているところは辻を除いてないであろう。もとより、そのように秩序が維持されていたのは、何よりも辻の街が首里王府の庇護と監督の下にあったからである。

この街には関所も木戸もないから、ジュリが逃げ出そうと思えばいつでも逃げられる。しかし、逃げようというジュリは一人もいない。足抜けや拷問など、ここでは聞いたことがない。ジュリたちが辻を去ろうとしないのは、自分たちを不幸や貧困から救ってくれたアンマーに対する感謝報恩の気持ちがとても強いからだ。

ジュリにとって、ここに来るまでに味わった苦難に比べれば、辻は「天国」とは言わないまでも、不思議な魅力に溢れた街だった。ともかく、話に聞く江戸の吉原など、搾取されるだけの悲しい郭（くるわ）とは違って、この辻の花街が、極めて「明るい」世界だということは確かだ。辻は、そこに暮らす女たちにとって、何よりも自立のための機会を与えてくれる街なのだ。

もっとも、ジュリの世界をそれほどまでに美化することが出来るか、朝忠も当初は懐疑的だった。女が男に金で春を売る、この世で一番古い職業、そして一番醜いとされる仕事には違いない。しかし、辻のジュリたちはこの何百年間、それを見事に、洗練された奉仕の生業《なりわい》として発展させ、辻の街を琉球の政治に不可欠な役割を担う場として創りあげてきたのである。ジュリたちはみな、自分たちの仕事が国王様のお役に立っているのだということに、大きな誇りを持っているのだ。国のお客人様を迎賓する場として、料理にも歌舞にも最高の質が求められる。

ジュリとなる少女たちは、何年間も、芸妓となるために厳しく躾けられ、必要な歌舞音曲の稽古に集中する。格式の高い遊郭では、詩歌や草紙を暗誦し、漢詩を詠むことも求められる。彼女たちは琉球の文化と伝統の担い手として、洗練された教養を身につけていなければならないのだ。歌舞の練習のかたわら、掃除、洗濯、厨房の手伝い、配膳その他色々な下働きもする。辻の遊郭ではどこでもそうだが、一番人気のジュリでも、手の空いている時はみな必要な仕事を、分け隔てなく手伝う。客に出す料理も、皆で協力して作る。

高級な楼では、ジュリは大抵、決まった一人の旦那に仕える。旦那の中には、冠婚葬祭の折など、自分が囲っているジュリを自宅に連れて行き、本妻の手伝いをさせる人も多いというから、ジュリは、家族同様に迎えられ受け容れられている場合もあるのだろう。男子の子供に恵まれなかった武家では、ジュリが生んだ男の子を跡取りとして育てることもある。もっとも多くの男子は、糸満の漁師に引き取られて、素潜りで魚をとる漁師に鍛えられるということだ。女の子はジュリが胞親の助けを得て辻で育てる。

辻のジュリは「馴染《なじみ》以上、妾未満」というところであろうか。少なくとも、何人もの不特定の客をとるようなジュリは、この辻の花街にはいない。しかるべき紹介もなしにふらりとやってくる一見の客などは、辻の遊郭では相手にもされない。嫌な客は、ジュリのほうで断ることもできる。ジュリは誇り高い女なのだ。

往時、中国からの冊封使が頻繁に那覇に訪れてきたころは、使節団をもてなす施設として、辻の妓楼は重要な役割を果たした。冊封使に代わって、今は、「御仮屋《うかいや》」と呼ばれる薩摩藩の在番奉行所に勤めるお役人たちが主な客だ。あるいは、その人達を接待する首里王府の高官達。時には王国の運命を決めるような重要な打ち合わせが、ほかならぬこの「染屋」のような楼で行われることもあるのだ。ジュリたちは、そういう場に同席する。

「普通ではとてもお会いすることさえ出来ない偉い方々のお話を聞くことが出来る、それだけでも、ジュリにとっては本当に名誉なことです。食べるものもない貧しい農家の片隅でピーピー泣いていたような小娘が、王宮の高位の方々に混じって、時には天下国家を論じ合っているなんて、こんなカラクリが他にあるでしょうか」

女将の一人はそう言って笑った。昔、親方の中には、自分が治める間切（まぎり、村）の行政をジュリに任せている者さえいたという。ともかくも、王府の政事に関わる重要な情報がこの辻に集中するということは、押さえておかねばならないと、朝忠は思い知ったのである。

染屋

朝忠が異国通事に任官して六年ほど経った（嘉永三年、一八五〇年）。琉球への外国船の来航はいよいよ頻繁になって、朝忠の仕事も忙しさを増していた。朝忠は前年「里之子親雲上」（さとぬしぺーちん）の位に叙せられ、今年になって、「銭御蔵筆者兼通事係」に昇進したばかりであった。

ある日の夕暮れ、朝忠は、薩摩の役人との打ち合わせのため、辻の「染屋」に呼ばれた。もっともこの日は打ち合わせというより、朝忠の日頃の勤めに薩摩側が慰労したいということだったので、朝忠も浮き浮きした気分だった。辻の大通り「中道」を進んで角を右に曲がると、その名も「染屋小路」のほぼ中ほどに、この遊郭は位置している。

ちょうどこの小路に差しかかった時である。朝忠は染屋の門の外で、薩摩の侍が小間使いの娘の衿をつかんで、玄関を開けろと大声で叫んでいるのに遭遇した。辻でこうした騒ぎが起こることはまずない。騒ぎを起こすのは、薩摩の侍くらいである。

辻の遊郭では、どこでもそうだが、客が訪ねてきた時、まず小窓から誰かを確認してからでないと玄関は開かれない。冷たく断られたこの侍は激怒して戸を叩いた。そのとき折悪しく、使いを頼まれた染屋の小間使いが戻ってきて、いわば人質にとられた形である。

「俺を入れなければ、この小娘を連れて行くぞ」などと侍は中に向かって悪態をついていた。すでに相当酔っているようであった。この状況では無視するわけにも行かず、朝忠は侍に近寄ると静かに言った。

「何事ですか。娘の手を離されよ」

その隙に娘は侍の手を払いのけて逃れた。

「お助け下さい！」と叫んで朝忠は彼の後ろに回った。

その機敏な動きに感心しながら、朝忠は娘との妙な一体感を覚えていた。その一体感が薩摩の侍に対する怒りに変わった。朝忠は娘を庇うようにして両手を広げ、娘の袖をつかもうとする侍を制止した。朝忠は腹を決めた。

「薩摩のお武家様ともあろうお方が、何たることですか、女子《おなご》を追いかけたりして」

「うるさい、首里の木っ端《こっぱ》役人は黙っとれ、そこをどけ！」

「はは、たしかに首里の木っ端役人には相違ありませぬが、小娘を脅すなど尋常ではありませぬな」

「なにっ、薩摩武士の俺に指図する気か、邪魔をすれば切る！」

男は朝忠を睨みつけながら刀を抜いた。怒り狂った男の目が踊っている。アルクメーヌ号艦上でフランス士官達にサーベルを突きつけられた時のことが一瞬、朝忠の脳裡をよぎった。

——あいにく花一輪の持ち合わせはないが、どうせこの酔っ払いには効かないか……

朝忠はなぜかこの時も不思議と恐れを感じず、たじろがなかった。彼はそれまでに男の弱点を観察していた。かなり酔っている。息もあがっている。こういう相手は、挑発してやれば一層その弱点を広げるはずだ。そこで朝忠は言った。

「はは、そのようなへっぴり腰では、生身の人は切れませぬ。それ、刀の先が小刻みに震えておりまするぞ」

「な、なにっ！」

侍は激高し顔を真っ赤にして、朝忠めがけて刀を振り下ろした。しかし、朝忠はひらりと身をかわすと、左手で侍の腕をつかみあげ、次の瞬間には右腕が相手のみぞおちを突いていた。侍は「ぐぇーっ！」という断末魔の叫び声とともに気絶して、その場に転げ落ちた。あっという間の出来事だった。

余りうまく行き過ぎて、朝忠自身、ちょっと信じられない気持ちだった。

朝忠の薩摩の友人二人も何の騒ぎかと玄関から出て来たところだった。

「お見事！　お主に、こんな武芸があるとは思わなんだ」

二人とも驚いている。

「いや、若い頃、武闘家の松村宗棍（そうこん）先生の門をたたいて唐手（空手）を学びましてな。先生から、薩摩・示現流の剣術も一応手ほどきを受け申した。最近は忙しく道場にもご無沙汰で、腕が鈍ってまいりました」

いささか気障《きざ》だったかな、と朝忠は言ってから少し後悔した。急に力が抜け、体の震えが止まらない。それを誰にも気づかれないよう、何とか踏ん張った。

「チル！　怪我はない？　大丈夫？」

玄関から飛び出してきた染屋の女将《おかみ》が、泣き叫ぶようにして少女に抱きついた。女将にとって、余程大切な娘なのだろう。

「大丈夫、こちらのお武家様が助けて下さいました」

娘の方は落ち着いて女将に応えている。一見頼りなさそうな小娘だが、怖い思いをしたばかりなのに、芯の強さがうかがわれる。

「まあ、板良敷様ではありませんか、有難うございます、何とお礼を申し上げてよいやら」

女将は朝忠に気付いて三拝九拝した。

少し落ち着くと、女将は、この侍から仕返しを受けるのではないかとか、御番屋からお咎めをうけるのではないかと心配していた。

「その心配には及ばぬ」

二人の薩摩の役人が交互に言った。この侍は、実は他にも色々と不祥事が続いて、間もなく次の御用船で鹿児島に還されることになっているのだということだった。仕返しの心配は無用とのこと、女将は胸をなでおろした。薩摩の二人は、女将に「迷惑をかけたな」と詫び、だらしなく倒れている侍を荷車に乗せて引かせ、番屋まで連れ帰ってくれることになった。二人は別れ際、朝忠に言った。

「板良敷殿、今宵はわれわれ二人でお主の慰労をしようと思って来てもらったのだが、こんなことになってしまって相済まん。いずれ時をあらためて……」

「それでは、私も蔵屋敷に戻りますので、そこまでご一緒に……」と朝忠が言いかけると、染屋の女将が強く抗議した。

「お助け頂いて、お礼も申し上げずに、このまま板良敷様をお帰しするわけには参りません。少しのお時間でも、どうか休んでいって下さいまし、すぐにお酒の用意もさせますから」

「板良敷殿、そうして下さい。女将《おかみ》、頼んだぞ」と二人の薩摩武士も言う。仕方なく、朝忠だけが残ることになった。

朝忠は改めて傍に立つ娘を見た。小間使いの身なりではあるが、細面《ほそおもて》で気品のあふれる美少女だ。その瞳には金剛石が放つような強い光があった。くりくりとした、それでいて吸い込まれそうに深い色の瞳だ。

「怪我はなかったか?」

「はい、大丈夫です。有難うございました」

「名は何という?」

「チルと申します。板良敷様のことは女将さんから伺っております。よろしくお願い申し上げます」

「そうか、チルーか。拙者《それがし》もそなたのことは女将から聞いたような気がする。たいそう踊りがうまいとか……そなたの舞いを見たいものだ」

「はい、見て頂ければ嬉しゅうございます」

少女の顔がパッと輝いた。

「さあ、さ、奥へ、どうぞ、どうぞ」

女将の先導で朝忠は染屋の玄関をくぐった。

中に入ると、女将はじめ、染屋の人々がみな平伏して改めて「有難うございました」と礼を述べるので、朝忠は、「そんな大げさな、やめて下され」と照れながら言った。そこまでは良かったのだが、部屋に向かう廊下で、派手に転んでしまった。別にわざと転んだ訳ではなかったが、皆は大笑い、その場の空気が一気に和やかなものに変わったのは確かだった。

その夜は、女将の部屋で、染屋をあげての大宴会となった。染屋には一〇人ほどのジュリがいるのだが、それらの姐が、入れ替わり立ち替わり、他の客を殆どほったらかしにして朝忠を歓迎した。もっとも、後から考えると、どうやら、みなで朝忠の「品定め」をしていたようでもある。

チルが泡盛を持って、部屋に来た。先ほどの小間使いの姿とは違って、久米島紬《つむぎ》の着物を着ている。ジュリの卵ということで、他の姐たちのような派手な衣装ではないが、清楚な美しさが引き立っている。チルが改めて礼を述べる。

「お助け頂き本当に有難うございました。私、もう怖くて、震えるばかりでした。それにしても、旦那さまの凛々しいお姿に、私、もう見とれてしまいました」

　チルがそう言うと朝忠は相好を崩して言った。

「いやー、実は拙者も怖かったぞ。普通なら一目散に逃げ出すところだが、チルーの手前、良い格好を見せておかねばと思うてな、必死で一世一代の大見得《おおみえ》を切ったのさ。おーっ、怖い。思い出すと今でも震えが止まらぬぞ。あっはっはっ」

　やや大げさな言い方ではあったが、朝忠としては正直な告白の積りであった。チルはしかし冗談だと思ったのか、「まあ！」と噴き出した。女将も姐たちも大笑いしている。薩摩の酔っ払いのお陰で、朝忠はすっかり染屋で家族のように大切にされることになったのである。

　宴もたけなわの頃、女将が言った。

「それではここで、チルが、板良敷様に、お礼の気持ちをこめて、舞を披露させて頂きます」

「ほう、あの娘ごが舞ってくれるのか、それは嬉しい」

「はい、お師匠さんに言わせると、琉球一の踊り手なんだそうですよ」と、女将は自慢げである。

姐さんたちの三線（さんしん）に合わせ、チルは笠を持って踊った。「花見踊り」（本嘉手久節《むとうかでぃく》）である。

〽春の《ぬ》花ごころ《ぐくる》
袖《すでぃ》に思と《うみとう》まれ《り》

里《さとう》がうぢ御肝《うぢむ》
（たとえ散っても笠に止まってくれるのが春の花の優しい心づかい。
いとしいあなたの御心も、どうか私の袖に、私の上に思いとどまって、
私を愛してくれるように）

花をめで、愛しい人への想いをはせる可憐な仕草が強く心を打つ。わが身にとどまって欲しいと願う恋心を、チルは両袖をすくいあげる「袖とり」で表現する。
姐さんたちの囃《はや》しが続く。

〽ウネ　カサムチミヤラビ　チュラサヌヨウ
（ごらん、笠を持った娘の何と美しいこと！）(2)

「本当に美しい娘だ！」
朝忠は改めてチルを見上げた。まだあどけなさの残る少女でありながら、匂いたつようなこの色香に、朝忠は殆ど自分を見失いかねないほど引き込まれていく感覚にとらわれた。それだけではない、先ほどから、この娘は北京で出会ったあの林珊英《リン・シャンイン》、朝忠の初恋の人にそっくりではないかと思っていた。本当によく似ている。こんなことがあるだろうか？　朝忠は、引きこまれるようにチ

ルの踊りに見入っていた。

二番目の踊目は「月見踊り」（瓦屋節《からやー》）だった。

〽おす風《かじん》も今日《きゅ》や
心《くくる》あてさらめ
雲《くむ》晴《り》れて照《teli》らす
月《つぃち》の清《ちゅら》さ

（辺りを吹く風も、今日は
心あるもののようで、
空の雲もすっかり晴れて、照り渡る月影が
清らかで、本当に美しいことよ）(3)

月をめでる所作や、月に寄せる女性の優しさを、チルはしなやかな手踊りで表現した。チルの凛とした美しさに朝忠は、ただただ感動していた。頭がくらくらするような感覚を覚えた。朝忠は女将に言った。

「たしかに、チルーの舞は絶品じゃ、舞を見てこのように心を動かされたのは初めてじゃ」

チルは舞い終わると、もう姿を見せなかった。まだ座敷に上がる姐にはなっていないからだろう。

朝忠は「そろそろ私は蔵屋敷に戻らなければなりませんので」と言った。それを潮に姐たちも引き下がった。二人だけになると女将が言った。

「実は板良敷様にお話が……チルは、まもなくお座敷に上がります。そのうち朝忠さまに、改めてお引き合わせしますわ。このことは、チルが今日、板良敷様にお助け頂いたから言っているのではありません。何ヵ月も前から私なりに考えてきたのです」

朝忠は慌てて言った。

「いやいや、拙者《それがし》は辻に通える身分ではありませぬ。引き合わせてもらっても……」

「あら、何を仰います。貴方様はきっと大出世なさる方だと、私は思っています。私はこれでも王府の偉いさんたちを数多く見てきて、私の目に狂いはありませんよ。チルは私が手塩にかけて育て上げた娘。あのように賢くて美しくてしかも心根の優しい娘は他にはいません。必ず、朝忠様の助けになると思いますよ」と女将は尋常ならぬ熱心さで朝忠を口説いた。

「申し上げておきますけど、お金なんて問題ではありません。あの娘は、私にとって、特別の子なんです」と付け加えた。

「えっ、あの娘ごは、女将の実の娘なのか」

「いえ、そうではありません。でも、私たちには実の親子以上に強い絆があるのです。実はこの数ヶ月、朝忠様がチルの旦那様になって下さいますようにと神社に行ってお祈りしてきたんですよ。でも、中々お話しする機会がなくて、やっと今夜、こうして切り出すことが出来たのは、やはり神社のご利益（りやく）があったのでしょう」

女将はもう決まったような言い方をした。

朝忠は、抜き差しならぬ立場に置かれる前に、はっきりと断っておかなければならないと思った。

「女将、私をそのように買いかぶって下さるのは有難いし、これまでも女将には世話になってきたから感謝している。しかし、あのように器量の良い娘ならば、もっと高位高官の方で相応しいご仁がおられよう。そのほうが、チルーにとってもずっと幸せというもの。拙者のように身分も低く貧乏では、チルーが可哀想じゃ……」

ところが、女将は膝を打って言った。

「板良敷様、そう言われる方こそ、チルに相応しいのです！」

「えっ、何故じゃ」

「チルは、ご覧の通り、舞踊に優れ、お師匠さんから跡継ぎにならないかとさえ言われているのです。私も、チルがそうしたいのなら、ジュリになる必要はないと思っていました。ところがチルは、それを断り、私たちのもとで、ジュリになるのだと言ってくれました。私はその言葉を聞いて、どんなに嬉しかったことか。だから、チルの旦那様は誰でもいいというわけにはいかないのですよ」

「そうか、それはいい話じゃ。しかし、それなら尚更、良い旦那を探してやらないとな。きっと良い人が見つかるであろう」

沈黙が流れた。落胆した表情で、やっと、女将が口をきいた。

「そうですか、……それなら仕方ありません。実は、王府の高官で、是非ともチルを囲いたいという方がおられるのです。でも、チルはあの方だけは絶対にいやだと言うのです。たしかにちょっと押しの強い方ではあるのですが……しかし、その方の申し出を拒めばどういうことになるか、この染屋など、半月もしないうちに店を閉じなければならなくなるでしょう。それほど強い権力（ちから）を持った方なのです。すでにチルの旦那様が決まっているということなら、先方様にも納得して頂けるのですが……」

「一体それは何方か？　あっ、いやいや、拙者には関係ないことを聞いたりして、失礼した」

「いえ、申し上げます。でも、決して口外されませんよう、お願い申し上げます」

「いや、聞く必要はない」

「いえ、板良敷様には知っておいて頂きたいのです。それは……摩文仁《まぶにうぇー》親方《かた》です。ご存知ですか？」

「えっ、摩文仁！」摩文仁親方の名前を聞いて、朝忠は天地が引っくり返るくらいに動揺した。こともあろうに、あの摩文仁がチルを抱く？　想像するだけでも身の毛がよだつ。あの男だけには決してチルを渡すわけには行かない、それが朝忠の咄嗟《とっさ》の反応だった。

朝忠は自分が摩文仁親方に対してこれほど深い敵意、いや憎悪を抱いていたということに気付かされて混乱していた。たしかに朝忠は、摩文仁親方とは最初からウマが合わなかった。対立もしたし罵倒されたこともある。しかしそれはあくまで仕事の上のことで、個人的な恨みはない……と、今の今までそう思ってきた。だが、チルに言い寄っているのが摩文仁親方だと聞いたときの、俺のこの狼狽は何と説明したらよいのか？

「親方をご存知ですね。どう思われますか」

「どう、と言われても……」

朝忠は言い淀んだ。

女将は朝忠の表情を読み取ると、なぜか、手ごたえを感じたように、早々に、話を切り上げた。

「板良敷様、遅くまでお引止めして申し訳ありませんでした」

そこで、朝忠も中途半端な気持ちのまま、腰を上げざるを得なかった。


その夜、蔵屋敷に戻った朝忠はいつまでも寝付けなかった。そして忌まわしい夢を見た。


チルが舞っている。天空に舞う妖精のように、美しい。舞い終えたチルが白砂の海辺に降り立つ。そのとき突然、摩文仁親方が現れる。チルの着物を乱暴に引き剝がそうとしている。

「ウィッヒッヒ……」逃げるチルを摩文仁が、涎《よだれ》を垂らさんばかりに追いかける。摩文仁親方の姿は、夢の途中で、いつの間にか酔っ払いの薩摩侍に変わっている。

「助けて！」というチルの悲鳴。

朝忠は絶叫して飛び起きた。

「夢か……」

ああ、夢でよかった。涙で枕が濡れていた。朝忠は観念した。

――だめだ……女将には負けた。


次の日の昼前、蔵屋敷の朝忠に、弁当箱が届けられた。「昨日はお助け下さり、誠に有難うございました。染屋チル」としたためた文（ふみ）とともに、淡い黄色の「ユウナ」の花が添えられていた。

この日ばかりは朝忠も仕事に集中できなかった。贈られた弁当を食べたあと、午後の時間は優しいユウナの花に心を奪われて過ぎた。ユウナは一日花。黄色い花弁の底が最初は黒に近い暗紅色だったのが、夕方になると赤くなった。その花は短い命を懸命に生きようとしていた。はかなくも可憐な色香。そして夜の帳（とばり）が下りる頃、ユウナの花は、しおれた。

――だめだ、チルーには負けた……


その夜、朝忠は再び染屋に女将を訪ねた。朝忠が来たときには、調理場の方から姐たちの話し声や笑い声が聞こえていたのだが、朝忠に遠慮してか、みな急に静かになり、染屋全体がひっそりとした感じになった。女将の部屋に通された。女将は朝忠が今日きっと来るだろうと待っていたかのようにも見えた。弁当の礼を言ったあと、朝忠は女将に言った。

「昨夜の話だが……チルーのことを、もう少し詳しく……お話し下さらぬか……」

「そうですか！　来て下さって本当に有難うございます。板良敷さまがチルの旦那様になって下さるのなら、どんなに素晴らしいことかと思います。私の知っていることは何でもお話し致しますよ」

女将は満面の笑顔で応えた。

---

(2)　宜保栄治郎『前掲書』八一頁。
(3)　同、七七頁。

舞姫

彼女の両親は、「照る」太陽のように明るい娘に育つようにとの願いをこめて、彼女に「テル」という名を付けたのだそうだ。琉球では、母音がア・イ・ウの三つしかなく、エとオがない。エはイになり、オはウと発音する。たとえば、恋（こい）は「クイ」に、心（こころ）は「ククル」となる。そういうわけで、彼女の「テル」という名は「チル」と発音されることになるのだ。

その夜、染屋の女将から、朝忠はチルの生い立ちについて詳しい話を聞いた。

「チルが生まれたのは、久米島なんですよ、尚育王の四年目（一八三四年）だったということです。父親はサバニ（小舟）持ちの漁師で、チルの七歳年上の兄・イチキと一緒に漁をして生計を立てていたのです。母親は終日、はたおり機の前で久米島紬（つむぎ）を織っていたとか、豊かとは言えないまでも決して貧しくもなく、幸せな一家だったようです。小さいときから村の人達はチルのことを『何て綺麗な女の子だろう』とか、『こんな賢い子供は見たこともない』とか言って可愛がってくれたそうですよ。母親がどうして文字を読めたのか分からないのですが、チルは母親から文字を習って、八歳のときにはすでにかなりの程度、漢文を読むことが出来たということです」

「母親はまた、チルが四歳になるかならない頃から、琉舞（琉球舞踊）を舞わせたそうですよ。母親の生家は、大津波や疫病で今は見る影もなく没落してしまっているようですが、昔はかなり裕福な家だったということです。そういう母親は、自分が果たせなかった舞踊家の夢を、チルに叶えさせたいと思ったのでしょう。六歳になると久米島で一番格式のある玉城（たまぐすく）流の舞踊家に入門したそうです。三線（さんしん）や胡弓、太鼓も習ったそうです。チルはお師匠さんに気に入られて、『この子は筋がいい。きっと琉球一の舞姫になる』と言ってくれたそうですよ」

「ちょ、ちょっと待ってくれ！」朝忠が叫んだ。「拙者《それがし》は清国・福州からの帰途、久米島に立ち寄り、蔵元の屋敷で舞踊を見た。ひょっとして、そのとき拙者はチルーと会ってはいないだろうか！そのころまだ六、七歳だったと思うが……もしあの少女がチルーなら、拙者は母親にも会っているぞ。出航の時、チルーと一緒に見送りに来てくれた」

「えっ、それは奇遇！　すぐチルに確かめたいところですが、あいにく今夜は、他の楼で料理の手助けが急に必要になって、チルは今そちらの手伝いに行っているのですよ。あと一時もすれば戻ってきますから、聞いてみましょう。一〇年も前にお会いになっているなんて、やはりチルは板良敷さまとご縁があったということですよ！」

「しかし、それがチルーだったら、……何故この染屋にいるのだ？　いや、やはり別人だろうな……」

「いいえ、私は何だか、朝忠さまが久米島でお会いになった少女が、うちのチルだという気がしてきましたよ。まあ、とにかく話の続きをお聞き下さい」

「そうか、聞かせて下され」

「チルが七歳になった時、妹のスイが生まれたそうです。末の娘だからスエ、皆スイと呼びます。チルは妹の世話をやくのが何より嬉しかったそうです。一家五人、これほど幸せな家族はなかったでしょう」

「妹が生まれたあと、チルは舞踊の稽古に前以上に打ち込んだそうです。しかし、後になって知ったことだけれど、お師匠さんに払う謝礼と衣装代は、チルの両親が払える程度をはるかに超える高額だったようです。そりゃそうですよね、漁師の家ですもの。それだけではなく、母親が首里の興行師が持ってきた話に乗せられ、首里での舞踊の会に出られるからと莫大な額の参加費を出さされたのだとか。お師匠さんも強く勧めているというので、この話を受けることにしたのだそうです。ところが、興行師は、何人かの娘の親から金を巻き上げたあと、姿を消してしまい、舞踊の会の話は立ち消えになったというではありませんか。お師匠さんには全く寝耳に水の話だったようで、騙されたと気付いた時には、すでに遅かった。借金だけが後に残って、母親が嫁入りのとき実家から持ってきた着物が売られ、家の唯一の財産だった畑も売られたのだそうです」

「しかし母親はどんな犠牲を払ってもチルに練習を続けさせようとしました、それはすべて、彼女を名取（なとり）にするためだったということです。『玉城流の名取になれば、チルの器量なら、きっと首里王宮の女官になれる。王宮ではね、毎日のように舞踊が催されて、『踊奉行』という偉い官職の方が取り仕切っているという話だよ。女官になれば、きっと王府の偉い方にお嫁にもらってもらえるよ』と。それが母親の口癖だったそうです」

「踊奉行、は昔の話で、今はそんな役職はないのだが……」

「そうですよね、この本島とは違って、離島は時間が止まったような世界なんですよ、きっと」

「だが女将、王宮では女踊りといっても、女官が踊るのではなくて、女形の男が踊ることになっていると思うが……」

「それが、最近は変わってきているそうですよ。お師匠さんの話では、女踊りはやはり女が踊らないと不自然ということで、女形の女踊りは廃れているということですよ。王宮でも女官の踊りが認められてきているとか」

「なるほど、そういうことであったか」

「とにかく母親はチルの舞踊に一生懸命だったのですよ。気の優しい父親は、母にべた惚れだったから、母の言うことは何でも受けいれ、黙々と漁に精を出し、兄もまた黙々とその父につき従っていた。母親が常に一家の中心だったということです」

そこまで話した後、女将は少し脇道にそれた。

「板良敷様、私はチルのことは全て分かっている積りですが、一つだけ理解できない話があるんですよ」

「ほう……」

「幼いころのチルの楽しみは、浜辺に海藻を求めて泳いでくる儒艮（ジュゴン）と戯れることだったというのですよ」

「ジュゴンって、海馬のことか」

「そうですよ、大人のジュゴンはチルの体の三倍はあります。ジュゴンは人の気配を感じるとすぐ逃げてしまうのですが、しかしチルだけは、海の中に入って近寄っても恐れなかったそうです。恐れるどころか、彼らはチルのことを仲間の子供と思っていたフシがあって、チルが草笛を吹くと、どこからともなくジュゴンたちが集まってくるのだそうです。チルが背中に乗っても、ジュゴンは振り落とそうなどとはしなかったというのです。チルはジュゴンと話ができるとさえ言うんですよ。もちろん誰も信じないんですけどね」

「ジュゴンの肉は不老長寿の霊薬といわれて、国王様に献上するために、特別の免許をもつ漁師によって毎年何頭も捕獲されていると聞いておる。最近は数が少なくなって、ジュゴンの捕獲は年々難しくなっているという話だ」と朝忠。

「そうなんですか。そのためですね、ある朝チルが浜辺に行くと、大きな網が張ってあって、二頭のジュゴンがその網の中でもがいていたんだそうです。チルは、誰もいないのを確かめてから海に入り、そのジュゴンを網から助け出したのだそうですよ」

「何か、大和の浦島太郎の話みたいじゃな」

「そうなんですよ。ま、話を元に戻しましょう。しかし、それから間もなく、彼女が数え年一〇歳になったばかりのとき、突然、不幸がチルの一家を次々と襲ったのです。まず、母親が急死。母親は借金を抱え込んでしまったのは自分のせいだと思いつめ、その返済のために、以前よりも一層根（こん）を詰めて、はたおり機の前に座っていることが多くなったそうです。ある日、朝餉のあとで、母親は突然、はたおり機の前で気を失って倒れたとのこと。高熱を出して、体中を震わせていたとか。チルは必死で看病しましたが、母親は結局三日後に亡くなりました。死の直前、意識を取り戻した母親は、チルに『名取になっておくれ……』と言ったそうです。それが母の最期の言葉。『死なないで、死んじゃだめ！』とチルは母の体を抱きしめ叫び続けたそうです。母は自分のために無理をして命を縮めたのだと、チルは自分を責め続け、何日も泣いてばかりいたといいます。一生分の涙を使い切ったとも」

「三歳になったばかりの妹が一番不憫で、それまでもチルはスイの世話をみていたけれど、それはスイがおもちゃのような存在だったからでしょう。でもこれからは、チルが母親代わりにならなければならなくなったのです」

「しかし、母親の死を誰よりも嘆き悲しんだのが父親だったようで、その後の父親は、どこか変だったということです。遠い空を見つめて、時々涙ぐみながら亡妻の思い出に浸っているような毎日。後添えをもらうなんて話には全く乗らなかったそうで、父親がどんなに母を愛していたかを、チルは改めて知ったといいます。兄のイチキはそうした父を不甲斐なく思っていたようです。『漁に出れば気分も変わる』と言って父との漁を早く再開しようとしました。イチキとしては、今後は自分が中心になって一家を支えていかなければならないという責任も感じはじめていたのでしょう。

いずれにせよ、食べる物もなくなってきていたから、働かざるを得ない。父親は渋々兄と漁に出たのです」

「ところが、彼らのサバニ（小舟）が沖に出るまでの間に、兄は父がこれまでとは全く違った人間に変わってしまっていることを知ったようです。父親はただ舟に乗ってぼんやりと海原を見ているだけで、何一つやろうとしないし動こうとしない。これではどうしようもない。それどころか、海が荒れたりしたら危険だ、イチキはそう考えて引き返すことにしたのです。しかしやはり手ぶらでは帰れない。少しだけ漁をして……と網を入れた頃、急に空が曇ってきて海が荒れ始めたのです。間もなく嵐が襲ってきた。兄の奮闘むなしく、小舟は大波に飲み込まれて沈んでしまいました。父親は怪我を負いながらもイチキが海中で父の体を支えていたので仲間の漁師の舟に助けられたのですが、イチキはその直後、力尽きて海に沈んだまま、ついに見つからなかったということです」

「怪我から回復した頃、父親の心はようやく現実に戻ってきました。放心状態を抜け出して正気を取り戻したとはいえ、後遺症で今は歩くのも困難、舟も失ったとあっては、もはやとても漁師に戻ることは出来ませんでした。最初のうちこそ親戚が助けてくれましたが、それにも限りがありました。どの家も、自分たちの家族を養うので精一杯、助けたいのは山々だけど、そうすれば共倒れになりかねないからです。幼い妹の手を引いて訪ねていけば何がしかの食べ物をくれた家でも、『もう金輪際《こんりんざい》、来ないでおくれ』と泣いて頼まれるようになってしまいました。三人はたちまち食べるにも困る極貧に陥ったのです」

「チルは、途方に暮れました。かつてジュゴンと遊んだ浜辺にきて、貝でも掘ろうと思ったのですが、貝は見つからなかった。空腹で、気を失ったらしい。気がつくと彼女の体は海の中にあったのです。引き潮の時で、どんどん岸からはなれて行く。薄らいでいく意識の中で、ああ、これで死ぬんだ、と他人事のように思ったそうです。死んだらどうなるのだろう、生まれ変わって人魚になるのも悪くない……。溺れて再び気を失いかけた時、何頭ものジュゴンが現れて、彼女を岸まで運んでくれた、……とチルは今でもそう信じているんです」

「不思議なことに、魚が二匹、砂の上に横たわるチルの傍ではねていました。チルはその魚をつかんで一目散に家に戻りました。スイがおなかを空かして泣きじゃくっていました。父は傍でおろおろしているばかり。それでもチルが魚を焼いて三人で一緒に食べると、満たされた気分になったそうです」

「人間は、そう簡単には死なないんだ。頑張って生きて行こう、チルは漠然と、自分は生かされているのだ、何故かは分からないが、母や兄は、向こう側の世界、ニライの彼方から自分に『生きよ』と言っているのだと感じ始めていたというのです。まだ一〇歳ですよ、それなのに、チルは『生きる』ということの意味を必死で考えようとしていたのです」

「しかし、現実は過酷です。奇跡も、そう度々は起こらない。家はすでに人手に渡り、立ち退きを迫られていました。家財も衣類も借金取りがすべて持ち去っていました。チルは思い余って舞踊の師匠に相談し、自分が考えてきたことを伝えたのです。師匠は驚いた様子でしたが、力を貸してくれると約束してくれたそうです」

「その夜のこと、スイと一緒に眠っていると人の気配がして、目を明けると枕元に父親がいました。ずっと長い時間、そこに座って、眠っている幼い姉妹を見ていたらしいのです。

『どうしたの?』とチルが聞くと、父親はおいおい泣きはじめた。そして『俺の代わりにイチキが生きていてくれたら、こんなことにならなかったのだが……もうだめだ、三人で一緒に、母さんとイチキのところに行こう』というのです。はっと気がつくと、その手には包丁が握られていたそうです。

『だめよ!』と叫んで払いのけたのですが、その時、包丁がチルの肩をかすったようです。幸い、かすり傷で済み、何故か痛みは感じなかったそうです。スイが目を覚まし、ワッと泣きだしましたが、幸いなことに、すぐまたすやすやと眠ってしまいました。チルは、わなわなと震えている父親に抱きつき、「大丈夫、大丈夫」と、まるで母親が子供をあやすように父親をなだめたのだそうです。そして、このところずっと考えてきたことを一気に父に話したのです。

『心配しなくても大丈夫。私、ジュリ(遊女)になることにしたの。お父さんとスイの面倒は私が見る。だから心配しなくて大丈夫』

『馬鹿な、お前は子供だから、ジュリというのがどういうものか、分かってない』

『分かっているわ、私はもう子供じゃない。踊りの稽古で『金細工《かんぜーくう》』とか『川平節《かびらぶし》』とかの舞踊劇も見て辻遊郭のことは理解できたし、ジュリの卵の少娘役をやったこともあるから、ジュリがどういうお仕事か、私はもう知っているの。私は踊りが大好き。ジュリになれば踊りを続けられるわ。それに、実は昨日、お師匠さんの家に行ってきたの。私がジュリになりたいと言ったら、びっくりしていたけど、事情を話すと、それならと言って、本島の辻の女将さんが私の胞親（アンマー）になってくれるかも知れないと、紹介状を書いてくれた。だからもう心配は要らないの。ただ、お父さんにも一緒に辻村に行ってもらって、お父さんから女将さんにじかに頼まないといけないんだって』

『お前という娘は……』と父は言いかけて、後はもう言葉にならない。チルは自分でも一〇歳の小娘が言うことではないような気がしていたと言います。親と子が入れ替わったような感じでした。しかし、とにかく今は自分がしっかりしなければならないのだ、自分がこの父親と妹を守っていかなければならないのだと、チルは言い聞かせていたようです」

「元はといえば、自分の舞踊のために一家を犠牲にしてきたのですからね。母親の早すぎる死も、そして兄の不慮の死も、たどればみな自分が舞踊を続けられるようにと頑張ってくれたためだった。今度は自分が一家のために頑張る番なのだ、とにかく、早く大人にならなければいけないのだ、とチルは考えていたのでしょう」

「『お前、肩から血が出ているではないか』父親はそう言って膏薬を塗ってくれたそうです。あたかも包丁で傷つけたのは自分でないかのような言い方が、チルにはおかしかったそうです。膏薬を塗っているその顔は、まさに娘を心配する父親の顔だった、と」

「ともかくチルはこうして自分で段取りをつけてジュリになることを決めたのですよ。父親の知り合いの漁師に頼んで、舟で本島の泊湊まで密かに連れて行ってもらうことになりました。数日後、チルと父親は小舟で琉球本島に向かったのです。じっと海を見ていると、ジュゴンの群れが付かず離れず舟を追ってくる、ああ、私は独りではないのだ、私にはジュゴンたちがいてくれる、チルはそう思うと生きる勇気が沸いてきたといいます」

「チルが辻（チージ）に来る前の話は、大体こういうことだったようですよ」

朝忠は、女将の話に、口を挟むことも出来ないほど感動していた。

「そうか、そういう事情だったのか。だったら、一〇年前に拙者が久米島で会ったのはやはりチルーかもしれぬな。それにしても女将は驚くほど細かいことまで良く知っているのだな」

「私は一応ここの女将ですからね、ここにいる娘たちのことは、何でも知っていますよ。とくにチルは、ここに来たばかりの頃、毎晩一緒に寝て話を聞いてやりましたよ。最初は口も心も固く閉ざして何も話してくれませんでしたがね、そのうち、色々と話してくれるようになりましたよ。何度も何度も同じ話を聞いているうちに、チルについては、自分のこと以上に詳しくなりましたよ」と女将は笑った。

「はじめてチルに会った日のことは今でも鮮やかに覚えています。汚れた着物を着て、顔も髪も汚れていたけど、私は一目見て、チルの可憐さに体がふるえましたよ。チルが持ってきた久米島の踊りのお師匠さんの手紙を読んで、苦労してきたんだなということが分かりました。私はすぐその場でチルを引き取ることを決めました」

「足の悪い父親に『お金は幾ら必要なのか』と聞くと、『いや、金は要らない、チルを養ってもらえれば良い』と言うんですよ。娘を売りに来てそんなこと言う人は初めて。『そういうわけにも行かないでしょう』と言うと、チルが脇から『四〇貫文』（一〇両）って言うんですよ。びっくりしました。それで私はチルの方に向き直って『三九貫文』って言ったんです。言値では買わないというのが、辻の仕来りですからね。そしたらチルが『それでお願いします。必ず働いてお返しします』と言うではありませんか。もう私は負けましたよ」

「父親は証文に血判し、お金を受け取りました。父親と別れるとき、チルは涙一つ見せず、それどころか、誰が教えたわけでもないのに、両手をついて父親に挨拶したんです。

『これまで育てていただき有難うございました。妹のスイのことをお願いします』とね。そこに居合わせた者はみな目を見張っていました。反対に父親は『おう、おう』とだらしなく泣くばかり。チルの身代金三九貫文を持って、足を引きずりながらよろけるように裏口を出ていきました。これだけのお金があれば、父親と妹は、親戚で面倒見てくれるだろう、そのお金が無くなった頃には、チルはジュリとして働きはじめているだろうから、お金を送ってあげられるとチルは算段していたようです。本当にしっかりした娘ですよ」

「私はチルが根性のある娘だと思い可愛がってきました。チルも私によくなついてくれました。私はチルをジュリの卵として恥ずかしくないように、礼儀作法と言葉使いを徹底的に仕込みました。もちろん歌舞音曲の稽古もさせました。もっとも舞いはすでに久米島でかなり稽古を積んでいたので、初めての稽古のとき、踊り始めたチルを見て、染屋に舞踊を教えに来ているお師匠さんも私も、それに他のジュリたちも、皆びっくりしましたよ。お師匠さんなどは『ひぇーっ！　こんな上手な踊り手は、この辻にも、いや首里にだっていないよ』と絶賛してくれました」

「歌舞の練習のかたわら、チルは厨房の手伝いなども、一生懸命やる娘でした。漁師の家に育ったので、さすが魚のさばき方は人が真似できないほど上手なんですよ。チルの包丁捌きを見ると、他のジュリたちが今でも大げさに感嘆の声を上げるんです」

「もっとも、チルは時折『ちょっと浜に行ってきます』と言って、一人で出かけることがあるんですよ。どこに行くのかと思ったら、泊の湊から少し北に行ったところに淋しい浜辺があるんですが、そこでじっと海を見ているんですよ。そこの海岸は海藻が生い茂っていて、チルが草笛を吹くと、ジュゴンが集まるというのです。チルは、前世はジュゴンだったたって言うんですよ。先ほども申しましたように、ほんと変な娘ですよね」

「でも、それを除くと、チルはもう完璧なジュリの卵。ジュリにとって日焼けは禁物ですからね、海から戻った後などは、姐さんの誰かに井戸端で行水させられて、ごしごしと体中を痛いほど擦られるんです。この時ばかりはチルも大声で悲鳴をあげましてね。姐たちは面白がって益々強く擦り続ける。しかしそのお陰で、チルの肌はいつもツルツルですよ。辻に来て以来、チルの背丈はぐんぐん伸びて、三年も経たないうちに、私よりも大きくなりました。それに少しずつ乳房が膨らんできて、それが恥ずかしかったのか、さらしで強く巻いて、気付かれないようにしたりして。女なんだからしょうがないのにねえ、全く。……それにしても今夜のチルの帰りは遅いですね、早く戻ってきてくれればいいのに……」

「三年後、チルが一三歳になった時、辻のしきたりに従って『初髪結い《はちからじ》』のお祝いをしました。お姐さんたちに初めて白粉と紅で化粧をしてもらい、辻の姐さんらしく琉球髷（まげ）を結って、銀の簪《かんざし》を差してもらったのです。銀の簪は武家の娘と辻の妓にしか許されていないんですよ。変身した自分自身を見て、チルは、突然大人の女になったような気がしたといっていました。その頃には胸はもはや隠しようもないまでに大きくなって、いつも姐さんたちに冷やかされていましたよ」

「その後もジュリとなるための厳しい稽古が続きました。舞踊のお師匠さんの手伝いをすることも多くなり、名家の武家の祝宴で『かぎやで風』（かじゃでぃ風）などの祝儀舞踊に祝童や侍女の役でチルに役が回ってくるようにもなりました。初めてお給金をもらったのもその頃です。もちろん、お給金は『模合』（もあい、頼母子講《たのもしこう》）に貯金させていますよ」

「昨日もお話しましたが、お師匠さんは、ジュリになるより、自分の養子になって跡を継ぐ気はないか、とまで言ってくれたのです。あの娘はしかし『有難うございます。でも、そんなことはとても出来ません。私を救い上げてくれたアンマーに申しわけが立ちません。私は染屋でジュリになります』と、はっきり断ったそうですよ。お師匠さんからその話を聞いて、私は一晩嬉し泣きをしましたよ。舞踊家の跡継ぎの話はなくなりましたが、その後も、チルはお師匠さんの一番弟子のように付き従い、最近はお師匠さんの代わりに舞うことも多くなっているのです」

丁度そのとき、チルが他の楼での手伝いからやっと戻ってきた。着替えてすぐ女将の部屋に来るようにと伝えられた。チルはすでに朝忠との話が進んでいることを他の姐から聞いていたようである。部屋に入ってきたチルが朝忠に挨拶をしようとするのも遮って、女将が言った。

「ねえねえ、板良敷様は、久米島で一〇年前にお前に会ったかも知れないと仰っているのだけど、お前は覚えていないかい」

「一〇年前、久米島で？」

チルが怪訝《けげん》そうに朝忠の顔を見た。

「そうだ、そなたはまだ幼い娘だったが、蔵元の屋敷の庭で、ほら、嘉例吉（かりゆし）の舞を見せてもらった。そなたからサンダンカの花をもらった」と、朝忠。

「えっ、板良敷様があの時の若いお武家様？　ええ、覚えています、覚えていますとも！　次の日、母と一緒に、湊にお見送りに参りました。まあ、どうしましょう、こんなことがあるなんて！」

感激したチルの目から大粒の涙がこぼれた。

「そうか、やはりそうであったか！」

「そういえば、先日、私の名をチルーとお呼び下さったとき、どこかでそう呼ばれたことがあったなって、懐かしい感じがしたのです、でも、どこでだったのか、想い出せなくて……」

「板良敷様」と女将が言った。「やはり、ご縁があったのですね。こんなこと、そうある話じゃありませんよ」

「そうだな」と朝忠は応えた。言われるまでもなく、朝忠はチルとの再会に運命的なものを感じていた。

朝忠は威儀を正して女将に言った。

「チルーを拙者《それがし》に……よろしくお願いしたい」

「分かりました。こちらこそよろしくお願い申し上げます」

そのとき、女将の部屋の襖が開けられた。いつの間にか廊下に染屋のジュリたちが全員居並んでいた。みなチルのことを心配して集まってきていたらしい。

「板良敷様がチルの旦那様になって下さることになりました」

女将が告げると、みな一斉に「わーッ！」と歓声をあげた。姐たちに祝福されたり冷やかされたりして、チルは顔を真赤にしていた。

赤糸

ともかくこうしてこの月、チルは一六歳の誕生日を迎えたので、初めてお座敷に上ることになった。ジュリとしての、彼女の人生が始まったのだ。尚泰王の三年、一八五〇年秋、朝忠は三三歳になっていた。

その記念すべき日の午後、女将さんがこの日のために用意してくれた美しい首里花織の着物を着て、女将さんの前に座り、染屋のジュリ全員が居並ぶ中で、チルは万感の思いをこめて挨拶をしたそうだ。

「お母さん、私をここまで育てて下さり、本当に有難うございました。これからは辻のジュリとして、一生懸命に努めます。どうか今後とも、よろしくお導き下さい」

女将さんは涙ぐんでいた。

「よく、これまで頑張ったね。チルは綺麗で、賢い。歌も踊りも上手だから、きっと辻一番のジュリになるよ。大和言葉もうまく話せるようになったし、文字もしっかり読める。がんばりな、ね」

姐さんたちも、みな、彼女の座敷上がりを心から喜んでくれた。お祝いに、櫛《くし》や簪《かんざし》、帯止めなどの贈り物を、一人ひとりからもらい、励まされた。まるで、これから婚礼の式に向かう花嫁のような気分だったという。

その夕刻、朝忠は、チルの旦那として、はじめて染屋に来た。

まず、女将の部屋に通された。染屋のジュリたちも加わり、祭壇の前で、お神酒を酌み交わして契りの儀式が行なわれた。女将が挨拶した。

「板良敷様、これからは私共の家族の一員として、末永くよろしくお願い申し上げます」

「こちらこそよろしくお願い致します」と朝忠が返答。

姐さんたちが三線を取り出して「貫花（ぬちばな）」の曲を奏ではじめた。すると、チルが紅白の花輪を肩にかけ、踊り始めた。

〽白瀬走川《しらしはいかわ》に
流れゆる桜
すくて思里《うみさとう》に
貫《ぬ》ちやりはけら

赤糸貫花《あかちゅぬちばな》や
里にうちはけて
白糸貫花《しらちゅぬちばな》や

よ得《ゆいり》れわらべ
（久米島の白瀬走川に
流れ浮かんでいる美しい桜の花を、
すくい集め、愛しい人に、
花輪にして、かけてあげよう。

赤い糸に貫いた花輪は、
愛しい人の首にかけてあげよう。
白い糸で貫いた花輪は、そら
子供たちよ、あなたたちにあげよう）(4)

チルの故郷、久米島の歌だ。赤は乙女の熱い恋心を、白は純真さを表す。チルは花輪をもって軽やかに舞いながら、赤い花輪を、朝忠の首にかけた。白い花輪は、そこにいた子供たちに向かって、放り投げた。あなたたちもきっと私のように幸せになれるよ、という気持ちをこめて。糸から離れた白い花びらが、子供たちの頭の上に降り注いだ。この踊りには、チルの弾むような心が、そのままに表されていた。

料理が運び込まれて、華やかな宴となった。酒がまわり、姐さんたちが次々と歌い踊り始め、みな笑い転げた。チルは最高に幸せそうだった。

頃合を見て女将が言った。

「板良敷様、チルも今日からは一国一城の主《あるじ》なのですよ。チル、そろそろ旦那様をお部屋にご案内したら」

チルは染屋に来てはじめて部屋をもらったのだ。これまでチルの部屋は、納戸の一角だったり、小間使い用の大部屋だったりしたのだが、今日からは自分の部屋を与えられ、新しい家具も入れてもらった。押入れの中の寝具も真新しい。

「それでは、母さん、失礼します。今宵は本当に有難うございました」

チルは女将に挨拶をして、朝忠を二階の奥の自分の部屋に招き入れた。

部屋に入るとチルは朝忠を上座に座らせ、改めて挨拶をした。

「不束者《ふつつか》ですが、私の身も心も旦那様に捧げてお尽くし申し上げます。どうか末永くよろしくお願い申し上げます」

「うむ、拙者こそよろしく頼む。堅苦しい挨拶はもう良いではないか。やっと二人だけになれた。今宵は語りつくそうぞ。そなたのことをもっと知りたい」

「はい、私はもう、嬉しくて、嬉しくて、この気持ちを何と表したらよいか分かりませぬ」

「それは良かった。チルーにはもっともっと幸せになってもらいたい」

「そんな、これ以上幸せになったりしたら、それこそ罰《ばち》が当ります。久米の蔵元屋敷で初めてお目にかかった時から、旦那様は私の憧れの殿君でした。その方と一〇年後に再会して結ばれるなど、いまだ信じられません……おとぎ話のようです」

「全くそうだな。しかし、この間の女将の話では、そなたもたいそう苦労したそうだが、よくぞ頑張った。偉いぞ」

「いえ、私は本当に幸運でした。ここの女将さんは最初からとても優しくしてくれましたし、お姐さんたちも親切な人達ばかり。みな、私などとは比べようもない苦労をしてきたのに、そんなことを微塵《みじん》も感じさせないような底抜けに明るい人達ばかり」

「そなたと話していると、こう言ってはなんだが、とても一五、六歳の娘とは思えぬ。王宮の女官の中にも、そなたほどの利発な女子《おなご》はいない」

　朝忠の言葉に、チルは瞳を潤ませて言った。

「死んだ久米島の母に、今の旦那さまのお言葉を聞かせてあげたかった……」

「母上はいつ亡くなられたのだ？　そなたを連れて湊まで見送りに来て下されたな」

「はい、旦那さまが私の踊りを褒めて下さったので、母はとても自慢にしていました。あの時から三年ほど経って母は亡くなりました」

「そうか、残念だったな。それで、そなたが辻に来たのはいつだったのか」

「六年前、弘化元年（一八四四年）でした」

「そうか、あの年は、この朝忠にとっても忘れられぬ年だ。フランスの軍艦が那覇湊に来航してな、王府は大混乱に陥った。そのため、この朝忠に運が巡ってきた。二七歳にして、異国通事として王府に抜擢されたという記念すべき年じゃ……それ以前は無給の奉公でな、まさに、赤貧洗うがごとき生活であった、……いや、今でも貧乏ということでは余り変わりないがの、あっはっは。しかし、あの年は良い年だった、チルーには悪い年だったかも知れぬが」

「いえ、あの年は、私にとっても決して悪い年ではありませんでした。この染屋にお世話になることになって、舞踊の稽古をさせて頂いて、みな本当に親切な方ばかり……それに辻に来ることがなかったならば、こうして旦那様と再会することも出来ませんでしたもの」

「みなが親切なのは、そなたが優しい心を持っているからであろう」

「いいえ、本島の人は最初からみな親切でした。久米島から舟で泊の湊に着いたとき、若い修験者みたいな方がいて、髪がぼうぼうで一見怖そうな方でしたが、その方が、私に砂糖菓子を下さいました。私が余りに不安そうにしていたからだと思うのですが。あの方のご親切は今でも忘れません。……」

突然、朝忠の顔色がさっと変わった。「えーっ！」と叫ぶと、乱暴に彼女の着物の襟をつかみ、胸まで引き下ろした。

「ど、どう、なさいました」

チルは何が起こったのか分からず、びっくりした様子だ。

だが、朝忠は、目を凝らして彼女の首筋を見ている。彼女の首から肩には、まだ薄っすらと傷跡が残っていた。朝忠はそれを認めると、はらはらと涙を流し始めた。

「そなたが、そなたが、……あの時の娘子だったのか！」

そう言うと朝忠は彼女を力一杯抱きしめた。

「えっ、旦那さまがあの時の！」

チルも目を見張った。

「拙者はあの時、そなたに何もしてやれなかった。首筋の傷に気付いて、そなたが遊郭に売られて行く途中なのかも知れないとは感づいていたのだ。しかし、あの時の拙者は、王府で職を得る手掛かりが無くなって、落ち込んでいたのだ。だから何もしてやれなかった。どうすることも出来なかったのだ。許してくれ、チルー！」

「こんな偶然、こんな奇跡があるなんて！　今の今まで気付かなかったのは、チル一生の不覚でございます。どうかお許し下さい。でも、……あのときの旦那さまは、まだ口髭さえ蓄えてはおられませんでした。今は、顔中、お髭だらけですもの。とても同じ方とは……思いもよりませんでした」

「そなたも、あの時は、男か女かも良く分からないような格好をしていたではないか。髪の毛も短く切ってあった。こんな立派な女子に成長しているなどとは、想像もしなかった。ああ、なつかしい。チルーよ、何ということだ。われわれは、一〇年前に久米島で会っていただけではなくて、六年前に泊湊でも会っていたのだ。一つひとつの偶然が、すべて、われわれ二人を結び合わせるために、起こっていたような気がする。再会できて嬉しいぞ、本当に奇跡としか言いようが無い。これが天の采配でなくて何であろう！」

「はい、きっと生まれる前から、私はこうして旦那さまに巡り会うことが、既に決められていたのだと思います。それにしても、あの泊湊で頂いた砂糖菓子、それが私に、どんなに大きな元気と勇気を与えてくれたか分かりません。そのご親切が忘れられず、同じようなお菓子を時々買い求めて、それをお守り代わりにしてきました。ほら、いつもこのように、袖の中に忍ばせております」

チルは紙に包んだ黒砂糖の小さな塊を取り出して、二つに割り、その一つを朝忠に渡した。お互い、それを口に入れた。

「あまーい！」

二人は一緒に同じ言葉を発した。そしてチルは朝忠の胸の中に飛び込んできた。その胸に顔を埋めて、チルは慟哭した。溢れてくる感情が抑えきれなくなったのである。

「こんなに嬉しいのに、私はなぜ泣いているの？」

自分でも理解できないようだった。

「思いきり泣くがよい」

朝忠はチルの肩を優しく抱いた。

「はい……」

チルはただ泣き続けていた。

感動するということは、疲れるものだ。泣きながら、チルはそのまま眠ってしまった。朝忠は顔に残った涙を拭いてやり、彼女を床の上に寝かせた。朝忠はチルの寝顔をずっと見ていた。

あどけなさの残るその寝顔から、今は何の憂いも感じられない。夢を見ているのだろうか、微笑さえ浮かべている。何と綺麗な顔立ちだろう。この世で完全なるものがあるとすれば、それはチルの寝顔だ。かつて中国の寺院で見た吉祥天の像にも似て、何の汚れもなく、見る人の心を清めてくれる女神のようだ。

「チルーよ、お前のことは、拙者が一生、大切に守って行くぞ」

朝忠は眠っているチルにそう小声で語りかけた。満たされ、癒された思いだった。

朝忠はそっと部屋を出た。

何か不都合なことがあったのではないかと心配顔の女将に、朝忠は言った。

「チルーは安らかな顔で眠っておる。初めての座敷上がりで疲れたのであろう、今夜はそのままにしておいて下され。それより女将、チルーと話していて、またすごいことが分かったぞ。六年前にも、拙者はチルーに会っていたのだ。詳しくは本人から聞かれたらよい。とにかく明日また来る、そうチルーに伝えて下され」

こうして朝忠は蔵屋敷に戻った。

翌日、チルは最初から泣きそうな顔で挨拶に出てきた。

「昨夜は不覚にも眠ってしまい、旦那さまをお帰ししてしまいました。お母さんから、こんなことは前代未聞、おつとめを果たさないジュリなど、死んだほうがましだと厳しく叱られました。どうか、どうかお許し下さいませ」

朝忠はチルに固い表情で言った。

「よく聞け、チルー。拙者《それがし》はそなたが六歳のときに出会っている。そなたは拙者の娘みたいなものじゃ」

「いいえ、旦那さま。旦那さまは、最初に久米でお会いしたあのとき、幼い私に、大人のように話して下さいました。大人のように扱われたのは、あの時が初めて。幼いながらも、私はそのことに感動しました。『幼なけれど恋』と申します。旦那さまと私は最初から大人の関係でした」

「いや『振り向けば愛』という諺もあるぞ。愛というのは、本当の大人になって振り返ったとき、ああ、あれが愛のはじまりだったのだと分かるものだ。たしかに、そなたは六歳にしてすでにしっかりした娘だった。しかし、そなたは、今まだ、修行の途中、まだまだ、大人ではない」

「もう一六歳です。一六になれば娘は嫁に行きます。辻ではジュリになります」

「年齢の問題ではない。よいか、大人というのは、自立した人間なのだ。はっきり言っておくが、拙者は、そなたが真の大人になるまでは、そなたを抱くつもりはない。そなたは拙者にとってかけがえのない娘。拙者の力の及ぶかぎり、そなたが大人になるのを手助けしたい、手助けさせて欲しいと思っている。それが旦那としての今の拙者のつとめだと」

「でも……では、私がどうなったら大人になったとお認め頂けるのですか」

「そうだな……借金を全部返済して自由の身になること、そして玉城流の名取になり、師範になったら『大人』と認めてもよいであろう」

「そんな……どちらも、あと何年かかるか分かりません」

「何年かかってもよい、それまではこの朝忠がそなたを見守る。チルーのことを大切に思うからこそじゃ。チルーが自立した大人になった時にこそ、とことん愛し合いたいのだ。そなたがその時、拙者のことを選んでくれればの話だが」

「旦那さまが、私のことをそれほどまでに大切にお考え下さっているとは！　旦那さま、何とお礼を申し上げてよいか……旦那さまの言われることはよく分かりました。チルは頑張ります。頑張って、早く本当の大人になります。……そうしたら、きっと抱いて下さいますね！」

「うむ、それまでは拙者も出来るだけ染屋に通って、そなたと一緒の時間を過ごしたい。そなたに、拙者の知っていることは何でも教えたい。そなたを誰にも負けぬ強い女子に鍛えたいのだ」

「まあ、お師匠さまみたい！」

「そうだ、そなたは拙者の弟子だ」

チルは座りなおして朝忠に言った。

「私は、生まれる前からずっと旦那さまと運命の赤い糸で結ばれていたのだと思います。それだけでなく、私は自分の役割も、はっきりと自覚することができました。国難を一身に背負い身を粉にして奮闘されている旦那さまを、私がお慰めし、お癒し申しあげ、お力づけすることが出来れば、私にとって、これ以上の幸せはありません、旦那さまに身も心も捧げる、私はそのために生まれてきたのだと思います。少なくとも辻に来て以来、私ははじめて自分の人生に『意味』を見出すことが出来たのです。私はそのために、まずは本当の大人に早くなれるよう、全身全霊を尽くして頑張ります」

「嬉しいぞ、そなたの決意を聞いて、拙者《それがし》にも力が沸いてきた」

朝忠は、まだあどけなさの残る彼女の顔を改めて見直した。そこには自立を目指そうとする若い女性の凛とした姿があり、自分の行き方をしっかりと見定めている強さが溢れていた。

ああ、この顔は、この目は、北京の林珊英《リン・シャンイン》の顔と目だ思った。この十年近く、ずっと珊英のことが頭から離れなかった。だが、こうしてチルと出会った今、珊英《シャンイン》のことはやっと忘れることができるだろう。

朝忠には、ひとつ気がかりなことがあった。

「……それはそうと、摩文仁《まぶに》親方《うぇーかた》とのことは、うまく解決したのか」

「ま・ぶ・に・親方？　何のことでしょう」

チルには初めて聞く名前のようである。

「チルーを囲いたいと言ってきたという王府の高官のことだが」

「えっ、そんな方がおられたのですか」

「何を言っている、女将の話では、チルーが摩文仁親方だけは絶対いやだと言うので、拙者がそなたを……えっ、ではあの話は、女将のでっち上げか？　……いや、参った、参った。女将には負けたぞ！」

「先ほどから旦那さまが何の話をされているのか、私にはちっとも分かりません」

「いや、分からずとも良い、拙者と女将との間の話、それにもう済んだこと。万事、うまく行ったのだ。しかし……女将には参った！」


それ以降、朝忠は染屋に通うことになって、泊の蔵屋敷よりも辻の染屋で宵のひと時をチルと過ごすことが多くなった。朝忠にとっては、チルと一緒の時だけが、王府の政務や外国との交渉の重圧から解放される時間だった。男たちの怨念が渦巻く首里や泊とは全く異なる心休まる甘美な世界が、そこにはあった。

チルは聡明な少女であった。朝忠はチルに詩歌を教え、中国の古典を学ばせた。チルの記憶力はすさまじく、『長恨歌』を朗々と謳いあげるまでになった。幼いころから琉舞に親しんできたこともあって、チルは『おもろ草紙』に集められた琉球の古謡を暗誦し、これに節をつけて歌った。

「昔の物語や詩歌を学ぶことは、私の舞踊に、とっても大切なことだということが分かってきました」

チルの部屋は次第に書籍で一杯になってきた。

「そなたの部屋は、まるで学者の書斎のようではないか」と朝忠は冷やかした。

その書斎は、時には寺子屋のような雰囲気にもなった。朝忠は大和や中国の歴史をチルに講義したが、チルは自分だけが聞くのはもったいないと、手の空いているほかの姐さんたちも招き入れたのだった。

彼女たちは自分の部屋に戻ると、早速今仕入れたばかりの『三國志』や『紅楼夢』の話を自分の旦那に語って聞かせ、それが大いに喜ばれてご褒美を沢山もらったなどという。

朝忠はまた、王府や薩摩の文化人の多くを染屋に招いた。チルの部屋は、彼らが詩歌を交換し、文学を語り合う場となった。

中国では昔から酒楼が文人たちの研鑽の場であった。杜甫や李白を育てたのも、そうした場であった。西欧では「サロン」といって、知的な人々の交流の場があるという。北京留学中、朝忠は西欧諸国の文人外交官たちを中心とした集まりに呼ばれたことがあった。林英奇《リン・インチ》先生の家でも、俊英《ジュンイン》や珊英《シャンイン》が国政について、高度な議論を交わしていたことを、思い出す。

朝忠は帰国後、この琉球でそうした「サロン」ができないものかと、何度か友人たちを自宅に招いた。だが、狭い自宅では夜通し議論するというわけにも行かず、客たちも遠慮してしまう。それに、実生活の匂いが濃厚に染み付いている自宅では、議論の中身も日々の生活に密着した世知辛いものになってしまうのだった。

「サロン」はあくまでも非日常的な空間でなければならない。そういう場でこそ、人間の精神は自由闊達に躍動し、新しい文化を生み出すのだ。

染屋はそうした琉球の若い文人たちの溜まり場となった。「サロン染屋」の中心はいつもチルだった。チルの明るい笑顔、聡明な話し方、感動的な詩歌の朗読、そして何よりもチルの優雅な舞が、琉球の最高級の文化人たちを染屋に惹きつけたのだった。

(4) 宜保栄治郎『前掲書』六九頁。

自由

次の年（尚泰四年＝咸豊三年＝嘉永四年、一八五一年）の正月三日（旧暦）のことである。一隻のアメリカ商船が琉球南端の摩文仁崎沖に停泊、ボートがおろされ三人の男が小渡浜に上陸したという。アメリカ船は三人の無事上陸を見届けた後、立ち去った。朝忠は王府からの連絡で、男たちが捕らわれている豊見城（とみぐすく）間切の翁長（おなが）村に急行せよとの命を受けた。

「正月早々何事か、また異国人の渡来か！」

「いえ、異国人ではなさそうですが……」

「それでは唐人か」

「いえ、唐人でもないようで……異国人の服装で、異国の言葉を話しておりまする」

使いの役人の応答は要領を得ない。

ともかく会って確かめなければというわけで、馬で翁長村に急いだ。朝忠は乗馬が苦手だが、この場合は仕方がない。用意された馬にまたがったが、鞍に乗った瞬間に振り落とされてしまった。もう少しで大怪我をするところだった。馬というのは、その男が乗れる男かどうかがすぐに分かるものらしい。朝忠は馬に馬鹿にされた屈辱感を覚えながら、必死に鬣（たてがみ）につかまり、ひたすら落馬しないよう、やっとの思いで翁長村に入った。着いた頃には尻が痛く膝ががくがくして体が宙に浮いているような感じだった。

朝忠は、最初、上陸した三人と英語で話した。そのうちに、大和言葉でも話が通じることに気づいた。彼らは、大和・土佐出身の漁師たちで、その一人がジョン万次郎（中浜万次郎）であった。朝忠が色々聞いて分かったところでは、彼らはこの一〇年余り前、出漁中に遭難、米国捕鯨船に助けられて米国に渡ったのである。万次郎は船長の家に引き取られ、そこで教育を受けたのだという。ほどなく薩摩の在番役人も到着して、上陸した三人が持ち帰った品々を念入りに吟味した。

形式上は国事犯並の罪人扱いで、収容された木家は竹矢来で囲われていたが、実際には出入り自由で食事も酒も充分にふるまわれた。彼らは、鹿児島に移送されるまで、そのまま半年余り留め置かれた。その期間、朝忠はジョン万次郎からアメリカ事情をつぶさに学ぶことが出来た。

「アメリカの皇帝は何というお名前か」

「アメリカには皇帝などいない。国民の代表として、プレシデントがいるだけだ。彼は国民の入札（いれふだ）で選ばれる。四年の任期がきたらまた普通の人に戻って、別の人が選ばれてプレシデントになる」

「そんなことでうまく国が治められるのか」

「自分たちの仲間の、自分たちが選んだプレシデントが治めているのだから、決めたことには皆したがう。フランスなど泰西の多くの国も、国王を追い出してアメリカと同じデモクラシーの国になった。イギリスなども早晩そうなるかもしれぬ。これからは、デモクラシーの時代だ」

「デモクラシー？　……『でも暮らしいい』のか」

「あっはっは、そう、暮らしいいぞ、第一、士族と農民といった身分の差別がない、家柄の区別もない。人は皆、生まれた時から自由で平等なのだ。努力すれば、努力しただけの報酬がもらえる。能力さえあれば誰でもプレシデントになれる」

「身分や家柄の差がないのか、それはいいなあ！」

朝忠は感嘆の声をあげた。

「生まれながらにして自由で平等、でも暮らしいい……何と素晴らしいことではないか！　琉球も、そういう国になれるだろうか」

「なれるさ。ただし、そのためには、琉球の一人ひとりが個人として自立していなければならない」

「そうだろうな……北京で会ったオランダ人の友達も同じようなことを言っていた。おっと、私が北京で外国人と付き合っていたことは、内緒にしておいて欲しい」

ジョン万次郎から聞くアメリカの話は朝忠を驚嘆させることばかりであった。万次郎が翁長村に留め置かれていた期間、朝忠は馬で足しげく翁長村に通った。お陰で、朝忠の手綱捌《たずなさば》きも次第に上達してきた。少なくとも、馬に馬鹿にされるということはもうなくなった。

ジョン万次郎は、半年後、鹿児島に移送された。

その鹿児島では、ようやく薩摩藩主・島津斉興《なりおき》が継子・斉彬《なりあきら》に家督を譲ることに応じ、斉彬が新しい藩主として着任したばかりであった。

斉彬は早速ジョン万次郎を謁見し、世界の情勢につき詳細な報告を得た。また、万次郎から彼が琉球滞在中に会った板良敷朝忠についてもつぶさに聞くことが出来た。

「この者は、識見高く、英語を話し、外国の事情にもよく通じております。琉球の『宝』と言って良い人物でござります る」

斉彬は、ジョン万次郎のこの言葉に大いに動かされた。先に朝忠の書いた阿片戦争に関する『風聞書』も読んでいたので、斉彬はかねてから朝忠には注目していたのである。そこで斉彬は、密かに二人の若い藩士を琉球に送って、朝忠に会わせることにした。岩切英助と橋口五助である。

二人の訪問を受けて、朝忠は彼らを辻の染屋に招いた。チルが、かいがいしく酒と料理で遠来の客をもてなした。

いよいよ本題の話に入ろうとする頃、チルは気を利かせて部屋を出ようとした。ところが朝忠は二人の薩摩藩士に改めてチルを紹介し「この娘のことは信頼して頂いて構いませぬ」と同席の許しを求めた。すると二人とも「おお、もちろん、一緒に話を聞いて下され」と応じてくれた。

その二人から朝忠は斉彬公の壮大な構想を聞くことになった。すなわち、大和は早晩、開国して諸外国と交易を行なう、というものである。

「開国ですか！」朝忠は度肝を抜かした。

「そうだ、そのためには、軍事力を強化して、自らの力で国を守らなければならない。旧態依然の江戸幕府は、もはや頼りにならぬ、と公は仰せでごわす」

「しかし、どのようにして、大砲や軍艦を手に入れようと?」

「そこじゃ。大砲や銃、洋式軍艦を手に入れるためには、琉球の協力が不可欠なのだ。公は、武器だけではなく、西欧の国々と大々的に貿易を展開して、富国強兵を実現したいと仰せでごわす」

そのとき、チルが薩摩の二人に非難を含んだ口調で聞いた。

「ということは……琉球は、そのための手足になれ、ということでしょうか」

二人の薩摩藩士はチルの鋭い詰問に驚いた様子である。

「いや、そうではない。斉彬公は、琉球を薩摩の属領としている現在の体制はもはや立ち行かないだろうと仰せじゃ。新たな体制の下で、いずれ琉球は独立の藩として、薩摩藩と対等の関係に立つことを考えておられる」

「独立の藩!　薩摩藩と対等!」朝忠は信じられない思いで二人の薩摩藩士を見つめた。

「まっ、本当にそうなったら素晴らしいこと!」とチルも目を見張った。

「そう、琉球が自立し、泰西の諸外国と貿易を行なえば、琉球もきっと豊かな国になると斉彬公は言われておる。しかし板良敷殿、琉球が自立するためには、まずそれを担っていく人物を急いで育成しなければならない。だが、今の琉球には、残念ながら、それを担うに足る人物が殆ど見当たらないと、公は嘆いておられるのでごわす。もっとも、お主は別格じゃ。公は以前から、貴殿に注目されておった」

「私のような身分の低い者を？」

「斉彬《なりあきら》公には、身分の上下など全く関係ないのだ。能力があるかどうかだけが問題なのだ」

朝忠は感激して言葉もなかった。斉彬公は江戸での長い部屋住みの頃から、自分のことを見守ってくれていたのだ。

朝忠はこれまでも斉彬公に畏敬の念を抱いていたが、この日以来、その気持ちは公に対する無条件の信頼に代わった。自国と自分自身の将来を、この英明な薩摩の君主に賭けてみようという気になっていた。

思えば、琉球は二五〇年前に薩摩に侵入されて以来、当然のことながら、琉球の人々には、薩摩に対する怨念が拭いがたく蟠《わだかま》っている。しかし、蟠りだけでは、物事は前進しない。結局、琉球はこの二五〇年間、不本意ながらも、薩摩の支配を受け容れてきたではないか。過去を自虐的に呪っていても、何も生まれない。今は現実を直視し、そこから何が可能かを現実的に考え、推進すべきであろう。


二人の薩摩藩士を染屋の玄関で見送った後、朝忠はチルに言った。

「斉彬公のためであれば拙者は何でもする積もりだ、それが琉球のためだからだ」

その朝忠を傍らのチルが誇らしげに見上げていた。

「旦那さまは格好いい！　王府のお役人はみな薩摩の方には卑屈なのに、旦那さまは堂々としておられます。薩摩の方々も、旦那さまを尊敬しておられることが良く分かります」

朝忠はチルの手をとって言った。

「今日のチルーは素晴らしかったぞ。二人ともそなたの美貌と聡明さに、感心しておった。北京の外交界で見たことだが、泰西の外交官は着飾ったご婦人たちと一緒に活動して情報を集めたり交渉したりしておる。そういうご婦人たちは、単に美人というだけではない。機知に富み教養をそなえて巧みに人々の魂を捉えている。今夜のチルーそっくりであった。これからも、この朝忠にはそなたの助けが必要だ、よろしく頼むぞ」

「まあ、嬉しい。旦那さまのお役に立てるなんて、わたしにとってそれ以上の幸せはありません」

朝忠にとって最大の懸念は、染屋への支払いであった。少ない給金の中から、時々は支払うようにしていたが、借金はかさむ一方だった。ところが、幸運なことに、この年の九月、薩庁から朝忠に多額の褒賞金が下されて、その問題は一挙に解決することになった。

薩摩藩奉行所からの知らせを受けて、朝忠は仰天した。「豊後《ぶんご》」（島津豊後守斉彬）と斉彬公の直筆署名が入った文書に添えて、金子《きんす》三〇両が下賜されたのである。

「琉球首里通事・板良敷里主親雲上、右の者、異国船来着の節々、通事としての格別の骨折りにつき……」とその文書には記されていた。言うまでもなく、斉彬公の直接の指示によるものであった。

金子《きんす》三〇両は大金である。

朝忠は天にも昇る気持ちであった。琉球の対外関係は、誰の目から見ても、朝忠の働き無しには、何事も進まないのは明らかである。しかし、王府の高官たちは、誰一人として朝忠を表立って評価しようとはしなかった。物事がうまく行かないとそれは全て朝忠のせいにし、成功すると「あれは俺が朝忠に指示してやらせたのだ」と功績を専ら自分のものにした。ところがどうだ。遠く鹿児島の地から、朝忠の働きを正しく見てくれている人がいたのだ。それがほかならぬ斉彬公だったとは！　こんな喜ばしいことがほかにあるだろうか。

しかしこれまで、王府の官吏に対して薩摩藩から直接に褒賞が下されることなど、前例のないことであった。世間は驚き、王府の役人たちはみな羨望嫉妬の目で朝忠を見た。だが、このときは「薩摩の殿様の気まぐれ」に過ぎないだろうと考えることにして、王府の役人たちも見てみぬ振りを決め込んでいる様子。

ところが、朝忠はその四年後（安政二年、一八五五年）、再び金子三〇両の褒賞金を受けた。異国船対策における朝忠の獅子奮迅の働きに、斉彬が痛く感銘を受けた証拠であった。薩庁の依頼により、園田仁右衛門、大窪八太郎の二人に英語を教授したことも、その理由であったと思われる。しかし、王府の役人たちの憤懣は、今回は抑え切れなかった。

「褒賞金は返上すべきだ、返上しないなら、王府を辞任せよ」などという声があがった。

だが朝忠はそのような非難を意に介さなかった。

「言いたい奴には言わせておけばよい、どうせ能力も才覚もなく、努力もしない輩《やから》が、嫉妬して陰口を叩いているだけだ」

そうした朝忠の態度が、周囲の反感を一層嵩じさせたことは確かなようだった。


チルは朝忠との約束、琉球舞踊玉城《たまぐすく》流の名取となること、そして女将への借金を返済するという二つの約束を、出来るだけ早く果たそうと懸命だった。

必死の努力の甲斐あって、まず、一九歳になったとき、チルは、自らの力で借金を完済した。辻には旦那がジュリを「身請け」するというような制度や慣行はない。借金はあくまで、ジュリ本人が「自分で」返済するのである。チルの場合、「身代金」の三九貫文に、それ以降の諸々の経費を含め、あわせて六〇貫文（一五両）を女将に返済した。

辻のジュリたちは皆そうしているが、自分の収入の中から毎月決められた額を「模合」（もあい、頼母子講）に貯金するのだ。ジュリとして受け取る給金のほかに、胞親（アンマー）たる女将の手伝いにも、支払いがある。他の楼で手伝いを求められることも多い。染屋に来たときから、チルは借金を返すため、身を粉にして働いてお金を貯めてきた。

しかし、チルの場合、華麗な舞姫という評判が高かったから、祝儀舞踊の踊り手として祝いの席に招かれることが多く、その謝金が一番大きな収入源だったようだ。お祝いだからと、招いてくれた家では、お祝儀をふんだんに出してくれるのだ。

もっとも、チルが染屋に来て以来、女将はチルのために食事はもとより、衣装代、稽古代、家具の購入などで多額の費用を出してくれているのだから、身代金分だけで借金を返したことにはならないはずなのだが、そのあたりのことは、よく判らない。女将もそれを細かく計算しようという気はないようだ。

姐たちは家族の一員のようなものだし、借金を払い終わったジュリも、殆どはそのまま辻に残って働き続けるので、女将としても細かいことは気にしないのだろう。それに、朝忠が頑固に、チルが借金を返済するまではチルには指一本触れないなどと言っているので、女将としても出来るだけ早くチルを借金から解放してやりたかったのかも知れない。

それにしても、借金を払い終わったときのチルの喜びようは格別のものだった。他人の力を借りず、自分の努力で目的を達成できた、そして自由を回復できたのだ。そこには、自立した女の清清《すがすが》しさがあった。そして、そのチル以上に喜んでくれたのが、ほかならぬ女将だった。

「さあ、チル、これでお前は自由の身だよ。ここに残ってもいいし、故郷《くに》に帰ってもいいし、好きにしていいのだよ」

「お母さん、どうか今まで通り、この染屋に置いて下さい。お母さんや姐さんたちと一緒に、ここにいさせていただきたいのです。身代金をお返ししたといっても、お母さんから受けたご恩の千分の一もお返ししてはいません。どうかこれからも末永く、お傍《そば》にいさせて下さい」

チルは涙ながらにそう答えたという。

チルが舞踊のお師匠さんから、「玉城（たまぐすく）照子」の名前をもらい、正真正銘の玉城流「名取」になったのは、それからまた一年後、チル二〇歳のときであった。

玉城流はその創始者・玉城朝薫（たまぐすく・ちょうくん）が「踊奉行」だったこともあり、王府とのつながりが深い。名取のお披露目は、王府からの使者を迎えて、首里末吉の館《やかた》で行なわれる慣わしである。琉球の名だたる舞踊家が集まって新人たちの門出を祝うのである。

従来は宮廷舞踊の踊り手は男ばかりで、女踊りも女形の男によって舞われたが、最近は、女子の踊り手も受け容れられるようになり、女の名取も増えてきたのである。もっとも、それは武家の娘に限られていたから、チルの場合も、お師匠さんの養女という形で、初めて名取が認められたのであった。

この日、チルが選んだ演目は「かせかけ（綛掛）」だった。

〽枠の糸綛《いとうかせ》に
繰《くい》り返《かい》し返《かい》し
掛けて面影《うむかじ》の
勝て《まさてぃ》立ちゆさ
綛《かせ》かけて伽《とうじ》や
ならぬものさらめ

繰《くいかい》り返し返《かい》し
思《うみ》ど勝《まさ》る
（糸巻きの枠に糸を
繰り返し繰り返し巻きつけていくにつれ、
あなたの面影は募るばかり。
糸作りをして、あなたへの思いを紛《まぎ》らそうとするのですが、
枠に糸を繰り返し繰り返し巻きつけていくにつれ、
あなたへの思いは勝るばかり）(5)

「かせかけ」はチルの一番好きな踊目。まずこれは琉球の女の労働の歌である。終日、はたおり機の前で働いていた久米島の母親の姿がチルの目には焼きついている。これは同時に、琉球の女の一途な恋の歌でもある。愛しい人へのときめく思いを糸にこめて美しい布を織り上げていく。こみ上げてくる思いを抑えながら、ひたすら糸を紡《つむ》ぎ、布を織る。

永遠に終わることがないかのような繰り返しの作業。その中で愛しい人への思いは増していく。琉球の女の姿を、これほど見事に描いた歌舞はほかにない。

嘉例吉《かりゆし》の日を選んで久米島から父親と父や妹が世話になってきた親戚を呼び寄せた。妹のスイは一緒に来ることができなかったが、父親とは一〇年ぶりの再会だ。チルが売られたときの証文が、女将さんから父親に返され、皆で祝いの盃を酌み交わした。父親は久米島で採れた魚の日干しや泡

盛の古酒を女将に贈った。

父親は親戚の漁師の家で漁の手伝い、農作業もこなしているという。チルが最も嬉しかったのは、一三歳になったスイがチルのために夜なべして織ったという久米島紬（つむぎ）の贈り物だった。スイは、蔵元の隣にある久米島紬の染色所で働いているとのこと。もう安心だ。

チルは父親にお金を渡して、母ミツと兄イチキのために墓を建てるようにと頼んだ。

「チルが玉城《たまぐすく》流の名取になったと、母さんに伝えて下さい」

「うん、墓前に報告しておこう。母さんはきっと喜ぶぞ」

父親は涙ながらに頷いた。

妹のスイには紅型（びんがた）の衣装を贈った。平民の娘が紅型を着ることはもちろん禁止されているが、婚礼の式の時だけは許されよう。それに、紅型《びんがた》の着物を見ることは、スイの機織りにもきっと役立つはずである。チルは久米島に帰る父親と親戚の人にも、土産物を沢山持たせて、泊湊で見送ったという。


その日の夜、朝忠は祝いの酒を手にチルの部屋を訪ねた。

「旦那さま、お蔭様で、チルはやっと『おとな』になりました！　この四年間の旦那さまのご支援のたまものです。こうして名取になれたのも、旦那さまが私にジュリのつとめをお求めにならず、舞踊のお稽古に集中させて下さったからにほかありません」

「いや、チルーはよくぞ頑張った。立派だ。自立したチルーは、これまでのチルーより、何倍も魅力的だ」

「大人になりましたからには、お約束通り……」

「約束？　何か約束をしたかな」

「まっ、旦那さまったら。私が本当の大人になったら、そのときは……私を抱いて下さると……私はそのためだけに、この四年間、頑張ってきましたのに」

「あっはっは、そうであったな。もちろん忘れてはいないぞ。そなたは、本当に拙者のような者で良いのだな」

「旦那さま以外に、私の操《みさお》を捧げる方はおられませぬ。幸い、借金もすべて返済できました。そして舞踊で身を立てていくことが出来るようになりました。私は、お金のために身を売る必要はありません。私を抱いてくださるのは終生、旦那さまだけです。旦那さま以外の殿方が私の体に触れることは決してありません」

「うれしいぞ、拙者もこの日を待っていた。そなたはもう小娘ではない、立派な大人の女となった。お互いに、自由な自立した人間となった今、はじめて愛し合うことが出来る。今宵はそなたとの約束を果たそう。だが、まずは祝いの酒宴だ、女将さんや姐さんたちを呼んで盛大にやろう」

「はい！　もとよりその積りで、準備は出来ております」

チルが言い終わらぬうちに、姐さんたちがなだれ込むように部屋に入ってきた。

転げた。


「チル姐さん、おめでとう！」

「朝忠さんはまだチル姐さんに、指一本ふれていないんだってよ」

「えっ、本当？」

「うっそーっ！　信じられなーい！」

大騒ぎの中で宴会が始まった。みな一緒に、歌って踊って飲んで騒いだ。はしゃいで笑って笑い転げた。


何刻が過ぎたのだろうか、目が覚めてふと見上げると、朝忠はチルの膝の上で眠ってしまったらしい。女将や姐さんたちと杯を交わしている間に、朝忠は酔いつぶれてしまったようだ。いつの間にか蚊帳《かや》が吊ってあり、二人はその中にいた。

チルは純白の襦袢に着替えていた。真っ赤な帯紐が腰に巻かれている。

「おおチルー、不覚にも眠ってしまった、許せ」

「いいえ、旦那さまの寝姿をはじめて見ました。とっても、かわいい」

「三七歳の成人男子に『かわいい』はないであろう」

「でも、本当にかわいいんですもの」

「そうか、それならそれでよい。そう感じるのは、チルーが本当の大人になった証拠だ」

「はい、チルは身も心も大人になりました。旦那さま、どうぞ、大人になった私を、見て下さいまし。花の下紐をお解きになるのは、生涯、旦那さまだけ」

「うむ……」

朝忠は、立ち上がり、チルの赤い帯紐を解いた。そして白い襦袢をゆっくりと剝ぎ取っていった。二〇歳（はたち）のチルのはじけるような肉体が揺れる蝋燭《ろうそく》の光の中に浮き上がった。朝忠は雷に打たれたような感覚で、チルを見ていた。夜の浜風がさっと部屋の中を吹き抜けて行った。

「何と美しい体じゃ！　天女のようじゃ」

「そんなに見つめられますと、恥ずかしゅうございます」

「恥ずかしがることはない。チルーよ、そなたはこの世で一番美しい。そなたが愛《いと》おしくてならぬ。チルー、このの ちずっと拙者を助けてくれるか」

「はい、この命にかけて。ああ、嬉しゅうございます。旦那さまが私を必要とされる限り、私はどこまでも旦那さまについて参ります」

朝忠はチルを抱きしめ、その体を慈（いっく）しむように優しく包んだ。チルの唇を吸い、それから乳房を吸った。自分の胸に顔を埋めている朝忠の髪の毛をチルが優しく撫でた。撫でながら、「やっぱり、旦那さま、かわいい……」と言った。そのうち、チルの息が激しくなった。「はっ……もう、立っていられません」

朝忠はチルを仰向きに寝かせ、覆いかぶさるように再び強く抱きしめた。

封印が解かれ、ゆっくりと運命の扉が開かれた。二人の体は一つになった。

チルは声を震わせた。

「旦那さま、チルはこの日をずっと待っていました！」

「チルー、拙者も、ずっと待っていたぞ」

チルの若い体はエビのようにくねり、そして跳ねた。

狭い海峡を泳いでいるような感覚だった。あれは進貢船で中国に行く時に見た伊平屋渡（いひゃど）の海だ。琉球本島の北端、急流が岩礁にぶつかり、いくつも渦を巻いていた。その渦の中に朝忠は否応なく引き込まれていく。

突然、チルの高い歓喜の叫び声が響き渡った。チルは嵐の海に投げ出され、溺れそうになりながら、必死に朝忠にしがみついていた。

嵐が去ったあと、静かな波に漂いながら、チルは朝忠の腕の中で、吸い込まれるように短い眠りに落ちた。

夢と現《うつつ》の間を行ったり来たりしながら、再び、三度《みたび》、二人はお互いに求め合った。激しい流れの渦の中に何度も吸い込まれていった。嵐と静寂が交互にやってきた。

チルの初夜は、こうして明けていった。

チルは回を重ねるごとに性の喜びを一層深く知るようになった。半年も経たぬうちにチルは、骨っぽい乙女から、丸みを帯びてしっとりとした大人の女に変身した。一番大きな変化は、両方の乳房が大きく張って豊かになり、乳首が名護《なご》の桜のさくらんぼのように赤みがかってきたことだ。尻や腿にも肉がついてきた。

チルの肉体は、朝忠の意思を敏感に受け止められるように、頭の天辺《てっぺん》から足の爪先まで開発されていった。何よりチル自身が、朝忠の好みを自分の体の中に取り込もうと心を砕いてきたからにほかならない。

「旦那さまの何気ない眼差しや仕草で、旦那さまがいま何をして欲しいか、段々と分かるようになってきました」と。

お互いに見つめあう。それだけで、チルの体には火がつく。

「旦那さま、お口を吸いたい」とくちびるを求め、舌を絡ませる。お互いに息が止まるかと思うほどに、強く吸いあう。

一糸纏わぬ姿になると、チルの乳首は紅色に染まって固く立ち、下は愛液で満たされる。朝忠はチルを愛撫し、再び口を吸い、乳首を吸う。朝忠は、この世のことをすべて忘れて、全く違う別の世界に引き込まれていく。

もっとも、染屋のような格式のある遊郭では、朝忠がチルと早く二人だけになりたいと思っても、すぐに、というわけには行かないことも多い。

朝忠が染屋に着くとまず玄関脇の板の間に通され、そこでチルが来るのを待つ。待つ間、茶が振舞われる。女将が挨拶に来て、四方山話をするのがしきたりだ。やっと着飾ったチルが迎えに来る。旦那を迎える時のジュリはみな、正装していなければならない。琉球独特の長い袴をはき、それに短い白襦袢を着け、赤い腰紐でしっかり締め、薄い芭蕉布のウシンチーを羽織るのである。琉装が少しでも乱れていると、女将さんからひどく叱られてしまう。

チルの部屋に入った後も、すぐに抱き合えるわけではない。酒や食事が運び込まれ、そこに女将や他の姐が加わることもある。中には未だに『三國志』の続きを話してくれとねだる姐もいる。朝忠はそれにも丁寧に応じている。

こうして、二人だけになるまでには、たいてい、一時（とき、二時間）はゆうにかかる。

「私が『大人』になってからの旦那さまは、すっかり変わられました」

「そうか、どのように？」

「前は、厳しいお師匠様。私の体なんかには全然関心がないようなご様子でした」

「それはそうだ、自立したおとなの女でなければ、小娘のそなたの体などに関心はもてなんだわ。それに弟子の体に関心などあったら師匠などつとめられぬであろう」

「それでは、今はもう私は弟子ではないのでしょうか」

「そうだ、われわれは、もはや師弟関係ではない……それとも、チルーは前の方が良かったのか」

「いいえ、今の方がずっといい……」

「であれば、あとはチルー自身が、文武両道、自らを厳しく鍛えていくしかない」

「文武両道？」

「『文』とは心と頭を鍛えること、『武』とは肉体を鍛えることじゃ」

「はい、チルは文武両道に励みます」

「うむ、さて、今日は『文』と『武』の何れを先に極めるとするか」

「もちろん、まずは『武』でしょう。戦（いくさ）に勝たねば詩歌も廃（すた）れます」

「そうだな、チルー、もう待てぬ、着衣のままでよい。着ているものを早く脱ごうと焦ると却って紐が絡んでしまう」

「はい！　私も待てませぬ、直ちに！」

チルは袴だけをはずし、襦袢と羽織の裾を開いて、後ろから朝忠を迎え入れる。

「そなた、まるで、羽を広げた孔雀のような姿じゃ」

「旦那さまのためならば、チルは孔雀にも極楽鳥にもなります。旦那さまには四年間も不自由させてしまいました。チルは何でも致します。旦那さま、ああ、嬉しい、チルは幸せです。旦那さま、ああ、声が出てしまいます、旦那さま！」

「チルー、叫びたければ思い切り叫べ。泣きたければ思い切り泣け、笑いたければ思い切り笑うがよい。この朝忠の前では、何事も隠す必要はないぞ。チルーよ、拙者は、そなたの飾らぬ姿を見たいのじゃ。飾り立てているあの王宮の女官たち、あれは化け物じゃ。そなたは決して化け物にはならないでくれ」

「はい、飾りませぬ。飾らぬ、ありのままの私を、どうか、いとおしんで下さいませ」

愛し合ったあとの穏やかな平安。眠りに入る前、何ものにも代えがたい至福の時。腕の中のチルに朝忠は言う。

「なあ、チルーよ。わしたちは、性愛に耽《ふけ》っているが、馬鹿なことをしているなどと思ってはならぬぞ」

「もちろん、そのようなこと思いませせぬ」

「若い間は、とことん、奔放に睦み合おうぞ」

「はい、何も恥じることなく、旦那さまの前では、惜しみなく、一杯からだを開きます。思い切り、よがり泣きます」

「そうだ、体で睦み合えば合うほど、それだけ深く心に情が刻まれる。若いときに二人の間で愛を積んでおけば、年取って老いてからも、その蓄えで、睦まじく暮らせるという」

「老いてからも、私のことを?」

「もちろんだ。わしとお前は、普通の関係ではない、運命がわれらを結び合わせたのだ」

「はい、一生懸命、愛を積みます、情を蓄えます」

「それにしても、そなたの花弁、ニライ花のようだった。燃えるように赤くて」

「まあ、ご覧になったの！　そんな、恥ずかしゅうございます。どうしていつも私の花弁を見たいなんて、仰るのですか？」

「それはな、チルー、死んだら、人はみな、生まれたところに還るからだ」

「生まれたところ、って？」

「だから……このニライ花よ」

「えっ、どういうこと？」

「琉球の亀甲墓はみな、先ほどのチルーの姿に似ておろう。お墓は、女人が体を大きく開いたときの格好なのだ。納骨室は真ん中の、まさにこのニライ花の位置ではないか。だからそこは最も神聖な場所なのさ。死んだら、皆、そこに還っていくと、少なくとも琉球ではそう信じられているのだ」

「旦那さまも、そう信じておられるのですか」

「むろんじゃ」

「それで分かりましたわ」

「なにが？」

「その一点に執着される訳が！」

「うむ、拙者のすることは、常に、理に適（かな）っているであろう」

「はい、恐れ入りました。私はいつも情だけで……旦那さま……」チルは朝忠の腕につかまる。

「なんじゃ」

「あの、旦那さま……」チルは朝忠の胸に顔を埋める。

「どうしたのじゃ」

「あの……うれしくて、また欲しくなってしまいました……もう一度、抱いて下さい」

「うむ、それでこそ琉球の女、頼もしいぞ、今度は着ているものを全て脱ぎ去って、生まれたままの姿を見せてくれぬか」

「はい、生まれたままの姿を！」

(5)　宜保栄治郎『前掲書』四三頁。

飛翔

朝忠はこの頃、ようやく異国通事の筆頭に昇格した。琉球への異国人来訪は益々頻繁となり、朝忠は昼夜兼行、それこそ眠る暇も惜しんで、働き続けた。

琉球王府に「異国方」が制度化されるのは嘉永六年（一八五三年）頃であるが、朝忠はそれ以前からすでに実質的な中心人物であった。染屋を利用しての貸し座敷会合が薩摩藩異国方との間で一層頻繁に持たれるようになった。チルはそうした朝忠の仕事を懸命に支えた。

大和の暦で嘉永五年（一八五二年）、英国軍艦スフィンクス号が来訪、一大事件が持ち上がった。同艦のシャドウェル艦長は、パーマストン外相から預かった書簡を自ら首里城で国王に直接手交したいと要求した。書簡の主な内容は、琉球に滞在する英国宣教師ベッテルハイムの布教活動の自由と処遇の改善に関するものであった。琉球側は泊の公館で受領したいと申し出たが、艦長は聞き入れない。そしてついに、二月一一日、シャドウェル艦長は武装した海兵五〇人を引き連れて一方的に首里城に入ったのである。

清国の冊封使《さっぽうし》は別として、外国人が首里城に入るのは前代未聞、重大な問題ではあった。もっとも、このときの英国の要求はベッテルハイムの活動の自由を求めるものであり、とくに開国・通商を要求するといったものではなかったので、琉球側が受けた衝撃も、それほど大きくはなかった。国王は幼少でかつ病弱であったから、摂政が首里城の北殿で書簡を受け取り、会見後、歓迎の宴が開かれた。シャドウェル艦長はこれに満足し、次の日には艦に琉球の高官を招いて答礼の宴を催した。

だが、翌年(嘉永六年、一八五三年)、琉球に初めて来航した米国のペリー提督の場合は、これとは比較にならないほど、大きな衝撃を与えるものだった。

ペリーは、一八四四年の仏艦来航以来、朝忠が対応した列強の相手とは全く違う強硬な交渉相手だった。それまでの相手は、フランスにせよイギリスにせよ、あるいはロシア、オランダであれ、のらりくらりと交渉を長引かせていれば、相手はしびれを切らせて帰っていった。外国船が単発的に来航しても、非友好国の港では、水、食料の補給が充分に得られず、長期滞在ができないという弱みがあることを、琉球側も知っていたからである。

ところがペリーは違っていた。大艦隊でやってきて、水・食料の備蓄は充分、琉球王府の対応についても知り尽くしていた。琉球には武力が存在しなかったなどという神話が嘘であることは、あの首里城の石垣を見れば一目瞭然だと喝破したし、薩摩の軍隊が駐留していることも察知していた。

彼は琉球側にさまざまな要求をしたが、あるとき、海岸に家を建てたい、と言った。もとより琉球としては、そのような要求はのむことが出来ない。だが、ペリーは強硬だった。彼は、一八一六年の英国軍艦ライラ号の艦長バジル・ホールが帰国後に出版した『大琉球島航海探検記』を詳細に調べてきており、同艦長が困難な交渉の末、一軒の家を手に入れたことを知っていたので、英国に供与した利益をどうして米国に認められないのか、もし認められないというならそれは萬国公法の無差別最恵国待遇に反すると主張したのだ。

米国との交渉も、むろん、中国語を介する二重通訳で行なわれていた。琉球側の代表は、摩文仁親方が「総理官」という架空の官職で、務めていた。彼は米国に反論し、例によって、「琉球は至って小国であり、米国のごとき大国と交易すべき物産など何もない、水や食料の補給は行なうが、海岸に家を建てるなど、とても認められない」と長口上を述べた。中国人通訳が、それを訳し終えた。

そのとき突然、朝忠が立ちあがって、苛立ちを隠そうともせず、直接英語で喋り始めた。

「紳士諸君《ジェントルメン》！」全員が驚きの表情で朝忠を見上げた。「琉球は小国、米国は大国。琉球は米国の良き友であり、米国が必要とするものは全て補給しよう。しかし米国人が海岸に家を持つなどは、不可能である」朝忠は続けて言った。

「私は書物で米国について読んだことがある。ジョージ・ワシントンについても読んだ。彼は偉大な人だった。大変、偉大な人だった」

ペリー艦隊の人々は、琉球に英語の出来る者がいるなどとは全く思っていなかったので、びっくりした様子だ。これで、それまでの刺々《とげとげ》しい交渉の雰囲気が一変した。そして朝忠は一躍ペリー艦隊の注目の的となった。

　その日の交渉が終わって、別れるとき、米国側随員達の何人かが寄ってきて、朝忠のことをもっと知りたいという様子で彼を取り囲んだ。その一人が朝忠を試すように尋ねた。

「ジョージ・ワシントンについて読んだということだが、彼が子供の頃、庭の桜の木を斧で切り倒した話は知っているか」

「勿論知っている」と朝忠は答えた。

「では、両親は何故ジョージを許したか、ということも?」と重ねて聞く。

「それは、ジョージが正直に過ちを告白したからだ。彼も偉かったが、両親も偉い人達だったようだ」と答えた。

　米国側の人々は、琉球のような遠隔の地でも国父ワシントンが敬われていることを知って、朝忠の言葉に痛く感激の面持ちであった。

　すると士官の一人が、余りに面映《おもはゆ》いと思ったのか、冗談を飛ばした。

「両親が彼を許したのは、彼がまだ手に斧を持っていたからだ、という説もあるぜ」と。仲間の士官たちは、この軽口に笑っていた。ところが、朝忠は、怒りをあらわにして言った。

「紳士諸君《ジェントルメン》、私は、諸君が自由平等を尊び、かつ冗談好きであることをよく知っている。アメリカでは、初代の大統領であれ、諸君の仲間だから、罪のないジョークは歓迎されるであろう。しかし諸君、子が親を敬うのは洋の東西を問わず、自然の理である。だから、今の冗談は不適切だ」と。

周りにいたペリー艦隊の人々からは、「そうだ、そうだ」という声があがり、拍手喝采。朝忠はまるで英雄のようにもてはやされたのである。

その光景を、摩文仁親方が、苦虫を噛み潰すような表情で見ていた。


ペリー提督のとりあえずの目的は、首里城への入城を果たすことであった。琉球の交渉団は、王府から、また薩摩からも、入城だけは決して許してはならないと厳命されていた。厳しい交渉が続いた。ペリーは、琉球国王からの進物の数々に丁重に礼を述べた後、これに対する返礼として、首里王城を訪問して、直々に国王陛下にお目にかかり、謝意を表したいと申し出た。これに対して、摩文仁親方が先程から同じことを何度も繰り返している。

「代々琉球国王は、清国の冊封使《さっぽうし》のほかは、異国の方々には決してお会いにならないのが、わが国の祖法……」

「それはいささかおかしい。先に英国のシャドウェル艦長訪問の折は、首里城に迎え入れたと聞く。英国に認めてわが米国に同じ取り扱いを認めないということになれば、万国公法に定める最恵国待遇に違反することになろう。小官は、合衆国大統領から特命を受け、その名代としてはるばる参った全権大使である。その訪問を受けられないとは、『守礼之邦』の対応とも思えぬ」

傍に控えていた朝忠は、自分が琉球の代表だったらこれにどう答えるか、考えていた。

——守礼とは、それぞれの階位、いや役割と言い換えても良い、それを重んじることから始まる、と言おう。ペリーが全権大使なら、摩文仁親方は総理官として大使よりはるかに格上であり、琉球としては、充分に礼節を重んじているのである、と。もっとも、総理官というのは実在しない架空の官職だから、それが露見すれば問題だが、まずバレる心配はない。それが仮に米国側に知られたとしても、琉球側の国内問題で、外国からとやかく言われる筋合いの事柄ではないと言おう。とにかく、堂々と自信をもって言えばよい。『貴国のプレシデントが来琉されたならば、もとよりわが元首・御主《うしゅー》がなし前《め》（国王様）は喜んでお会いになるであろう』と。大国であろうと小国であろうと、国家は平等、万国公法で、そのような定めになっていたはずである、と付け加えておけばよい。それに最恵国待遇については、英国とは一八二八年のバジル号以来の付き合いがあり、初めて来琉した米国と同一には捉えられぬ、と答えることにしよう……。

朝忠は摩文仁親方が自分に意見を求めてくれることを願ったが、摩文仁は余裕をなくして、こちらを向いてくれない。そこで、朝忠は自ら立ち上がって発言しようとしたとき、摩文仁親方が話し始めてしまったので、朝忠はまた座りなおした。

ところが追い詰められた摩文仁親方は、あろうことか、ここで大きな失言をしてしまったのである。

「国王はいまだご幼少にて……」と、そこで止めておけばまだよかったのだが、それでは不充分と思ったか、摩文仁親方は言葉を続けた。「王母佐敷按司様もこのところご病気がちで……」

朝忠はこれを聞いてとっさに「マズイ！」と思った。案の定、ペリーは摩文仁の言葉を聞き逃さなかった。

「なに、皇太后陛下がご病気とは！　われら良薬を持参してきておりますれば、登城の上直々に献上し、お見舞いさせて頂きましょうぞ」

摩文仁親方のこの失言で、ペリーは首里入城の正当性を獲得してしまった。理由は何でも良かったのである。この場合、どんな些細な失言も、王国にとっては命取りとなる。朝忠は、怒りに震える思いで、無能な上司を睨み付けていた。

こうして、ペリー提督は、一週間後、威風堂々、二百人の将兵を引き従えて、首里入城を果たしたのである。行列の先頭には二門の大砲が引かれていた。その模様は、飛船で薩摩藩に伝えられ、さらに早馬で江戸幕府に伝達された。江戸の幕閣がその報を受けて驚愕したことは言うまでもない。

ペリー提督は、この年と翌年と二度にわたって江戸に来航したが、琉球にはそれぞれ行きと帰り、都合四回立ち寄った。四回の交流を通じて、朝忠はすっかりペリー艦隊の人気者となり、それと対照的に、摩文仁親方は益々格好の悪い失態を繰り返すことになった。摩文仁の朝忠に対する憎悪感は、募るばかりであっただろう。それは朝忠も理解できる。しかし琉球が未曾有の危機に直面しているとき、それに立ち向かうだけの器量も見識も持たない摩文仁のような者にこの重要な任務を託さざるを得なかったことこそ、琉球王国にとって最も不幸なことだった、朝忠は歯ぎしりする思いであった。

ともかくこうして四回目の来訪の折、ペリーは琉球に条約締結を合意させることに成功した。もとより、すでに浦賀で日米和親条約が締結された後であり、薩摩藩も江戸幕府も、琉球が同様の条約を結ぶことについてもはや反対する根拠がなくなったという事情が背景にあった。

朝忠は筆頭通事として、米国側首席通訳官ウイリアムズ博士と対峙してこの条約交渉に当った。琉米修好条約は七ヵ条、主要な内容は寄航米船の保護・便宜に関するもので、日米和親条約と大体同じである。

もっとも、米国側の原案には、船舶保護の対象が「米国及び西域諸国」となっていたことに朝忠が気づき、これを「米国」のみに限定させたのは彼の大きな功績である。また、米国人が犯罪を犯した時、琉球が逮捕するする権利を認めさせたことは、特筆される。日米和親条約には、そうした規定はない。

さらにもう一つ重要な点は、浦賀条約では第九条で無条件・片務的な最恵国待遇条項が挿入されていたのに対して、琉米条約にはそれがないことである。この最恵国条項こそ、不平等条約の根幹をなすものであることが後日はっきりとするのだが、江戸幕府の役人はそれに全く気づいていなかった。それに対して朝忠は、一〇年前の薩摩藩御仮屋における会議の時からその危険性を指摘していた。朝忠は条約交渉に当って、何を譲ってもこの最恵国条項だけは入れさせてはならないと考えていた。そして、見事それに成功したのである。

琉球のような小国で、朝忠の如き優れた国際交渉力を備えた人物がいることに、米側も改めて驚いたようである。さすが、武器なき国の優れた外交家として、朝忠の名声は揺るぎないものとなった。

　こうして、安政元年（一八五四年）七月一一日（旧暦六月一七日）、琉球は欧米諸国との最初の条約を締結することとなった。調印後、盛大な祝宴が開かれ、双方の担当者がお互いの努力をねぎらいあった。

　ビンセンス号での宴席で、乗組員たちと世界情勢について話題となった時、朝忠は聞いた。

「世界で一番の強国はどの国だろうか」

「それは、七つの海を支配する英国だろう」と、米国人が答えた。すると朝忠は言った。

「今はそうかも知れない。しかし、やがて米国が一番の強国になると思う」

「へーえ、何故そう思うのか」

「それは、米国が自由でデモクラシーの国だからだ。そういう国は強くなる」

　朝忠はジョン万次郎から得た知識でそう言ったのだが、それを聞いて米国人たちは大いに喜んだ。


　この間、朝忠は泊と首里の間、およそ三里の道を一日に何度も馬で往復することがあった。首里の高官たちは伝令を送っても結局は朝忠から直接に説明を受けないと何ら決定できないことが殆どだったからである。馬で真珠道《まだまみち》を駆け上っていく朝忠の姿を見上げながら、首里の人々は、彼を何とも頼もしく思ってくれているようだ。

「王国はペリー艦隊の来航で大揺れだが、朝忠さんがきっとうまくまとめてくれるはずだ。朝忠さんに任せておけば大丈夫だ」

そういう声が朝忠自身にも聞こえてきて、大いに励まされた。

「朝忠がコケれば、王国がコケる」

朝忠は文字通り不眠不休で難局に立ち向かった。

朝忠は王府から求められれば、いやな顔もみせず、泊の蔵屋敷から御城（うぐすく）に馬を飛ばした。

数年前、ジョン万次郎に会うために翁長村まで頻繁に馬で通った。最初は殆ど馬に乗れなかった朝忠が、このように馬を操れるようになったのは、ジョン万次郎のお陰だ。その万次郎は、今や中浜万次郎として江戸で旗本に取り立てられ、幕閣を助けてやはりペリーと対峙している……と風の便りに聞いた。朝忠は馬に乗るたびに、あの型破りの偉人、ジョン万次郎を思った。


ペリー艦隊来訪直後、今度はプチャーチン提督率いるロシアの艦隊が琉球にやって来て、国交を求めた。この時も、朝忠の働きで、大事に至らず、退散させることに成功した。尤も、この時、朝忠が肝を潰すようなことがあった。ロシア艦隊の通訳官が、十数年前の北京留学中に親しくなったヴァレンティン・ウシャコフだったのだ。確か、贈り物を交換したこともあったように思う。だが、朝忠が留学中に外国人と付き合っていたことが露見すれば、罪に問われることは必需である。幸い、この時は、交渉のためロシアの旗艦に乗船したのは、琉球の交渉官の中で、朝忠が最初だったから、

「私と会うのは初めて、ということにしてくれ」と手短かに事情を話し、ことなきを得た。これから先も、こういうことがあるかもしれぬ、外国船が来たら、最初に乗りこむことにしようと心に決めた。

次の年の正月の二〇日、朝忠は小休止を得て、初めて「辻の二十日《はつか》正月、ジュリ馬祭り」を見た。これは琉球王家の馬遊びに起源があるとも言われており、辻の街と王府との緊密な関係を示している。琉球では最も華やかな祭りで、首里の王宮が異国船で息を潜めていても、辻のジュリ馬祭りが廃れることはない。

辻の各楼から選りすぐられた美妓が、煌《きら》びやかな衣装に身を包んで顔見世をする。春駒という馬首を腰に装着し、あるいは馬飾りを冠って踊りながら練り歩く。銅鑼《どら》鐘《かね》が打ち鳴らされ、ジュリたちが「ユイ、ユイ、ユイ」と黄色い声を合わせると、祭りは最高潮を迎える。

朝忠は、群集に混じって、これを辻の街角で見物した。チルは、前列から二列目の王妃役のすぐ後ろに配置されていた。一番目立つ位置である。選ばれたジュリたちが、三線の音に合わせて「四つ竹」（踊りくはでさ《をうどうい》）を舞う。花笠を被り紅型《びんがた》で着飾ったジュリたちが、両手に持った竹片を打ち鳴らす。誇らしげにゆっくりと前進しながら、この王府伝統の歓迎の舞を舞うのである。

〽打ち鳴らし、鳴らし、サー　センスルセンスルセー

四つ《ゆつぃ》竹《だき》は、鳴らち、サー　センスルセンスルセー
今日《きゆ》や御《う》座《ざ》御《う》座《ざ》出でて《んじてぃ》　遊《あし》ぶ（サー）　遊《あし》ぶ嬉《う》りさ
今日や御座御座出でて　遊ぶ（サー）　遊ぶ嬉りさ
（気持ちよく四つ竹を打ち鳴らし、打ち鳴らしながら、
今日、晴れのお座敷に出て、音曲に合わせて踊ることは、
本当に嬉しい）(6)

この「四つ竹踊り」を朝忠は王宮で何度もみたが、凍りついたように冷たい顔立ちの女官たちが踊る「四つ竹」は、遠来の客を歓迎する踊りにしては、何かよそよそしい感じがしてならない。しかし、辻のジュリたちが通りで踊る「四つ竹」には、客に「来てくれて本当に嬉しい」という気持ちが溢れている。

見物人は、首里や那覇に限らず、琉球各地から集まっているようだった。

「おおーっ、あれが噂の染屋のチルか、何と綺麗な！」

興奮気味に叫ぶ男たちの声が、朝忠の耳にも届いた。

「昔、吉屋（ゆしや）のチルという有名なジュリがいたそうだが、その再来ではあるまいか」などと言う者もいた。

「いや、吉屋のチルは『ツル』のチル、染屋のチルは『テル』のチルだ」と物知り顔の男がいう。

もっとも傍にいた薩摩人には何のことか判らない。

「吉屋のチルはチルのチル、染屋のチルはチルのチル」としか聞こえなかったからだ。

顔見世の行列の後には、各妓楼のジュリたちが、それぞれに趣向を凝らした衣装をまとい、古くから伝わる琉球の踊りを集団で披露していった。艶やかで優雅な「女踊り」や「浜下り」、「種取り」や漁や収穫を祝う漁民・農民の踊り、そして後の世に「雑（ぞう）踊り」と呼ばれることになる民衆の踊り、さらに本来は男の踊りであるエイサーや棒踊り、獅子舞なども、彼女たちによって一晩中、踊り尽くされるのだ。

男の踊りを可憐なジュリたちが踊ると、異様な色香が辺り一帯を支配する。ジュリたちの情熱と心意気が贅を尽くした華やかさに溢れて燃え上がる。

群衆の中には、後ろのほうで目立たないようにしながら目頭を押さえている人もいた。恐らくは、貧しさゆえに自分の娘を売らなければならなかった村人たちなのだろう。しかし、ジュリたちは、着飾って、明るく楽しく踊り続けることで、その人達にも、自分たちが決して不幸せなどではないということを、知って欲しかったのではないかと朝忠は思った。

一人の女が歌うと、それに続いて他の女たちが唱和する。連打される太鼓の音が、電撃のように人々の間を突き抜けていく。次第に高揚していく雰囲気の中で、ジュリたちはそれを自らの肉体の奥底で感じながら、踊り続ける。三線の高い音色が、恍惚の絶頂におけるあの歓喜の叫びを再現しているかのようだ。女は男に見られていることを感じ、体中が燃え上がるように熱くなる。踊りながら女たちは、きっと愛する男に抱かれて悶え、のた打ち回っている時のことを思い出しているのかも知れない。

朝忠は染屋のジュリたちと一緒に踊るチルをじっと見ていた。チルは、朝忠の姿を認めて目が会うと、踊りながら、微笑みを送ってきた。朝忠は何ともいえぬ誇らしさを覚えて微笑み返した。

チルはきっと、「旦那さま!」と叫びたいような高揚感を覚えていたはずである。チルがかろうじてそれを我慢できたのは、朝忠が今夜は必ず染屋に渡ると予めチルに約束していたからなのだ。

「ジュリ馬祭りの日だけはね、旦那様に馬になってもらってもいいことになっているのよ」と年上の姐さんから密かに聞いていた。「この晩だけは、男と女が入れ替わり、旦那とジュリが入れ替わるの。床でもチルの好きなようにしていいのよ」

果たしてその夜、チルは狂ったように、朝忠を求め続けた。チルは朝忠の体の上に、文字通り、馬乗りになる。鞍がチルの体の中に深く喰い込んで、人馬は一体となる。馬は動き始める。最初は並足、動きは遅い。チルの体は馬の動きに合わせてゆっくりと上下する。

そのうち早足となる。乗馬は早足の時が一番難しい。馬の動きと人の動きが合わないと、鞍が不規則に差し込む。心地よい痛みを確かめるかのように、チルは喘ぎながら顔をしかめる。もっと早く走って、とチルは馬を叱咤する。

駆け足になると人も馬も大きく弧を描いて空中を飛ぶ。着地するとき、鞍がチルの体の中心を突き上げ、チルはそのたびに悲鳴をあげる。

疾走しはじめると、チルは鞍の上で激しく飛び跳ねる。チルは鞍から振り落とされそうになりながら、鬣《たてがみ》にしがみつく。汗が滝のように落ちる。

苦痛と歓喜の入り混じったチルの叫び声が、琉球の天を劈（つんざ）くように響き渡る。

しばらく休み、そしてまた彼らは走り続ける。

最後、チルは馬に跨（またが）ったまま討ち死にするように果てた。人も馬も命の炎を燃焼し尽して、ジュリ馬祭りは終わった。

(6)　宜保栄治郎『前掲書』九六頁

地頭

安政二年（一八五五年）八月、朝忠は読谷間切《よみたんまぎり》大湾村《おおわんむら》の地頭を賜り、「大湾親雲上《ぺーくみー》」と改称することとなった。「御用意方相附筆者」というのが朝忠の官名である。平士格の出自で、地頭に取り立てられたのは異例としか言いようがない。朝忠の破格の出世は、王府内でも衝撃を受けない者はなかった。羨望と嫉妬が渦巻いた。これも、薩摩藩主・島津斉彬《なりあきら》の意向が強く働いた結果であった。

これまでのような知行（給料）のほかに、地頭所作得が加増されるので、朝忠の収入は飛躍的に増えた。

加えて、王府から崎山に広大な屋敷を拝領した。王家の崎山離宮から程近く、海の見える丘の上に、その屋敷は建っていた。南側には一番座、二番座、三番座、四番座と大きな部屋が並び、その裏座を含めると、大小一〇部屋もある。庭園と築山、それに菜園があり、武家の屋敷の中でも、ひときわ風格と落ち着きの備わった大邸宅に属する。

石垣をめぐらし堂々とした門構えのその屋敷の前にはじめて立ったとき、朝忠は十数年前に、桃原の安仁屋親雲上の屋敷を訪問したときのことを思い出していた。そのころ、自分があのような屋敷に住むことが出来るなどとは想像さえしなかった。それがどうだ。今や、師をしのぐ屋敷を拝領した。これも、自分の努力と才覚でかち取ったものだ。すでに何度も王国を危機から救ってきたのだ。朝忠には、自分の働きに照らせば、これくらいの処遇を受けるのは当然だという思いがある。

朝忠はこの屋敷に一家とともに移り住み、二名の与力、二名の従僕、そして数名の女中も一緒に住まわせることになった。

ただ、これまで七年間、献身的に仕えてくれた従僕・次郎が、この機会に辞めたいと申し出てきたのは、意外であった。

「一緒に頑張ってきた仲ではないか。やっと屋敷を拝領するまでになったのは、そちが援けてくれたお陰。辞めたいなどと……何故か?」

朝忠は詰問し慰留したが、次郎の意思は変わらなかった。

「何か、不満があるのだろうか」

ナベに聞いても、いつもの通りそっけない返事で、次郎が何を考えているのか分からない。仕方なく朝忠は、次郎に赤平村の板良敷の本家で引き続き働いてもらうこととし、次郎がこれまでと同様の給金を受け取れるようにして、その希望を認めることにした。

朝忠が大湾親雲上になって一ヵ月後のこと、フランス艦隊が来航し、国交と条約締結を求めてきた。朝忠は御用意方に異動となり、すでに異国方から離れていたのだが、余人をもって代えがたいと、結局この交渉にも関わっていた。当初、ペリーと結んだ先の米琉条約と同じ内容なら、フランスとも同様の条約を結ぶことに、さして問題はないと思われた。

しかし、フランス側は、すでに居留している三人のフランス人のために、住居を建築することを求めてきた。ペリーに倉庫（石炭貯蔵庫）の設置は認めたが、外国人の住む住居となると問題は別である。朝忠はフランス側と交渉を重ねたが、暗礁に乗り上げたままだった。こういうとき、朝忠は決して無理をしない。粘り強く交渉を重ねて妥協点を見出すしかないと考えているからである。

ところが総理官・摩文仁親方は、朝忠のなまぬるい弱腰外交に我慢ならない様子であった。そこで、彼は首里・久米村の通事を帯同し自ら交渉しようとして、仏人の滞在先・聖現寺に赴いたのである。ところが運の悪いことに、偶々《たまたま》、ゲラン准将配下の士官が何人か仏人らを訪問中で、鉢あせしてしまったのである。

肩を怒らせて交渉の席についたまでは良かったが、銃剣をもった士官が自分を取囲むように立ったのを見て、摩文仁親方もやっとこれはマズイと気づいた。だがすでに遅かった。仏人らは住居の建築を認める覚え書に署名するよう摩文仁親方に迫り、これを拒否すると、署名するまでは帰さないと通告された。つまりは「人質」になってしまったのである。

琉球王府は、解放された久米村の通事から、摩文仁親方が拉致されたことをはじめて知り、大混乱に陥った。一国の総理大臣が拉致されたのである。筑佐事（警吏）を多数集め、実力で摩文仁親方の奪回を図ることとなった。

そのとき、朝忠が駆け込んできた。そのようなことをしたら、フランス艦隊に武力介入の口実を与えるだけで、艦砲が火を吹くことは明らかだと、高官たちを必死で説得した。

「私が一人で聖現寺に行って摩文仁親方を受取って参ります。少なくとも一時（とき）は、冷静にお待ち下さい」

聖現寺に赴くと、仏人らは笑顔で朝忠を迎え入れた。彼らも、総理官を人質にはしたものの、どうして良いか分からず、戸惑った様子であった。朝忠の訪問で彼らも救われたようだ。

「おお、大湾か、よかった……」と摩文仁親方が呟いた。だが朝忠は彼を無視して、仏人らと握手し、フランス語で話し始めた。かつてフォルカードとの交換教授で身につけたフランス語である。

「交渉は進みましたかな？」と、朝忠は皮肉っぽく尋ねた。

「いやあ、総理官殿がお一人で乗り込んで来られるとは私共も考えておりませんでしたので、恐縮していたところです」などと、仏人も皮肉で応えた。

「それでは、今日のところは、これで打ち切りということで、よろしいかな」

「勿論、それで結構です」仏人らもほっとした表情だ。

朝忠は摩文仁親方に向き直ると、いつもとは違う低い声で憮然として言った。

「総理官殿、帰りましょう」

聖現寺の外では、心配顔の王府高官が待ち受けていた。摩文仁親方の姿を見るとみな安堵の表情を浮かべた。摩文仁にとって、これ以上の屈辱はなかったであろう。高官たちに、英雄のように迎えられている朝忠の横を、摩文仁親方は顔を伏せ、罪人のように通り過ぎていった。一瞬、朝忠と目が合ったが、摩文仁は憤怒に身を震わせているようだった。朝忠は軽蔑の眼差しを向け、「お前のような者は、琉球には、もう用がない」と言うかのように摩文仁を見返した。朝忠の胸の中では、怒りと情けなさが入り混じっていた。琉球の不幸は、摩文仁のような男を総理官に就けざるを得ないことにある、とつくずく思った。

摩文仁親方はその日のうちに総理官を解任された。新たに棚原親方が総理官に任命されて、その下で、一〇月一二日、琉仏修交条約が結ばれた。琉球側は久米村に近い松原に仏人居住のための家を建築することも渋々同意した。摩文仁親方が馬鹿なことをしたために、譲歩を余儀なくされたのである。

外国船対応に明け暮れていた朝忠は、さすがに過労気味となった。チルと二人だけで全てを忘れて過ごしたいと思った。最近は、忙しすぎて、チルと会うこともままならない。

読谷間切大湾村の地頭として、朝忠は月に一、二度は村に行く必要があった。普通は与力を伴い二人で行く。

ある秋の終わり、朝忠は馬を二頭しつらえ、今日は与力の代わりにチルを伴って、大湾村に向かった。チルが聞く。

「向こうで何かお仕事があるのですか?」

「何もない、今回はそなたに大湾村を見てもらうための、そのためだけの忍びの旅じゃ、最近の王府では、いやなことばかりあってな、少しは気晴らしをしないと、鬱病になりそうじゃ。だから、チルーに来てもらった」

「まあ、嬉しい、三日間も旦那さまを独り占めできるなんて！」

朝、五つ（午前八時）、泊を出発して、周りの景色を見物しながら海岸線をゆっくりと北上した。昼前、琉球では数少ない川の一つ、比謝川《ひしゃ》の板橋を渡る。これを渡ると読谷間切に入る。

「ここが比謝橋？」とチルが叫んだ。

「そうだ、あの吉屋チルーの比謝橋だ」

吉屋チルの琉歌は余りにも有名である。読谷《よみたん》に生まれた彼女は、家が貧しく、八歳の時、那覇中島の遊廓に身売りされた。彼女が那覇に向かう時に詠んだ、二百年も前の歌だ。

〽恨む比謝橋や
情なぬ人の
我が身渡さともて
か希ておきやら
（比謝橋を恨みに思う、
この橋は心無い人が、
私を渡そうと
架けておいたのか）

「人を恨むのでなく、ただ橋を恨むと……心を打つ秀歌じゃ」

「そうですね、でも、私は吉屋チルのような女々《めめ》しい歌は好きではありません。私はジュリの道を自分で選んだのですもの。私だったら、全く反対の歌を詠みます」

〽謝す比謝橋や
情ある人の
我が身渡さともて
か希ておきやら

(比謝橋を有難く思う、
この橋は心ある人が、
私を渡そうと
架けておいてくれたのか)

「なるほど……チルーは偉い、いつも前向きで、強く、明るい。運命を受け容れ、そして運命を切り拓いていく、琉球人はそういう人間でなければならぬ。琉球が自立するためには、琉球人一人ひとりが、チルーのように自立した力強い人間でなければならぬ」

「でも、殿方は、吉屋チルのようなしおらしい女の方が、可愛いと思うのではありませんか」

「いや、そういう男たちが琉球を駄目にしているのだ。この朝忠は断じてそうではないぞ。拙者はチルーが好きじゃ。自由で奔放なチルーが愛おしくてならぬ」

「嬉しい！　旦那さま、橋の下に降りて、馬に水を飲ませましょう。ね、私たちも休みませんか？」

「なんだ、もう疲れたのか？」

「いえ、そうではないのですが……馬の背中で揺られていると、つい、ジュリ馬祭りの夜のことを思い出してしまって……」

「ジュリ馬祭り？　おお、あの日のチルーは凄かったな」

「いえ、旦那さまこそ！　ああ、わたし、もうだめ……お願い、旦那さま……」

そう呟くと、チルは真赤に顔を火照らせながら、先に比謝橋の下に駆け降りていった。馬を橋脚に繋いだ。辺りは葦で覆われている。

「ここなら誰にも見えないわ、でも、ハブが出てこないかしら……」

「今の季節は大丈夫じゃ。それにチルーには、恐れをなして、ハブの方で遠慮しようぞ」

「まあ……でも、そういうことなら安心です。旦那さま、ここで、さ、早く！」

チルは素早く川辺に菰（こも）を敷いた。そして、燃えるような瞳で朝忠をみた。チルはすでに発情していた。自ら帯紐を解き、一糸まとわぬその体を開いて、朝忠を迎え入れた。

大地が揺れた。川が逆流しはじめ、白い波が激しくぶつかりあった。

再び静寂がおとずれたときのチルの満たされた表情に朝忠は至福を感じた。チルはうっとりとした眼で朝忠を見ている。川の流れは、何事もなかったように、静かだ。川面を流れる晩秋の風が心地よい。

「今の、すごく良かった！　旦那様に、大空の下で抱かれるのって、わたし、大好き。なんだか癖になりそう、登りつめた瞬間は、大地が揺れ動いているような感覚でしたもの！」

「そうか、チルーがそうしたいのなら、家の中であろうと屋外であろうと、どこでも、そなたの望みを叶えようぞ」

「嬉しい！　旦那さまは私の英雄です。私をこんなにも幸せにして下さる」

「英雄などではない、普通の男じゃ？」

「でも、ご出世なるにしたがって、回数が多くなって、『英雄色を好む』というのは、やはり本当のことですわ」

「チルーを求めるのは、出世したためでも、支配欲が強くなったからでもない。むしろ、それだけ責任が重くなって、押しつぶされそうな気分になるからだ。敵も多くなり、一歩外に出れば、何が起こるか分からぬ。そなたの中に入っている間だけは、守られている気がするのだ」

「旦那さまのことは、チルが守ります！　どうぞ、いつでもお入り下さいませ。ここは、旦那さまのおうち。扉はいつも開けて待っております」

「嬉しいぞ。しかし、そなたも最近は舞踊の弟子も多くなり、責任が大きくなってきたから、やはり英雄、いや、英姫になってきたのではないか。さっきもそうだったが、そなたの方から求めることも多くなってきたぞ」

「何と言っても、只今チルは女盛りですもの！　旦那さまとの交わりは、私の踊りにとって、もう、なくてはならないもの。楽しい踊りのときは、旦那さまに抱かれている時を思い出しながら、悲しい踊りの時には、旦那さまがいなくて寂しい時を思い出して、踊ります。踊り終わると、いつも旦那さまが無性に欲しくなります」

「お互い、一生懸命に仕事をすればするほど、益々多く激しく性愛が必要になるということだな……それにしてもチルーはすごい！」

「まあ、わたしの何処がすごいのでしょう？」

「一生懸命なところだ。懸命に求め、懸命に開き、懸命に動き、懸命によがり……」

「まっ、旦那さま、そこまでっ！」


チルは身支度を整えるために、朝忠から離れて橋の下に行った。朝忠は座ったままぼんやりと川を眺め、それから思い出したように衣服を着た。その時、チルが腰をかがめ、隠れるようにして朝忠のもとに戻ってきた。チルはこわばった表情だ。

「どうしたのじゃ？」

「いえ、橋の下で体を洗い、襦袢を付けていましたら、橋の上を五、六人の男たちが通りかかったのです。わたしは身をすくめていたのですが、男たちは『あいつら、急に姿が見えなくなっちまった、一体どこに消えちまったのか?』といったような話をしていたのです。まさか、私たちのことではないと思いますが……無頼漢のような下品な言葉を使う男たちでした」

「ふーん、そいつらはどちらに向かっていたのか」と朝忠は聞いた。

「南の、泊の方に向かって急いでいる様子でした」

「そうか、それなら、我々を追っているわけではあるまい、金貸しに雇われてならず者たちが、夜逃げした貧しい一家でも追って来たのであろう。そもそも我々には追われる理由などない」

「そうですね、でも、見つからなくて良かった……」

「では、もう外ではしないのか?」

「いえ、します、一杯したい……でも……誰にも見つからないように、ね」

二人は身支度を整えると、馬を橋の上にあげ、再び北に向って出発した。


昼過ぎ、大湾(おおわん)村に着いた。

「ここが旦那さまのご領地ですのね、すごーい!」とチルは感嘆の声をあげた。

海岸に出て、砂浜に腰を下ろして海を眺めた。浜では漁師の家の女たちが魚を開いて陽に干していた。

「私も小さい頃、母を手伝って浜辺でよく日干《ひぼ》し魚を作りました」

チルには懐かしい風景のようだ。

朝忠は女たちに話しかけた。

「今年の漁はどうだったか」

「お蔭様で、まあまあといったところで……」と女の一人が答えた。「ただ、この夏は日照り続きで、畑の方は殆ど何も出来ず……」と付け加えた。

「やはりそうか……」

大湾村では雨が少なかったため、畑の作物が実らず農民は疲弊していた。琉球には山がなく、したがって大きな川もない。雨水だけが頼りなのである。

「でも、お武家様、今度の新しい地頭様は、小川を堰き止めたりして村の至る所に用水池を作らせていなさる。来年にはきっとその効果が出てくるだ」

「その地頭様のお名前は何と言われるのですか」とチルが聞いた。

「大湾村の地頭様は、大湾様って呼ばれますだ」

女が答え、みな笑った。その地頭が目の前にいるとは、誰も気がついていないようだ。

昼餉の時刻になったからと、女たちは、朝忠とチルのために魚を焼いてくれた。女たちの屈託のない笑い声に囲まれて、二人は昼食のひと時を過ごした。

「うまい魚であった。ご亭主に泡盛でも飲ませて下され」

朝忠は遠慮している女たちに、無理矢理、金を握らせた。

「お武家様方は、どこまで行かれますのか」と聞かれた。

「あてのない旅じゃが、残波《ざんぱ》の岬あたりまでは行きたいと思っている」と朝忠は応えた。

「お気をつけて」という女たちの声に送られて、二人は再び馬を並べ北に向かって進んだ。


漁師の女たちと別れて四半時（三〇分）も経たないころだ。

「お武家さまっ、お武家さまっ！」と叫びながら、先ほどの女たちが息せき切って追いかけて来た。

「何事か？」

「お武家さまあっ！」女たちは、はあはあ息をつぎながら言った。「怪しい男たちがお武家さまのお命を狙っておりますだ。お武家さまたちが出られて間もなく、五、六人の人相の悪い男たちが来て、お武家さまたちがどちらに向かったかと、私どもにしつこく聞きました。私どもは『泊湊の方に向かわれた』と嘘を言いましたが、男たちは『泊に向かったのなら俺たちに会っているはずだ』と言って信用しなかったようです。もうすぐこちらに来るかも知れません」

「きっとさっきの橋の男たちだわ！」とチルが叫んだ。「やはり、私たちを追って来たのよ。あの時、私たち急に比謝橋の下に降りたでしょ、きっとそれで私たちを見失ったのよ」

「しかし、誰が、何のために、拙者の命を？」

「そんなことより、何か対策を考えなければ」とチルはこういうとき、意外に冷静だ。「馬を走らせて逃げても良いけど、すぐ追いつかれそうね」

「うん、そうだ、良い考えが浮かんだぞ、それでは、こうしよう。ちょっと皆さんにお願いしてよいかな」と朝忠が女たちに頼んだ。

「はい、もちろん何でも、しますだ、大湾さまのためなら何でも」

「拙者が大湾だということがどうして分かったのじゃ」

「男たちがそう言っていましたから」

「なるほど……は、は、そうか。では、木の小枝や葦の枯れ草を集めてきて下さらぬか。終わったら、そのあとは、土手の向こうに隠れていて下され、怪我でもしたら困るからな。チルーも一緒に隠れていてくれ。わしは馬で奴らをおびき寄せてくる」

案の定、間もなくして朝忠が戻ってきたと思うと、「おっ、いたぞ、あそこだ！」と叫びながら男たちが現れた。彼らは手にこん棒や鎖、刃物を持っていた。朝忠は馬を降りると、一人、護身用に三尺ほどの木の枝を手にとり、仁王立ちになって身構えた。

「大湾親雲上と知っての狼藉か！」朝忠は大声で問いただした。

「へへ、勿論さ、もっと早く始末をつける積りだったがな、途中で見失っちまってさ、難儀したぜ」

「誰に頼まれた？」

「そんなこと言えるわけがねえじゃねえか。だが、まあいい、どうせ貴様はここで御陀仏だから、教えてやろう、お前さんが恥をかかせたお人だ、心当たりがあるだろう」首謀格の男が言った。

――摩文仁親方に違いない、と思った。フランス人に人質にとられた摩文仁を朝忠は救ったのだから、本来なら感謝されて良いはずだが、しかし、あの摩文仁親方なら、根に持って恩を仇で返すようなこともやりかねないだろう。それにしても、摩文仁は何と卑劣な男か。

「やっちまえっ！」と首謀格の男が仲間に命じた。それを合図に、五人の男たちが一斉に朝忠に襲いかかってきた。多勢に無勢、一対一だったら、朝忠に勝つ見込みもあるが、五人一緒にかかってきては、到底太刀打ちできない。

だが、突進してきた五人の男の姿が、突然、朝忠の前で消えた。一瞬のことだった。

雨水を溜めるために村民に掘らせておいた穴が役に立った。その穴を、村の女たちが集めてくれた枯れ草で覆って落とし穴にしておいたのである。落ちた五人の男たちは狭い穴の中でもがき、わめいていた。もっとも、主謀者の男は、後ろで指揮していたので、穴に落ちるのを免れ、「ちくしょう、覚えておれ！」と捨て台詞《ぜりふ》を残して逃げて行った。朝忠は穴の男たちに言った。

「見事に仕掛けにはまってくれたな。どうだ、穴の中の居心地は。お前たちの頭《かしら》は、お前たちを見捨てて、逃げて行ってしまったぞ。あいつの名前は何と言うのだ」

「なんちゅう奴だ……すまねえ、悪かった、ここから出してくれ！」

「そうはいかん、お前たちは拙者の命を狙ったのだぞ、その罪は大きい。お裁きを受けて、お前たちは死罪か、軽くても宮古島への遠島だ」

穴の中の男たちは、この脅しに震え上がったようだ。異口同音に弁解した。

「許してくれ、何も命をとろうとしたわけではねえだ。ちょっと傷めつければよいと言われて、俺たちは何も知らねえんだ」

「知らないわけがないだろう。お前たちに命じた者の名前を言えば出してやってもよい、しかし、言わないのなら……ま、それも良かろう。筑佐事（ちくさじ、警吏）にお前たちを引き渡すまでだ」

この村には筑佐事はいないからこれは嘘だったが、脅しとしては効果的だった。

「許してくれ、ほんとうに俺たちは頼まれただけなんだ」

「だから、誰に頼まれたのだ？」

「頭（かしら）の名は花城（はなぐすく）小虎っていうんだ」と一人が白状した。

「花城？　琉球でそんな苗字は聞いたことがない。小虎というのも、どうせ偽名であろう」

「偽名かどうか知らないが、俺たちはその名前しか知らねえんだ、どうか許してくれ」

「まあよい、それで、その花城小虎は誰に頼まれたのだ？」

「俺たちは、そこまでは何も聞いていない、ほんとうだ」

問い詰めたところで、この男たちからは、これ以上はもはや何も出てこないであろう。筑佐事がいない以上、縄をかけたとしても、これら五人の男たちを泊まで朝忠一人で連行していくのは不可能だ。解放する以外にない。

「それでは、もう悪事には手を染めないと誓うならば許してやろう。誓うか」

「誓います、誓いますだ」

「よし、それでは、お前たちは半時《はんとき》ほど、その穴の中で頭を冷やしておれ、それからゆっくり出てくるのだ、もし、すぐ出て来ようものなら、この木刀で頭を打ちのめす、分かったな」

「へえ、分かりました、分かりましただ」

朝忠とチルは、そして村の女たちも、その場を離れた。男たちが穴から出るには肩車でもして一人ずつ這い出るしかないから、いずれにせよ半時くらいはかかるであろう。

花城小虎という名前を手掛かりに、泊に戻ったら、その男を見つけ出して、平等所（ひらしょ、裁判所）に訴え出ることも考えたが、仮に見つけ出したところで、相手は「知らぬ、存ぜぬ」と白を切り、とても摩文仁親方にまで行き着くことは無理だろう。それに、深追いすれば、かえって危険だ。残念だが、この一件は不問にせざるをえまい。

チルが冷静で動揺していないことに、朝忠は安堵した。

「チルーは強いな、怖くなかったか」

「旦那さまが一緒ですもの、怖くはありませんでした。旦那さまは本当に英雄です。ほれぼれとして見てましたわ。それにしても旦那さまの作戦は大当たりでしたね、見事というほかありませんでしたわ」

「そうか、チルーが一緒にいてくれれば、この朝忠も安心だ」

「はい、旦那さまとは決して離れません。ねえ、旦那さま」

「なんじゃ」

「旦那さまの馬に移ってもよろしいかしら？」

「おお、もちろんいいぞ、こちらに来い」

「嬉しい」チルは顔を輝かせて乗り移り、朝忠の前に横向きに座った。朝忠はチルの胸元から腕を入れ、チルの乳房を優しく包んだ。

「はあ！」と熱い息をつきながら、チルは馬上で朝忠に上体を預けた。「そう……こうして欲しかったの」

「やはり、怖かったんだな」

「ええ、少し……でも、もう安心。旦那さまの手、とっても気持ちいい……」


残波《ざんば》岬の近くに染屋の女将が懇意の漁師の統領がいる。彼の舟は直接泊に魚を陸揚げし、辻の遊廓に売り込んでいる。二人はその家に泊めてもらうことにしていた。大きな家だった。舟を何艘も持ち、多数の漁師を抱えているということだ。そこで二人はやっと落ち着いた気分に戻った。

夕刻、二人は岬に立って、海を眺めた。遠くに国頭（くにがみ）の半島が霞んで見える。

「琉球は、やはり美しい国だ！」

「ほんとうにそうですね」

「この国を、大切に守って行きたいものだ。それに、こんな美しい海は他にない」

「ねえ、旦那さま、出来ることなら……」

「なんじゃ」

「海に小舟を出して、海から琉球を見てみたい」

「おう、それはいいかも知れぬ」

「そして、誰もいない大海原で旦那さまに抱かれたい……」

「チルーはやはり外でするのが好きなのじゃな」

「大声で叫んでも、海の上なら大丈夫でしょう?」

「もちろん大丈夫だ、さっそく、小舟を借りられるかどうか聞いてみよう」


翌朝、朝忠はチルを乗せて屋根つきの小舟を漕ぎ出した。充分な水と弁当も用意してもらった。沖に出ると、見渡す限りの大海原。二人の他には、舟も見当たらない。風もなく波も穏やかだ。

「それでは、私の仲間を呼んでいいかしら」

「仲間?」

チルがピーッ、ピッ、と口笛を吹くと、どこからともなくジュゴンが集まってきた。両手を広げてチルは歌い始める。するとジュゴンがあちこちで首を出してそれを聞いている。朝忠は感嘆の声をあげた。

「驚いた、女将からジュゴンのことは聞いていたが、本当のことだったのだな」

「はい、私、前世はジュゴンでしたから」

「顔は似ていないようだが……」

「旦那さまがご覧になっているこの顔は、実は仮面です。本当の顔はこれです」手で顔を隠したチルが「イナイ、ナイ、バーッ！」と言って見せたのは、ジュゴンとそっくりの顔だった。

「分かった、参った、そなたはジュゴンじゃ、ああ恐ろしい」

チルはキャッキャャと大声で笑った。

「ねえ、旦那さま、少し泳いできていいかしら？　旦那さまも泳ぎません？」

「いや、拙者、泳ぎは苦手じゃ」

「じゃ、私だけ、ジュゴンと一緒に泳いできますね」

小舟の床に立ち上がると、チルは着物を脱ぎ捨て襦袢一枚になった。陽の光を通して、チルの裸体が透けて眩しい。チルは大きく息をして海に飛び込んだ。水しぶきがあがった。

「そ、そなた、大丈夫か！」小舟が大きく揺れた。

チルの体は海に沈んだまま浮かんでこない。朝忠にはそれが途轍もなく長い時間に思われた。

「チ、チルー！」

朝忠は大声で叫んだ。

――まさか、溺れたのでは……

「チルー、チルー！」

朝忠は半狂乱だった。

と、そのとき、チルの体が舟から離れたジュゴンの群れの中で浮かび上がった。ジュゴンに体を寄せながら、チルは朝忠に向かって手をあげた。それからチルは一頭のジュゴンの背中に乗った。チルの上半身が水面から上がった。まるで人魚のようだ。

　この信じられない光景に、朝忠は言葉もなかった。

「チルー、早く戻ってきてくれ！」

　朝忠は、何か恐ろしいものを見ているようだった。心細くて泣きたいような気分だ。だがチルは、キャッキャッと笑ったり、奇声を上げたりしながら、ジュゴンたちと戯れている。

　チルは、しばらくするとようやく、名残惜しそうに、ジュゴンの群れから離れて舟に戻ってきた。朝忠が手を貸してチルを舟に引き揚げた。

　体が冷えたのか、チルの唇は紫色になっていた。朝忠は濡れた襦袢を脱がせ、白い布でチルの体を包んで摩《さす》った。

「そなたが海に飛び込んだ時は、溺れたのかと思って心配したぞ」

「まあ、そんなことあるわけないではありませんか」

「しかし、中々浮かび上がって来ないから……」

「私は水中でかなり長い時間、息を止めていられます。潜った方が速く泳げますし……やっぱり私の前世はジュゴンだったのかしら」と、チルは笑った。

「笑い事ではない！」

「あっ、旦那さま、怒ってます？　それとも、ジュゴンに嫉妬しました？」

「冗談じゃない。嫉妬などするか！」

朝忠はは吐き捨てるように言った。怒りの気持ちが勝っていた。

チルが自分より先に死ぬことがありうるなどは考えたこともなかった。だが、チルが潜っている間のあの短い時間、チルがいなくなるということの不安が朝忠を襲った。思わずチルを抱きしめた。

昨日、男たちに命を狙われたことの恐怖が、一日たつとかなり堪（こた）えてきたような気がする。急に心細くなったのだ。

「チルー、俺より先に死なないでくれ！」

チルははじめて朝忠の不安を理解したようだ。

「大丈夫、決して旦那さまより先には死にません。ずっと一緒にいます」

小舟の床に菰《こも》を敷き、二人はその上で抱き合った。

二人の動きが舟を揺らし、弾ける波がその二人を揺らす。揺れはしだいに激しくなって、小舟は波の洞窟をくぐりぬけていく。渦巻きが舟を飲み込み、小舟はぐるぐると回転しながら、深海底に引き込まれていく。チルの絶叫も荒波にかき消される。


気がつくと、前と同じ、時間が止まったような静かな海原の真中で、二人の小舟はゆったりと漂っていた。陽が地平線の向こうに沈んでいこうとしているが、それすら動いていることを知られまいとしているかのようだ。

「誰もいないところで、こうして旦那さまと愛し合えるなんて、最高。きのうは川べりで、あんなにも激しく、そして今日はこの大海原で、こんなにも深く……私たちだけでしょうね、こんなことできるの」

「そうだな」

「久米島の母が、若い頃、父の舟に乗せてもらって何日か海に出たと、よく楽しそうに思い出話をしていました。今にして思えば、私の両親も、こういう風に、並んで横になって、一緒に空の雲を見ていたのかと」

「そうか、お二人にも幸せな日々があったというのは、嬉しいことじゃ。われらも二人だけで、どこか遠い島に行って静かに暮らしたいものだな。久米島でも良い、そなたも久米を離れて久しい、帰りたくはないか」

「そうね……帰りたくもあり、帰りたくもなし……」　チルはやや複雑な表情だ。辻の姐となった自分を故郷がどのように迎えてくれるか、心配なのであろう。

「そうか……そなたの妹ごの婚礼も近いと言っていたな」

「はい、もうすぐです、先日妹のスイから文が届きましたが、とても幸せそうな様子でした。妹が幸せになってくれれば、私はそれが一番うれしいのです」

「そなたは妹ごのために本当によく頑張った。今度はそなたが幸せになる番じゃ」

「あら、私は旦那さまと一緒になれて、これ以上、何も望むことはございません」

チルは朝忠にもたれかかって目をつむる。

「そうか、それなら良い。今は忙しすぎて、そなたと一緒にいる時間も少ない。ああ、早く煩わしいことをすべて忘れて、命を狙われることもなく、平穏に過ごしたいものよ、どこか小さな島で、毎日、そなたとこうして一緒にいられればどんなに良いか……そういえば以前、アメリカ人が言っていたが、布哇（ハワイ）という島は、楽園のような良いところらしいぞ」

「そうですか、その島にいつか旦那さまと一緒に行ってみたい！」とチルは顔を輝かせた。

「そうだな、いつか一緒に行こう！」

「ほんとう?」

「ほんとうだ。しかし、布哇《ハワイ》で暮らすためには、チルーも英語を話せるようにしておいた方がよいな」

「ええ、旦那さま、英語、教えて下さい」

「うむ、以前、園田、大窪という二人の薩摩藩士に英語を教えたときに作った教則本があるから、それで勉強するとよい。善は急げ、だ。言ってみなさい、スカーイ、空という意味だ」

「スカーイ」

「そうだ、海は、シー」

「シー」

「私は、アイ、お前は、ユー」

「私はアイ、あなたはユー」

「私はお前が好きだは、アイ・ラブ・ユー」

「アイ・ラブ・ユー?」

「そう、アイ・ラブ・ユーだ」

「アイ・ラブ・ユー、アイ・ラブ・ユー、アイ・ラブ・ユー！」


朝忠にとって、そして琉球にとっても、この「大湾親雲上」時代が、最も光に満ちた幸福な時期であったと言えよう。だが、それは長くは続かなかった。朝忠がチルとの平和な時間を過ごすには、琉球の状況は厳しすぎた。それに伴い、王府の対外交渉における朝忠の役割も、一層大きなものとなっていた。

密使

薩摩藩士・市来正右衛門《いちきまさえもん》が、島津斉彬《なりあきら》の密命を帯びて、那覇湊に到着したのは、琉球の暦で咸豊七年、和暦では安政四年、そして西暦では一八五七年、一〇月も半ばを過ぎた日の夕刻であった。鹿児島を立って七日目、飛船を乗り継いでの船旅であった。今年三五歳になる市来は、大柄で眉毛が濃く、その風貌には年齢以上の貫禄がある。朝忠は薩摩藩の在番屋敷から秘密の連絡を受け、目立たぬ姿でひとり岸壁に市来を出迎えた。

金色の太陽が海の向こうにゆっくりと沈んでいくところだった。茜雲《あかね》が西の空一面に燃えている。反対の東の方には、その夕陽の光を独り占めするかのように、朱色の首里城がくっきりと輝いて遠望された。

「おお、あれが首里のお城か！　さすが、紫禁城を模して造られた、というだけのことはごわすな」と市来は感嘆したような声を上げた。

だが、目が慣れてくるにつれ、次第に、美しさよりも、そのひ弱さ、はかなさの方がまさってきた。

「いずれあの城に切り込むことになるのだ……」と、市来が呟くのを、朝忠は聞き逃さなかった。

――この男は何をたくらんでいるのか、朝忠は戦慄を覚えた。

間もなくして陽が没すると、残光はしだいに乏しくなって城の輪郭がぼやけ、やがてその姿は夕闇の中に消えていった。


「それでは、御仮屋《うかいや》からのご指示で、辻の染屋に案内《あない》つかまつりまする」と朝忠は市来に告げた。

「染屋とは、いかなる場所にごわすか?」と市来《いちき》。

「ま、簡単に言うと、遊郭です」

「はあ、しかし、着いた早々、遊郭に行くというのは……」と市来は怪訝《けげん》そうだ。

「あはは、いや、市来殿、琉球では辻の貸座敷くらいしか、王府の役人が内密の話ができる場所はないのです、いや、内密の相談でなくとも、私共は打ち合わせによく使います。江戸や鹿児島の郭（くるわ）とはかなり違うところです。在番ご奉行もそこで市来殿をお待ちです」

「そうでしたか、なにしろ琉球ははじめてで……何事もどうかよろしくお頼み申す」

通称「御仮屋」（うかいや）と呼ばれる薩摩藩屋敷は、首里王府の密偵がいつもそれとなく見張っており、どういう人物がいつ番屋に出入りしたかを常時細かく通報しているため、市来が番屋に出入りするのは避けた方が良いとのことであった。朝忠は、自分が謀反に加担しているようで、落ち着かなかった。だが、朝忠は、市来の来訪が、琉球の将来を大きく左右する重大な契機になるだろうという予感はあった。予感というより、それは殆ど確信に近いものだった。

道々、初対面の二人は、互いに、相手がどのような人物かを探り合っていた。朝忠は市来が藩主斉彬《なりあきら》公の側用人をつとめていることを知っていた。彼の博識と有能ぶりについては、様々な情報を得ていた。斉彬公の知恵袋を自他ともに認める、恐るべき存在である。決して油断してはならないと朝忠は自分に言い聞かせた。

市来もまた、鹿児島を出る前に、大湾朝忠については詳しく調べてきていた。過去一五年ほどの間に琉球の在番奉行所から送られてきた報告文書には残らず目を通し、琉球王府の主要な人物についてはすべて頭に入れてきたが、記録を読み進むうちに、市来は、とくにこの朝忠なる人物に強く魅かれるものを感じていた。歴代の在番奉行もおしなべて朝忠には注目していたらしく、報告書の中にも詳しい記載が多くあったから、彼の生い立ちや人柄を調べるのに苦労はなかった。

染屋に着くとすでに在番奉行が到着していた。奉行も頭巾で顔を覆ってきたのだという。朝忠は女将の部屋で待機し、奉行はまず市来と二人だけで会った。市来があとで朝忠に話してくれたところでは、市来はまず、携行してきた主君・島津斉彬の書簡を奉行に手渡した。そこには「市来正右衛門の役目、補佐されんこと、豊後」とのみ記されていたという。会見では次のようなやりとりがあったと、これも市来があとで朝忠に話した。

「今般は殿から密かに命を受けて琉球に参りました。密命なればその中身はご奉行にのみお話しすることになっておりまするが、要するに琉球王府の『大掃除』をせよとの殿のご命令です」

「王府の大掃除……でごわすか、それは中々に難しいお役目ですな」と奉行は応えた。

「はっ、殿は常々ご奉行からの琉球王府に関するご報告を注意深くお読みになり、とくに王府が先例に拘泥して旧態依然の状態にあることを殊のほかご心配でありまする。ご奉行も殿への御書簡でご指摘のように、この際、大鉈《なた》を振って王府の大改革を断行する必要があるとお考えです」

「市来殿のご名声はかねてより伺っております。殿の懐刀《ふところがたな》として、厚い信頼を得ておられることも。どうぞ私どもで出来ることがありましたら、何なりとお申しつけ下され」

市来は、斉彬公の特使として自分が派遣されてきたことに対し、奉行が「自分を差し置いて」と不快感を持つのではないかと危惧していたが、この奉行は誠実謙虚な人物のようで、そうした心配は無用だった。もっとも、奉行の次の言葉に、市来は自分の任務の難しさを改めて認識させられた。

「琉球はわが藩の支配の下にあるが、その臣民はみな誇り高い。礼節を重んじる点では、大和に引けを取らぬ。市来殿もその点はくれぐれも気を配られることが肝要と存ずる。ただ、ここでは些細なことでも先例を変えようとすると強い抵抗に逢う。王府の役人たちは抜け目なく改革を阻止しようとする、その周到さは天才的と言ってもよい、市来殿もすぐにそれを経験されよう」

「ご忠告、誠に有り難く存じまする。中々に一筋縄では行かないところのようですな。ところで、殿より、王府の大湾親雲上《おおわんぺーくみー》朝忠と密接に協力して任務を果たせとのご指示を賜っております。すでにこの染屋への道すがら、大湾と話をして参りましたが、中々に鋭いものをもった人物と感じ入りました。あの精悍な顔立ち、眼光鋭く、その容貌には、厳しさがただよっておりもす。小官ながら、国を背負って生きてきたという気概が感じられまする」

「いや、市来殿、ご賢察の通りでごわす。大湾は王府内で最も優秀な人物です。落ち着きがあり、自信がみなぎっている。われら薩摩藩士に対しても卑屈なところが全く感じられない。大湾は必ず貴公の使命達成に力となってくれよう」

そこで朝忠が部屋に招じ入れられた。奉行から「よろしく頼む」との一言で、朝忠は、これから始まる王府の「大掃除」に否応なく巻き込まれて行くことになったのである。

奉行が退出すると、市来正右衛門は正座し改めて朝忠に挨拶をした。そして驚いたことに、市来は、朝忠を加えず奉行と二人だけで談合したことを詫び、奉行との会話はこんなことだったと、朝忠に再現したのである。朝忠は市来の謙虚さに打たれた。市来が朝忠を、仲間として、同志として、遇しているのだと感じた。これまでも朝忠は多くの薩摩藩士と一緒に仕事をしてきたが、彼らの中で琉球の人間と対等の立場で付き合おうとした者は一人としていなかった。たしかに最近の薩庁は、琉球の役人に強圧的に振る舞うことを避け、出来るだけ温和に対応している。しかし、それは琉球支配を円滑に進めるための方便に過ぎない。だが、この市来正右衛門は違う。彼は一人の人間として朝忠に接しようとしている。

染屋の女将が挨拶に来たのち、着飾った若い姐《おんな》が迎えに来た。——おお、これが話に聞くジュリか、と市来は感嘆の目で姐を見上げている。琉球独特の長い袴をはき、白襦袢を着け、それを赤い腰紐でしっかり締め、薄い芭蕉布の羽織を着ている。今宵のチルはいつもよりの一層艶やかで、客のもてなしに気合が入っていることを思わせる。

「これはチルー……何かと私の世話をさせております」と朝忠がやや照れ臭そうに紹介した。

「ほんとうにお世話のやける旦那さまですのよ」とチルが明るく冗談めかして言う。これで市来も即座に朝忠とチルとの深い関係を理解したようだ。

「今宵は客人の歓迎の宴じゃ、琉球の酒と珍味を盛りだくさんで頼みますぞ」と朝忠が女将に言って、二人はチルの先導で屋敷の一番奥にある彼女の部屋に移った。

チルの部屋は二間続きで、奥の部屋には箪笥と長持ちが置かれている。市来は居間の壁の書棚に、多数の書籍が並んでいることに驚いている。『三国志』や『紅楼夢』といった漢籍、『おもろ草紙』など琉歌集、さらには大和の古今和歌集などもある。市来が一番度肝を抜かれたのは『英語会話教則本』を見つけた時だった。

「チルどのは英語もやるのか！」

「いいえ、まだ始めたばかりです」とチルは笑っている。

市来と朝忠はその居間に向かい合って座り、チルが酌をした。染屋の姐たちが入れ替わり料理を運んできた。

市来は朝忠に染屋に来る途中、来琉の目的が何なのかを伝えてくれたし、奉行との話も解説してくれたので、朝忠は大雑把なところは把握していた。だが、二人とも依然として相手の人物を探り合うかのように、用心深く話題を選んだ。

「この辻という街は中々面白そうなところのようですな、拙者の琉球滞在はやや長くなるかも知れんから、ここのしきたりなど、色々と教えて頂ければ有り難い」と市来。

「もとより、喜んで」と朝忠とチルが声をそろえる。

「そもそも大湾どのはどのような人生を歩んで来られたのか、鹿児島を出る前に公式の記録は大体読んできたが、ここでこういう風に直接お会いして、益々知りたいと思いまするぞ。これから一緒に大仕事をしていく上で、拙者は貴殿のことをよく存じ上げておきたい」と市来は水を向けた。

「しかし、私のつまらぬ人生などに、何ゆえそう関心をお持ち下さるのか……」

「それはな、大湾どの、拙者は殿より大命を受けてこの琉球に参っておるからじゃ。いずれ詳しくお話し申すが、この使命を全うするためには大湾どのの手助けが不可欠じゃが、その前に、拙者自身、貴殿のことを知り尽しておかねばならぬ。それから、もうひとつ、これは任務とは関係ないが、こんな美しいチルどのを、どうやって見つけたのかも、おいおい聞かせて下され、あっはっは」

最後は笑いでごまかしているが、朝忠には市来の熱意がよく分かった。これまで知り合った薩摩藩士の中で、琉球の人間の人生を詳しく知りたいなどと言った者は一人としていなかった。さらに市来の次の言葉が、朝忠の心を根底から揺さぶった。

「大湾どの、この二百五〇年間、薩摩は琉球に大変申し訳ないことをしてきたと思う。斉彬公も、そう言っておられた。この悍《おぞ》ましい関係は、断ち切らねばならぬ。だが、薩摩はただ関係を断ち切れば良いとは考えておらぬ。琉球が独立の藩として、諸藩と対等な関係を樹立していくためには、どうしても琉球王府の旧態依然の体制を打ち砕き、新しい強い政府を打ち立てねばならぬ。その政府を支える有能な人材を育て上げねばならぬ。弱い者が何人集っても、強い政府は出来ぬ。そんな政府はすぐ互解し、琉球は清の属領になるか、西欧の植民地になってしまうのがオチだ。この琉球で、強い政府を担うことができるのは、大湾どの、貴殿を措いてほかにないと、斉彬公は考えておられる」

「以前、英語をご教授申し上げた岩切英助どのや橋口五助どのも、琉球を藩にする、薩摩と対等の藩にする、と申されておったが、やはりそれは本当のことでしたか」

「もとよりじゃ、ただ、対等の藩になるためには、琉球の方々も対等の人間として、もっと強くなってもらわねばならぬ。もちろん、薩摩の人間も変わらねばならぬ。拙者自身も変わりたいと願っておる。大湾どの、拙者は貴殿に出会ってまだ時間も経っていないが、貴殿と出会ったことで、拙者はすでに、大きく変わり始めている」

朝忠は平静さを装ってはいたが、市来の言葉に内心は震えるほどに感動していた。この男になら、琉球の、そして自分の運命を託しても良いと思った。薩摩と琉球の関係がどうなるにせよ、市来と朝忠の関係は、真の友として永久に続いていくことを疑わなかった。朝忠は頷いて微笑んだ。

「なるほど、それでは、市来どのに琉球のことを知って頂くための、ま、一つの例として、私のこれまでの拙い歩みを、すべて包み隠さずお話し申そう、ここだけの話にしておいて頂きたいが……」

「もとよりでござる、薩摩に対するどんな批判・非難も構いませぬぞ、むしろ拙者はそれを聞きたい、是非、忌憚のないお話をお願い申す」

「有り難きお言葉、痛み入ります、しかしかなり長い話になりますが、よろしいかな?」

「構わん、構わん、時間はいくらでもある」

「では、順を追って、そうですな、拙者が清国の留学から帰国した頃のことから始めましょうか。当時は板良敷《いたらしき》朝忠と名乗っておりました……」

朝忠の話は、もとより一晩では終わらなかった。市木は、朝忠の家に逗留することになり、毎朝、彼と一緒に朝餉をとる。昼間は朝忠が役所に行ってしまうので、殆ど寝て過ごした。夕方、朝忠が帰ってくると夕餉を共にし、その後は、泡盛を酌み交わしながら、話の続きを聞いた。朝忠はいささかの遠慮もなしに、琉球の支配者である薩摩武士の市来に対して、その理不尽な圧政の数々を指弾した。被支配者の琉球人がこのように全て開けっ広げに自分の体験と考えを話すというのは、市来にしても信じ難いことだったようだ。朝忠も、最初はこれほど詳細に自分の胸の内を明かす積りはなかったのだが、話を進めるうちに、彼はどうしても全てを話しておきたいという願望を押しとどめることができなくなった。こうして二人の間には、次第に支配者と被支配者との壁が取り除かれ、兄弟以上の深い絆ができた。「市来に賭けてみよう、琉球の行く末を、そして自分の将来を」、朝忠はそう心に決めたのだ。

市来は、三日に一度は首里から辻村に降りて、染屋で朝忠に合流し、チルを交えて酒を酌み交わした。

朝忠の家に身を隠して滞留すること一五日余り、市来は今後の彼の行動について朝忠と綿密な打ち合わせを行ったあと、在番屋敷に移った。これまでは「密使」だったが、今後は島津斉彬の「特使」として、公然活動に切り替えたのである。

薩摩藩主・島津斉彬《なりあきら》は、日本の幕藩体制と外交政策を根本的に改革するための壮大な計画を実行に移しつつあった。その計画の要（かなめ）の一つが、琉球であった。彼は、琉球をこれまでのように薩摩藩の支配下に置いておくことはもはや不適当と考えていた。琉球を独立の藩として自治を認めること、そのためには、早急に、強い自立した琉球を建設することが不可欠と考えていたのである。

「列強の脅威は切迫している。時間がない」斉彬はそうした考えの下に、従来にも増して強引に琉球王府の政治に干渉していったのである。矛盾しているようだが、琉球を解放するためには、あえて琉球に干渉していくほかなかったのである。

斉彬の蜜命を帯びて、市来は琉球に対し、幾つかの要求を行なった。いずれも、斉彬の構想する「富国強兵」政策を、琉球の手を借りて実現しようという計画である。江戸幕府の手前、薩摩藩が公けに実行することが出来ないからである。

薩庁の要求は、一つ、フランスから蒸気船その他の武器を琉球名義で購入すること、二つ、英仏米の三国に薩摩藩から六名、琉球から三名の留学生を派遣すること（ただし、薩摩の留学生も琉装する）、そして三つ、琉球を通してオランダ・フランス等との外国貿易を行うこと、四つ、福州の琉球館を拡充して貿易を盛んにし、薩摩商人を琉装させて商売を行なわせること、さらに五つ、台湾に琉球船の停泊港を設け、貿易を行なうこと、などである。

摂政以下、王府の高官たちは、この話を聞いて驚愕した。薩摩藩主の直接の命令とあってはそれに抗することはできないと分かっていても、評定は長引き、結論を出来るだけ引き延ばそうという琉球特有の対応が目に付くばかりであった。

もとよりそうなるであろうことは、市来も予測していたところであり、そうした王府の体質を根本的に変えることこそ、まずは何よりも必要なことだと考えていた。そこで市来が最初に断行したことは、朝忠の「表（おもて）一五人衆」への昇格であった。市来としては、これを起爆剤として王府に衝撃を与え、その後でもっと大きな爆発を王府にもたらして、新時代にふさわしい全く新しい体制を築こうと考えていたのである。

ある夜、朝忠は辻の染屋で市来と会った。チルの酌を受けながら、市来はこともなげに言った。

「大湾殿、貴殿には表一五人衆に加わってもらいたいというのが、斉彬公の意向じゃ」

「何ですと！　私のような平士格の者が、王府の閣僚になど、とんでもない話です。大湾村の地頭に任命されただけでも破格の待遇、王府内にはすでに私に対する嫉妬やっかみで満ち溢れております。以前も、暴漢に襲われるというようなことを経験しました。表一五人衆ということなどになれば、必ず、殺されてしまいます」

市来《いちき》は平然と朝忠を見据えて言った。

「薩摩では、皆、死ぬ気で頑張っています。西郷吉之助など郷士出身の者さえ取り立てられて斉彬公を支えているのです。この天下大乱の時代、身分はもはや問題ではないのです。能力だけが問題です。斉彬公は、大湾殿の力量を見込んで、この大役を引き受けて欲しいと願っておられるのです。そう、今度は本当に命を狙われるかも知れません。それは次の時代に責任をもつ者の宿命でしょう」

朝忠はチラッとチルを見た。チルは無表情で市来に酒を注いでいた。沈黙が流れた。朝忠は、覚悟を決めた。

「市来殿、分かり申した。表一五人衆の件、お引き受け致しまする」

「うん、それでよか、存分に活躍されよ」

チルが明るく言った。

「市来さま、もうお話はお済みですか？　それでは姐さんたちに入ってもらいますね。盛大にお祝いしましょう！」

市来は泡盛を飲みながら、きっと琉球は良い国になると繰り返した。「ここが頑張り時」だとも。

朝忠も、そうだろうな、とは思う。市来の計画がうまくいかなかった場合に起こりうる混乱を考えると、身のすくむような不安にとらわれる。しかし斉彬公と市来の構想には、朝忠は何でも協力しなければならないとすでに覚悟を固めている。

宴が終わってチルと二人だけになったとき、朝忠は言った。

「チルー、もう押しつぶされそうな気分だ」

「わかりますわ、でも、引き受けないという選択はなかったのでしょう? 大丈夫です。旦那さまですもの、しっかりと、責任をお果たしになりますわ。チルはどこまでも旦那さまをお支えします」

市来は電光石火の早業で在番奉行を動かし、奉行から三司官に沙汰が下されて、次の日にはもう朝忠に辞令がおりた。ここに「牧志村地頭」、暫定的ながら「日帳主取」(ひちょうぬしどり)に任命されて、「牧志朝忠」が誕生することになったのである。

表一五人衆といえば、三司官を補佐する閣僚として政務を司り、国政を担う中枢の機関である。王府の人々はこの異例の大抜擢にみな驚愕し憤慨した。国王の専権とされてきた閣僚人事に薩摩藩が強引に介入し、しかも、朝忠のごとき家格も低く一介の通事に過ぎない者が、あっという間に閣僚になってしまったのだ。加えて、表一五人衆になれば、三司官の座を狙うことさえ可能となる。

これでは、この数百年、連綿と守ってきた琉球王国の秩序を維持することは困難となる、と彼らはうろたえた。

市来の狙いは、まさにそこにあった。この数百年にわたる琉球の旧い支配秩序を破壊し新しい秩序を打ち立てるためには、最初に大きな衝撃を与えて、琉球王府の反対派の士気を打ち砕く必要がある。朝忠の抜擢人事は、そのための起爆剤だったのだ。だから、それに非難が集中すればするほど、市来の目的に叶うのだ。

実際、市来の思う通りの功を奏した。もはや、薩摩の意向に逆らうことは出来ないのだということを、琉球の高官たちは改めて思い知らされたのである。もとより王府の人々の間には深い屈辱感が残った。しかしそれを薩摩に向けることが出来ないため、不満は朝忠に対する憎悪、妬み、猜疑心となって噴出することになった。朝忠は、役人たちの冷たい視線を一身に受けながら、黙々と任務を遂行していくだけだった。他人の目を気にしている暇などない。なすべき仕事は山ほどあったのだ。

市来《いちき》正右衛門は時を移さず、もう一つの、そして最大の人事案件に着手した。それは三司官・座喜味親方の排斥である。

琉球王府政治の要は三司官である。若干の時期のズレはあるが、当時の三司官は、座喜味《ざきみ》親方《うぇーかた》盛普《せいふ》（筆頭）、池城《いけぐすく》親方《うぇーかた》安邑《あんゆう》、そして小禄《おろく》親方《うぇーかた》良忠《りょうちゅう》である。斉彬は、そのうち座喜味親方が、かねてから薩摩に非協力的であることを問題視し、その排斥にかかった。座喜味は結局、辞表を出さざるを得ない状況に追い込まれ、罷免されたのである。

薩摩の干渉はそれにとどまらず、座喜味の後任三司官の選任にも及んだのである。三司官の選挙は、王子・按司・親方・表一五人衆などが選挙権を持ち、入れ札で三人の候補の中から選ばれることになっている。朝忠もはじめてこの入れ札に参加した。

王府内部の亀裂はこの頃から次第に先鋭なものになってきており、改革派・白党と守旧派・黒党との対立は「白黒（シルークルー）の戦い」とも言われた。白党は、玉川王子、小禄親方、恩河親方朝恒など、これに対し、黒党は、大里王子、伊江王子、与那原《よなばる》親方《うぇーかた》良恭《りょうきょう》、摩文仁親方などがその中心であった。

朝忠は以前から小禄、恩河親方と一緒に時折、糸満にある玉川王子の別邸に招かれることがあった。王子は身分・官位の違いを全く意に介しない様子で、誰にも優しく、分け隔てなく接してくれた。朝忠はそうした王子に心酔していた。王子の妃は小禄親方の妹ということであったが、王子は妃を心から愛しているということを誰の前でも隠さず、朝忠はその何とも微笑ましい夫婦の様子に心打たれた。

そうした玉川王子の優しさは、その生い立ちに大きく影響されているのかも知れない。玉川王子は、大里王子、伊江王子の弟であったが、母親の違う異母弟として、二人の兄とは折り合いが良くなかった。彼の父親・尚灝王は変人で、生まれたばかりの玉川王子を庭に投げ捨て、一時は絶息したのを女官たちに助けられたという逸話があるほど、不幸な幼少時代を送ったのである。

だが開明的で才気に富んだ玉川王子は、母親・仲西按司に似て眉目秀麗、二人の兄王子を圧する魅力溢れる人物であった。鹿児島で面談した斉彬公もこの王子には非常に好感をもったと言われる。

さて、三司官選挙の候補は、守旧派・黒党の与那原親方、中立的だがどちらかといえば改革派・白党と看做される伊是名親方朝宣《いぜなうぇーかたちょうせん》、そして白党の旗色鮮明な翁長親方朝長《おながうぇーかたちょうちょう》であった。

結果は、薩摩藩の猛烈な介入にも関わらず、与那原が最多数を獲得、伊是名が次点、翁長は最下位で、かつ、わずか一票であった。この一票は誰が入れたか分からない。朝忠自身は伊是名親方に投票した。


選挙結果は直ちに薩摩藩番屋に届けられた。通常は薩摩藩も最高得票の候補を三司官に指名する。しかし今回、薩摩藩は、与那原《よなばる》でも伊是名でもなく、最下位の翁長を指名したのである。琉球王府内には薩摩に対する轟々《ごうごう》たる批判が渦巻いた。しかし、薩摩の指名とあれば、それをひっくり返すことは出来ない。王府は涙を飲んで渋々薩摩の指名を受け容れたのであった。

指名を受けて「まさか……」と一番驚いたのが、翁長本人であった。しかし、与那原はもとより伊是名も、伝統的な王朝政治の枠から離れられない者であったのに対して、翁長は革新的な政治家・能吏であり、これまでもすでに宮古・八重山の島役人による不正の摘発や農業開発について秀でた業績があった。斉彬は翁長こそ新しい琉球の指導者に相応しい人物として、票数を度外視して彼を指名したのである。

斉彬の意を戴してなりふり構わぬ豪腕人事を画策してきた市来正右衛門としては、牧志朝忠の「表一五人役」への任命と合わせて、ともかくこれで琉球の体制は整った、と安堵した。

先に市来正右衛門が列挙した諸要求のうち、最も急務とされたのが、蒸気軍艦の買い付けであった。欧米列強の次なる目標が、琉球、そして日本に向かうことは、もはや陽を見るよりも明らかだった。これにどう対応すべきか。答えは明白、国防の備えということであった。

一七、八年も前のことだが、北京留学中、朝忠はオランダの青年、ヤン・デ・ヨングと議論したことを思い起こしていた。

「邪蘇《やそ》教の教義では『汝の敵を愛せよ、右の頬を打たれたら、左の頬を差し出せ』ということじゃなかったのかい？」

朝忠は皮肉を交えて聞いたものだ。ヤンは答えた。

「それは個人間の話で、国家間ではそうはいかない。自分の国を侵略しようとしている国がある限り、武力で戦わなければならない」

武力なき平和か、武力による平和か。

思えば、二五〇年前、あっという間に薩摩の支配下に置かれてしまったのは、琉球が外部からの侵略に抵抗する手段として何の武力も持たなかったためだった。武器を持たないということが個人にとって美徳と考えられただけではなく、それが恰も国家にとっても美徳であるかのように短絡されていた。武器で脅されたら、花を一輪、敵に渡そう、そうすれば敵もきっと考え直してくれる筈だ、琉球人は真面目にそう信じて疑わなかったのだ。だが、その気持ちは侵略者には全く通じなかった。

そして今迫り来るのは、二五〇年前の「薩摩入り」とは比較にならない巨大な欧米列強の脅威である。これに対応するには、やはり琉球もいずれは武力によって自らを守る、そういうことを考えなければならないのではないか。

朝忠としても、侵略者である薩摩に依存して自国の自立の道を模索することに、矛盾を感じないわけではない。しかし、斉彬公は違う、という思いが強い。公は、琉球をいずれ解放し薩摩と対等の藩にすると言っている。今はそれを信じて公に忠義を尽くすことが、埋没しつつある琉球を救う唯一の道だと思う。

大和が西欧列強の支配に屈するようなことになれば、琉球には一層惨めな運命が待ち受けることになるだろう。朝忠には、斉彬の焦燥感がよく共有できた。何としても軍艦購入を急がなければならない。

当時、琉球には三人のフランス人が滞留していた。いずれもフランス船が強行的に置き去りにしていった者たちであった。これらの仏人に購入の仲介を依頼することになったが、彼らには「琉球は金銀もなく……」と言ってきた手前、琉球が買主になるわけにはいかず、さりとて薩摩藩とすることも出来ないので、「トカラ島（吐隠喇）」商人の依頼であるとして、交渉することになった。琉装した市来正右衛門が、伊知良親雲上（いちら・ぺーちん）として、このトカラ商人を演じることになった。

交渉は、琉球側・恩河親方（御物奉行＝財務大臣）と朝忠、それに市来が加わり、フランス側・ジラールとの間で行なわれた。かなりの期間を要したが、翌年（一八五八年）八月二日、仏側との間に契約書が正式調印されるに至った。蒸気軍艦と武器弾薬の代金は金貨一八万五千両であった。

契約書が取り交わされた日の夜、朝忠は久しぶりに市来正右衛門を染屋に招き慰労した。市来は上機嫌だった。

「大湾殿、いや牧志殿、貴殿のご尽力で、懸案が色々解決できた。来年三月までには軍艦も届くことになり申したので、このあたりで一度、鹿児島に戻ろうと思っております」

「いや、本当にご苦労様でした。市来殿の獅子奮迅《ししふんじん》のお働きで、王府の大掃除が出来申した」と朝忠が謝した。

「すこし荒っぽいやり方だったかも知れぬが、時がたてば、琉球の方々もきっとわれわれのやったことが間違っていなかったと思うてくださるのではあるまいか」

「その通りです。市来殿はまさに歴史に残る偉業をなされました」

朝忠のねぎらいの言葉に、市来も満足そうだった。

だがこのとき、二人はまだ、鹿児島で思いもよらぬ事態が起きていたことを、知らされていなかったのである。

暗転

まさにその思いもよらぬ事態によって、市来正右衛門の尽力は水泡に帰すこととなる。そればかりか、その大事件は琉球を大混乱に導くことになった。

安政五年（一八五八年）七月一六日、薩摩藩主・島津斉彬《なりあきら》が急死したのである。原因は赤痢だったという。その報は日本中に激震をもたらしたが、琉球にも夏の夜の大稲妻のような衝撃が走った。

斉彬は死の前日、異母弟の島津久光を病床に呼び、藩主は久光の長子・忠義が継ぐこと、そして久光はその後見役として未だ若年の藩主を助け、幕政改革、国防といった斉彬の遺志を実現するよう頼んだ。久光はそれを必ず引き受けると涙ながらに約束し、引継ぎはうまく行くかに思われた。

ところが、隠居したはずの前藩主・島津斉興《なりおき》が、久光を押しのけて自ら新藩主の後見役を名乗り、時を移さず、藩内の斉彬派を粛清・一掃したのである。薩摩藩は「総崩れ」となり、斉興が死去するまでの二年間に、斉彬が企図した壮大な計画はことごとく破棄させられた。薩摩における激震の余波は、琉球に大波となって押し寄せ、陰惨な琉球版「安政の大獄」を惹き起こすことになるのである。

市来正右衛門と朝忠がフランス人ジラールと軍艦購入の契約書を取り交わしたのが、八月二日、だが、斉彬は、この半月前にはすでに死去していたのである。市来には国許から「契約を破棄して直ちに帰国するように」との命令が届いた。万事休すとはこのことである。

市来は薩摩藩番屋の奉行や王府の三司官、表一五人衆と善後策を協議したが、誰にも良い知恵が浮かばなかった。市来は自分が腹を切って仏人に謝罪するほかないと覚悟を決めた。だが、その協議の場で、朝忠は反対した。

「市来殿が腹を切っても、仏人は『気持ち悪い』と思うだけで、無駄なことです。耶蘇《やそ》教では自殺は大罪とされているからです。それより、何か有効な方策を考えましょう」

「いや、拙者も武士なれば……」

「それはおかしい、そもそも市来殿は武士としてではなく、商人として軍艦購入の契約に当られたはず、武士など関係ないことです」

「そうは言っても、妙案がないではないか。契約書はすでに仏人に渡ってしまっているし、軍艦が到着すれば代金を支払わねばならぬ。お国許からはもう金は来ない。契約不履行で仏人らは何をしでかすか分からない……」

朝忠は、じっと眉を寄せて何か考えている様子だった。しばらくして、彼は膝を叩いた。

「うん、これでいこう！　市来殿にはやはり死んで頂くことにしましょう。いえ、ただ死んだということにするだけです。市来殿にはしばし姿を隠して頂き、落馬して急逝されたことにでもして、お墓も建てましょう。仏人には、発注者が亡くなってしまった以上、契約は破棄せざるを得なくなったと説明して了解してもらいましょう。まあ、只というわけにはいかないでしょうから、多少の違約金は用意しなければなりますまい。すぐに立派なお墓を用意しましょう。万一の場合には、お墓を掘り返すこともありうるので、実際に市来殿に似た男の死体を琉装して埋葬しておきましょう」

「そこまでしなくとも……墓石だけでよいのではないか」と誰かが言った。

「いえ、嘘をつくなら、つき通さねばなりませぬ」と朝忠。

波上興斉寺の丘に偽の墓を建てた後、朝忠らはジラールらと会見した。最初は疑いの目を向けていたジラールも、「吐噶喇（とから）島・伊知良親雲上」と書かれた墓石を見て、納得して解約に同意し、違約金一万両でこの件は決着したのであった。

こうして市来正右衛門は、九月一四日、取り戻した契約書を手に、密かに鹿児島に帰って行った。

そしてその九月一四日当日、斉彬《なりあきら》急逝の詳報を手に琉球に戻ってきたのが、ほかならぬ摩文仁《まぶに》親方《うぇーかた》賢由《けんゆう》だった。摩文仁親方はその前年、年頭使として鹿児島に派遣され、そのまま琉球館で在藩役をつとめていた。彼は、帰任直前の時点で、斉彬公逝去の報に接したのである。

摩文仁親方にしてみれば、この一〇年間、玉川王子、小禄三司官、恩河親方、牧志親雲上など、琉球王府が薩摩の息のかかった者達に牛耳られてきたことは許し難いことであった。しかるに、斉彬亡き今こそ、これらの勢力を一掃する好機ではないかと、摩文仁は小躍りしたはずである。

しかも、摩文仁にとって好都合だったのは、守旧派の中心人物、伊江王子および与那原親方が「江戸上り」のため鹿児島に到着したばかりということであった。この三人は鳩首協議を重ねて、王府から改革派を追放するための詳細な戦略を練り上げたのである。江戸で大老となった井伊直弼やここ薩摩の藩主後見人となった斉興公と同じように、徹底的に弾圧・粛清して、息の根を止めてやる、摩文仁親方はものに取り付かれたように、青筋を立て、目を血走らせ、鬼のような形相で「国策裁判」の段取りを、連日連夜、休む間もなく、作り上げていった。

摩文仁がそう考えるには、何よりも、牧志朝忠や恩河親方に対する彼の根深い個人的な恨みがあった。その性格の陰湿さにおいては、琉球随一の摩文仁である。

まず、牧志朝忠に対しては、地位の低い一介の通事が、総理官たる自分の上に位置する者のごとくふるまって、対外交渉を恣《ほしいまま》にした。とくにペリー提督との交渉の際には、牧志は、英語が出来るからと言って、首席代表の自分を差し置いて勝手に交渉を進め、自分を笑いものにした。あの数々の無礼は万死に値しよう、と。

恩河親方も同様である。先年、摩文仁が恩河とともに斉彬公に呼ばれた時のこと。公が壁に掲げた中国地図を前に「進貢《しんこう》はどの経路で北京に向かうのか」と聞かれた。「進貢」は琉語では「チンクン」と中国語読みする。公の言う「シンコウ」の意味が摩文仁には分からなかったのである。摩文仁がまごついていると、脇から恩河がよどみなく言った。

「進貢船は、覇港から伊江島、伊平屋渡を過ぎ、奄美で寄航致しまする。九州沿岸を北上し、済州島で寄航の後……」

それを聞くと斉彬《なりあきら》公は恩河の方に向き直って、船の大きさはどの位か、琉球からは何を輸出し、清国からは何を輸入するのかなど、矢次早《やつぎばや》に恩河に質問し、恩河はそれに如才なく答えた。格下の恩河が自分を差し置いて公と直接に話しているのを、摩文仁は屈辱に耐えながら、ただ聞いているほかなかったのである。

さらに別の折、斉彬の嗣子《しし》・哲丸の誕生祝に両人が呼ばれたときも、恩河が贈呈した祝賀の漢詩について斉彬公は、その知識の広さ深さを激賞した。摩文仁は、自分の学識の乏しさを言外に指摘されたように感じて、またもや恥をかくことになったのである。こうして恩河に対する摩文仁の恨みは、いやがうえにも鬱積《うっせき》していった。


摩文仁親方の帰国後間もなく、第一三代将軍家定の死去に伴い「江戸上り」が取りやめとなったので、伊江王子、与那原親方も別の船で同月二六日に帰国した。この三人は鹿児島で作り上げた計画を最終的に確認し、いよいよ陰惨な疑獄事件の開始となった。

まず血祭りにあげられたのが、恩河親方朝恒であった。摩文仁は、先の座喜味親方の三司官追い落としに関わったのは恩河親方であると告訴したのである。

先の薩摩藩主島津斉彬は、琉球王府の刷新のため、頑迷固陋《がんめいころう》な座喜味親方を排斥するため、御物奉行・恩河親方を鹿児島に呼び、彼の口から座喜味親方の失政について聞き出そうとした。探問に当たったのは、琉球館聞役・新納《しんろ》太郎左衛門であった。新納は座喜味の「非行」を証明せんと恩河に対し執拗にその事実を問いただそうとするが、恩河はむしろ座喜味親方を守る発言に終始した。「座喜味親方が、ご指摘のように、禁酒令を発して薩摩商人を苦しめたとか、キビ畑を制限して農民を苦しめているというようなことは断じてありませぬ。国庫の支出を厳しく節減し吏員が禄利を失って不満を持っているとの風聞はありまするが、これとて無駄を省き厳正に国政を進めた結果であって、何ら非難をうけることではありませぬ」

しかし、摩文仁はこれを意図的に曲解し、恩河が座喜味親方を薩摩藩に「誣告」（ぶこく）したものとして告発したのである。普通なら、薩摩藩在番奉行所が介入して、慎重な判断を求めるなど、党派的な行動を許容するようなことはありえないのだが、斉彬の死去以来、奉行所は全く自信喪失に陥ったのか、何の意思表示もしないのである。その結果、黒党は思いのままに白党の弾圧を進めることが出来た。

こうして咸豊九年（安政六年、一八五九年）二月二三日、恩河親方は御物奉行を免職となり、その五日後には獄に入れられることになった。

筆頭糾問奉行に任じられた宇地原《うちはら》親方は、酷薄残忍な性格そのままに、過酷な拷問を駆使して恩河親方に「自白」を強要した。しかし恩河親方は頑として「罪」を認めようとしないため、拷問が何度も繰り返された。二本の棒で両足を挟み、獄卒が上からこの棒を踏み下ろすという方法である。回を重ねるうち、足の肉が切れ、じくじくと膿み、傷が開き、骨が浮き上がり、汚れた血が流れた。

気を失えば、水をかけて蘇生させ、さらに拷問が加えられた。しかし恩河親方は、どのような拷問にも決して屈しなかった。

次に標的とされたのが小禄親方である。摩文仁による告発の内容は次のようなことであった。すなわち、小禄が座喜味親方解任後の先の三司官選挙で、多数を獲得した与那原親方ではなく次点の伊是名親方を推し、かつ、そのために薩摩に賄賂を贈って画策したというのである。だが、三司官選挙で実際に薩摩が指名したのは、次点となった伊是名親方ではなく、一票しかとらなかった翁長親方だったのであり、この告発はそもそも的外れであった。

小禄親方に対しては、別に一層深刻な嫌疑がかけられていた。それは、親方が、尚泰王を廃して玉川王子が王位につくよう画策したというものであった。もとよりそれはデッチあげも甚だしいのだが、まことしやかな悪意の噂が意図的に撒き散らされていた。

時の勢いというのは恐ろしいものである。小禄親方はその年の五月九日、三司官を免官となる。この日、天曇り地震三回、人々は驚愕の極に陥った。そして、七月一八日には逮捕、入獄となる。この日、地震数回、大雨盆を傾くるが如しという。小禄親方の怒りと無念の涙のように、豪雨が琉球の大地を叩きつけた。

小禄親方も裁判で告発された罪状を「事実無根」であるとして、決して認めなかった。凄惨な拷問が繰り返された。それでもひるむことはなかった。

糾問奉行たちも焦っていた。かれらも必死であった。現職の三司官や一五人衆を引っ立てておいて有罪に出来なかったとすれば、今度は自分たちの身が危うくなる。それを避けるためには、何としても二人から自白を引き出さなければならない。拷問は益々過酷を極めた。

恩河・小禄の両親方が厳しい追及を受けている最中、オランダ船が来航し、琉球に条約締結を求めた。朝忠は両親方に対する裁判の行方を気にしながら、締結交渉のため、総理官・高嶺親方をはじめ一〇人ほどの王府役人と一緒にオランダ船に赴いた。

すでに、米国、フランスとの条約締結を経験しているので、とくに緊張感はなかった。いつものように朝忠が最初に甲板に登った。使節カペレンはじめオランダ代表団が出迎えた。その時、オランダ人の一人が叫んだ。

「シャン、シャンじゃないか！」

朝忠はびっくりして、自分をシャンという中国名で呼ぶその男を見上げた。それは懐かしいヤン・デ・ヨングだった。北京で一緒に勉強していたのは、もう二〇年も前のことだ。朝忠は思わず「あっ」と声を上げた。先年、ロシア艦隊が来訪した時も、北京で付き合っていたヴァレンティン・ウシャコフが通訳官として乗り組んでいた。あの時と同じように、朝忠がこのオランダ人と北京時代に交友関係があったということが琉球の役人に知られたら、これはマズイことになる。とくに今は、白党への追及が厳しい折、朝忠の一挙手一投足が監視されており、どんな些細なことでも罪に帰せられる恐れがある。

すでに他の琉球役人も甲板に上がってきていた。朝忠はヤンに英語で挨拶した。

「お会いできて嬉しい。私は貴殿とは、初めて、お会いする」そして小声で付け加えた。「……ということにしておいてくれ。私の立場は、今、極めて微妙なのだ」と。

ヤンは即座に全てを理解し、黙って朝忠の手を握った。その後は二人とも実務的な態度に徹して条約交渉を行なった。ヤンがオランダ語を中国語に通訳し、朝忠が琉球語と中国語の通訳をした。その間、二人は目を合わすことさえなかった。そして、一八五九年六月七日、琉蘭修好条約は締結された。

オランダ船上で、別れの祝宴が催された。琉球側で次席を務めた朝忠が挨拶を求められた。ヤンへの思いを伝達できる唯一の機会だ。朝忠は英語で話し始めた。

「紳士諸君、私は本で貴国の法学者ヒューゴウ・グロチウスについて読んだことがある。彼は偉大な人物だった。『万国公法の父』とも言われている。彼は対立する二つの党派間の闘争に巻き込まれ、ついに終身刑を言い渡され、幽閉されたということだ。しかし、二年後、夫人の機転で助け出され、フランスに逃れて、そこで『戦争と平和の法』という不朽の名著を書いた……そうでしたよね、カペレン閣下?」

オランダ代表団の人々はびっくりしている。丁度、ペリー艦隊の人々に朝忠がワシントンについて話したときと同じだ。朝忠はヤンに、琉球でも、対立する二つの党派が闘争していると伝えたかったのだが、ヤンは分かってくれただろうか。朝忠は続けた。

「……勿論、グロチウスの偉業も多くの友人たちの助けなしには出来ませんでした。琉球は友人を大切にします。皆さんが友人として琉球に来てくださったことを感謝しています」

ヤンは静かに頷きながら朝忠の話を聞いていたが、すっと立ち上がると、カペレン大使の許しを得て、答礼の挨拶を始めた。

「紳士諸君、私はバジル・ホールが三〇年前に書いた『大琉球島航海探検記』を読んだことがある。ホールはその本の中で、琉球の人々がいかに平和を愛し、いかに友人を大切にする国民かを描いている。その時以来、私は琉球に来ることが夢だった。その夢が叶えられ、その上、条約を結ぶことも出来て、私にはこんなに嬉しいことはない。私は友情を信じる。私たちは、またきっと会うことが出来るものと信じている」

朝忠は初めてヤンと目を合わせた。二人とも、その目は涙で潤んでいた。


オランダとの条約締結後、朝忠は、追及の手が自分にも及ぶことは、もはや時間の問題だと考えざるを得なくなった。最近はいつも見張られているような気がする。どこに行くにも密偵が後をつけているようなのだ。逮捕される前に、どうしてもチルに会っておかなければならない。チルからも早急に会いたいと切羽つまった文が届いていた。

朝忠は日が暮れてから与力の一人に、馬で泊の町を一回りして来るように言った。与力には編み笠を被らせた。馬が蔵屋敷を出て走り始めると、案の定、物陰に潜んでいた密偵が二人、慌てて後を追った。朝忠はその隙に屋敷を出て、染屋に向かった。

「チルー、まずいことになった……」

「はい、聞いております。でも、チルはどんなことになっても、旦那さまをお守り申し上げます、この命に代えて」チルは緊張した面持ちで、朝忠を見つめた。

「心強い。だが、敵はどのような卑劣な手を使ってくるか分からぬ。奴らにとっても、正念場なのだ。拙者とそなたの関係が知れれば……いや、すでに知られておろう……たとえば、そなたに責め具を用いて、拙者が染屋で恩河どのと王府の転覆を図る密談をしていたなどとあらぬ事柄をデッチあげることなど、彼らが考えそうなことだ」

「分かっております。そうなれば、いえ、そうなる前に、私は姿を隠します。ご承知のとおり、この辻では、姿を隠すことは難しいことではありません。それに今は染屋のお母さんが辻村の村長《むらおさ》にあたる盛前《ムイメー》。王府のお役人様でも、この辻に手を出すことはできません。ご安心下さい。でも、旦那さま、事態はかなり深刻です。すぐにお逃げ下さい。私も一緒に参ります」

「逃げる？　これでも武士の端くれ、そのようなことは名誉にかけても出来ぬこと」

「旦那さま、武士が何ですか、名誉が何ですか。そんなのは、武家の自己満足に過ぎません。死んでしまったら、何の意味もありません。そんなもの、棄ておしまい下さい！」

朝忠はこのようなチルの険しい表情を見たことがなかったので、たじろぎながら、呆然と彼女の顔を見ていた。

「いや……王府もこの朝忠を起訴することはなかろう。間もなく、オランダ船が再び来航することになっておる。今般の交渉で懇意になったオランダの提督は、必ず拙者の消息を尋ねよう。そもそも拙者は何らやましいことはしていない。逃げる理由などどこにもない。もし逃げ出したら、かえって疑われよう。琉球は『法治の国』だ。仮に黒党の奴らが企んでいたとしても、裁判は公明正大に行なわれるはず、案ずることはない」

「旦那さま、そのお考えは甘すぎます。小禄様や恩河様だって、何も悪いことはしておられません。それなのに、毎日のように拷問にかけられているとか。相手は、尋常な方々ではありませぬ」

「今夜のチルーはどうしたのじゃ。いつものそなたとは違う」

「はい……実は、摩文仁親方にお会いしました」

「なにっ！　摩文仁に？　どういうことじゃ」

「はい、摩文仁親方は、お母さんに旧《ふる》い話を蒸し返して、私を囲いたいと申されました」

「旧い話？」

「もう一〇年も前、私がはじめて座敷上がりをする頃、摩文仁様は私を囲いたいと、お母さんに執拗に求められたのだそうです。私は全く知らなかったことですが」

「えっ、やはり、そうであったのか……女将の作り話かと思っていたが」と朝忠。

「お母さんは私の相手としてもちろん旦那さましか眼中にありませんでしたので、摩文仁親方には、チルにはすでに兼城《かねぐすく》親方からお申し出を頂いています……という理由で、お断りしたのだそうです。兼城親方は摩文仁様よりもずっと高位の方ですから、摩文仁様も渋々納得されたとのこと。もし、旦那さまのことが知れても、旦那さまは私を兼城親方から譲り受けたということにすれば良いと、お母さんは考えていたそうです」

「拙者が北京に渡った折、兼城親方に随行したことなど、女将は知っていたのだな。なるほど、そういうことであったのか」

「はい、それが……どうしてかは分かりませんが、その嘘が今になって摩文仁親方に露見してしまったようなのです。お母さんはうろたえていました。それで私は親方にお会いせざるを得ないことになり、数日前、松屋のお座敷に参りました。松屋さんは一五年ほど前に染屋から分かれて出来た楼で、染屋とは親戚のような関係です。摩文仁親方には、私が松屋に移ったということにして、そこで摩文仁親方とお会いしたのです。親方は、本当に卑劣な方です。案の定、『牧志朝忠を救いたければ、拙者と寝るほかない』と仰いました」

「それで寝たのか」

「はい、寝ました」

「嘘だ」

「はい、嘘です」

二人が笑いあったのは、その夜、はじめてだった。

「摩文仁親方がそういう要求をお出しになるだろうということは、お母さんからも聞いていました。そこで私は、『牧志様とはたしかに一時期、馴染みにさせて頂きましたが、それは何年も前のこと、今は、もう何の関係もございません。もし私をお望み下さるのなら、こんな光栄なことはございません』と申し上げ、流し目を送ったりしましたら、摩文仁様はもう有頂天でした」

「へーえ、チルーでも流し目をするのか」

「茶化さないで下さいまし、私も必死だったですから。……それで、『まずは、私の踊りを見てくださいまし』と申し上げ、松屋の姐さんに三線をお願いして、「大川敵討」（おおかわてぃうち）の一場面を踊りました。絶世の美女・乙樽（うとぅだる）が主君の敵である武将・谷茶の按司を篭絡しようと敵城に忍び込んで、按司（あじ）の前で妖艶に踊るところです。さすがに私も恥ずかしくなるような誘惑的な踊りです。私が踊っている間、松屋の姐さん二人に親方の両脇から泡盛を勧めてもらって、その中に少しだけ、眠くなるお薬を入れておいたのです」

「そなた……！」

「踊り終わって間もなく、親方は私に寄りかかって、安らかにお休みになりました。蚊帳を吊り、床の上に裸になっていただいてお休み頂きました。翌朝、お目覚めになった時に、松屋の姐さんが、床を片付けながら、『親方様、昨晩は、チル姐さんとすごかったそうですね、何回も！』と申し上げたら、『えっ、そうであったか……？』と、やや半信半疑のご様子。姐さんが『まあ、覚えてないのですか？』と申し上げると、摩文仁様は『いやいや、勿論、覚えておるぞ、うん良かった、良かった』と一応満足してお帰りになったとのこと」

「そのあと、松屋の女将さんは、ご丁寧にも摩文仁親方のお宅に伺い、出てこられたお内儀に、四〇貫文（一〇両）の請求書をお渡ししてきたそうです。『お初ですので、一割引きにさせて頂きました。ついでの時で結構ですから……』とか何とか言って。そうしたら、奥様、見るみる真赤になって、『あなたっ！』と凄まじい形相で奥の方に走っていかれたとか」

「一晩で四〇貫文とは……少々、ぼったくりではないか」

「まあ、旦那さま、何を仰います。玉城照子の踊り付きですよ！」

「いや、済まぬ、そうであった」二人とも笑った。

「もちろん、一文だって受け取るつもりはありません。摩文仁様もきっと奥様に厳しく叱責されて、もうこの辻に、当分は、お越しにならないと思います」

「それはうまいことをやったものだ」

「しかし旦那さま、摩文仁親方はきっと旦那さまをお縄にかける積りです。それは殆ど確かです。お酒を勧めながら『牧志様は何の罪で訴えられるのですか』と聞きましたら、摩文仁様は『それが、問題じゃった。牧志の奴、中々尻尾を出さぬでな。だがついに良いネタを摑んだ。牧志は小禄を助けようと薩摩の御番屋にとりなしを依頼するため、小禄屋敷に使いを出して、御番屋に手ぶらでは行けぬ、あいにく当方で持ち合わせがないが、上物の芭蕉布などないかと問い合わせて来た。あ奴を引っ立てるにはこれで充分じゃ』と」

朝忠はチルの話を聞きながら、顔の青ざめていくのが自分でも分かった。

「そうか……拙者としては軽率だった。小禄親方を救いたい一心だった。しかし、小禄家の方々も、そのようなことをすれば小禄親方へのあらぬ嫌疑が益々深まってしまうとお断りになった。だから実際には何もしていないのだ。そんなことで、罪を着せられては叶わない」

「ですからお願いです。私と一緒にお逃げ下さい」

「逃げるなど、問題外じゃ。逃げたところで、捕まるのは必定。ここへ来る時は巻いてきたが、密偵にいつもあとをつけられている」

「それでは旦那さま、一つだけチルとお約束下さい」

「何だ？」

「決して、死なないこと。何が何でも、生き続けて頂くことです」

「そう言われてもな……死罪ということにされたら、どうしようもない。これは普通の裁判とは違うのだ、敵対する者へ見せしめにするための国策裁判なのだから」

「そうなら、死罪にならないために、あらゆる手段を尽くして下さい」

「しかしな……拙者も武士の端くれ、卑怯な真似はできぬ」

「また武士などと！　旦那さま、武士道なんて偽善ばっかり。相手が摩文仁親方のように卑劣な方だったら、何の意味もありません。他人から後ろ指をさされようと、どんな非難を浴びようと、生き続けてこそ……どうか旦那さま、お願いです、チルのために生きて下さい」

チルは悲痛な表情で哀願した。

「うむ、わかった、チルー、朝忠は死なない。他人がどう思おうと、自分が納得できるかどうかだ。どんなに見っともなくとも、いかに格好悪くても、生き続けることだな。うん、朝忠は牢を破ってでも生き延びてみせるぞ。朝忠は、チルーのために生きるぞ」

「ああ、有難うございます。そのお言葉、忘れませぬ」

「もし万一、朝忠が破獄したと聞いたら、そなたは久米島で待っていてくれるか」

「はい、久米島でお待ちします。必ず来て下さいますね」

「うむ、必ず行く。明日から後は、長くそなたに会えぬかも知れぬ。そなたの肌の匂いを忘れぬよう、今宵はそなたを抱きしめて眠りたい」

「はい旦那さま、今宵は私の中で、すべてを忘れて、ゆっくりとお眠り下さい」


数日後の九月二五日、来るべきものが来た。朝忠は日帳主取を解任され、平等所の大屋子に引っ立てられ獄に下ろされた。その罪状は、朝忠が小禄親方を救わんがため、薩摩藩番屋に介入を依頼しようとした、というものであった。

朝忠は入獄前、すでにはっきりと方針を定めていた。この裁判は茶番である。したがって、これにまともに対応することは何の意味もない。相手は自分の無実を承知の上で、罪に陥れようとしているのだから、抵抗しても無駄だ。恩河親方は拷問にも一切屈せず、罪を認めなかった。武士の誉れ、立派だ。しかし、武士の美学を全うしても、死んでしまっては何の意味もない。生きるためには、拷問を免れなければならない。もはや武士は捨てる。いかなる恥辱を受けようと、あくまで一人の人間として生きる、生き続けるのだ。

朝忠はいよいよ平等所《ひらしょ》の法庭に引き出された。縄をかけられ、地面に敷かれた菰の上に座らされた。つい先日まで王府の閣僚だった者を、菰の上に座らせるとは……だが、朝忠よりはるかに位の高い小禄親方や恩河親方でさえ、同じように扱われたのだ。思わず涙がこぼれそうになった。

だが、涙など見せたら負けだ。朝忠は頭を切り替えて他のことを考えようとした。そうだ、一年前、大湾村に行く途中、比謝橋の下でチルと愛し合った。あの時、川縁に菰《こも》を敷いた。大湾村の海岸で寄せ来る波を一緒に眺めた時も、菰を敷いた。大海原の小舟の中で愛し合ったときも、菰の上だった。そう、菰の上のチルの姿を思い出すのだ、そしてチルのもとに生きて戻れる日のことを考えるのだ……朝忠はようやく落ち着いてきた。

そのとき、筆頭奉行の宇地原親方を先頭に、摩文仁親方、宜野湾親方などの糾問奉行が入ってきた。その中に、朝忠の師・与世山親方とその息子・小波津親雲上の姿も見えたことに、朝忠は驚愕した。

――なぜこの二人が？

たしかに与世山親方は琉球随一の刑法の理論家だ。しかし、この裁判は、法理論とはかけ離れた、黒党による白党抹殺のための露骨な政治裁判に過ぎない。そのことは、二人とも良く分かっているはずだ。それにも関わらず、糾問奉行に就いているとは！

理由として考えられるのは、この二人が、刑法理論を盾に、黒党の行き過ぎを阻もうとして奉行を引き受けたということか。しかし、それならば、そもそも何らの証拠に基づかない裁判など、直ちに公訴棄却、無罪放免とすべきはずでる。だが、その様子は全くない。とすれば、この二人も黒党に言い含められ、あるいは脅迫されて、しぶしぶ糾問奉行を引き受けさせられたか。

恐らくは、後者であろう、と朝忠は考えた。黒党としては、これが報復裁判と捉えられてはまずいと考えたのであろう。小禄・恩河両親方とこの牧志朝忠を「確実に」有罪とするためには、この裁判が白党も含めた形で公正に行なわれたのだという外観をとらなければならない。そのために、朝忠とも親しかったこの二人をとくに必要としたのだろう。就任を断れば、逆にこの二人にも早晩、糾問の手が及ぶことになりかねない……。


朝忠は、筆頭奉行の宇地原親方から、まず小禄親方を救出しようと画策したかどうかを問われた。朝忠はあっさりとそれを認めた。

次に、先の三司官選挙の際、小禄親方に頼まれ、次点の伊是名親方を推挙するよう、薩摩藩の在番奉行に進物を贈って依頼したことがあるかと問われた。糾問奉行は付け加えて言った。

「このことは、小禄親方はすでに認めていることだが……」

そこで朝忠は答えた。

「小禄親方がすでにお認めになっておられるなら、私もお答えし易い。その通り、私が仲介して、薩官にご依頼申し上げた」

朝忠に対する審問はこれで終わった。意外と短時間だった。朝忠は全て認めたので、拷問を免れた。

小禄親方は薩官への依頼の件をもとより認めてはいなかった。糾問奉行は朝忠に嘘の情報を与えて誘導したのである。

小禄親方は直ちに獄から引き出され、朝忠の証言をもとに再び厳しい尋問と拷問を受けることになった。

朝忠はその後、獄に入れられたままであったが、ある夜、獄舎の鍵が外れていることに気づいた彼は、そっと牢を出て自宅に逃げ帰った。入獄後、二ヵ月ほど経ったころのことである。妻のナベと三人の息子たちは、驚いて朝忠を迎えた。与力や書生、従僕、女中など、朝忠が逮捕された後、みな蜘蛛の巣を散らすように去っていた。ただひとり、一旦牧志家を離れていた旧僕の次郎が戻ってきて、家族の面倒をみていた。

「お許しが出たのですか？」と皆が一斉に聞いた。

「いや、そうではない、逃げてきたのだ。間もなく追っ手が来るであろう」

「まあ、そんな大それたことを！」

「いや、一時（とき、二時間）位は大丈夫のはずじゃ。何か食うものを用意してくれぬか。それに着るものも」

ナベは急いで食事を用意した。その間、朝忠は、自宅の処分や借金の清算のことなど家人に矢継ぎ早に指示した。ひと段落ついたとき、ナベは厳しい表情で朝忠に言った。

「お前さま、世間で牧志朝忠がどのように言われているか、ご存知ですか」

「獄にいて、世間の噂など知るわけがない。どう言われているのだ？」

「牧志朝忠は卑怯者と。上司の小禄親方に罪を被せて己は拷問を免れんとした、と。それは本当ですか」

「それは、結果としてそうなったことじゃ。糾問奉行が小録殿もすでに認めていると申したので、反論しなかったまで」

「小録さまが、そんなことを認めるわけがないではありませぬか。お前さまの証言のために、小録親方はまた何度も拷問を受けられ、夜毎、親方の悲鳴が平等所の外に漏れ聞こえております。牧志朝忠は武士の風上にも置けぬ奴と非難され、家の門には毎日のように汚物がかけられて……私も武家の娘、もう情けなくて……」

「武家が何だ、武士にどんな価値があるのだ。俺は、そんなものはとっくの昔に捨てたわ。こんな茶番の裁判に、武士道を貫く意味など全くないわ」

「見損ないました。せめてお前さまが、恩河さまや小録さまのように、武士として立派に拷問にも耐えておられるなら、私も牧志の妻として、胸を張っておられますものを……お前さまは、拷問が怖くて節を曲げなさった。ああ、情けない……」

「おお、その通りだ、俺は、拷問が怖かった。だから糾問奉行の言うとおりに返事をした。拷問を受けても拷問を回避しても、どうせ奴らは俺を死罪にする積りなのだ。だからとりあえずは拷問を回避した。それだけの話だ」

「ああ、私はお前さまの妻であることが恥ずかしい。どうか離縁して下さいませ！」

「勝手にするが良い！　どのみち、そなたと会うのはこれが最後になろう」

ナベは、その言葉を聞くと、口をきっと結んで、部屋を出て行った。

「ナベ、待て、悪かった……」

だが、ナベは戻ってこなかった。

売り言葉に買い言葉、となってしまった。朝忠は悔やんだ。だが彼には余裕がなかった。追っ手が来る前にこの家を出ないと家人が罪に問われることになる。朝忠は、ナベへの捨て台詞《ぜりふ》の後に去るのはしのびないと思ったが、もはや時間がなかった。

この一五年間、ナベには苦労をかけてきた。愛には乏しい夫婦ではあったが、ナベはよく家を守ってくれた。本来なら、ねぎらいの一言もかけるべきであったろう。だが朝忠は、ナベが遠い他人になってしまったことを改めて思い知らされて、気力を失っていた。

ナベになじられるために戻ったようなものだ。脱獄までして家に帰ったことを、朝忠は後悔した。

重い足取りで裏口から家の外に出ると、従僕の次郎が待っていた。

「おお、次郎、よくぞ牧志家に戻ってきてくれた。ナベと息子たちのこと、どうかよろしく頼む」

「はい、ご安心下さい。これからが、私の出番と心得ていますだ。……あ、それから、染屋のチル殿からの伝言がございます。今後の連絡は差し入れる書物に小さい印（しるし）をつけておくので、それを結び合わせて文（ふみ）のかわりにすると。書物をお返し頂く際に、お返事もそのようにお願いしたいとのことでございます」

「そうか、分かったと伝えてくれ。次郎、チルーのこともよろしく頼む」

　信じられないことだが、獄吏は朝忠が牢から出たことも、戻ってきたことも、全く気づいていない様子だった。朝忠は安堵しながらも、王府の箍（たが）がこんなにも緩んでしまっていることに愕然とした。末端の士気は落ち込んでいる。こんなことでは、王国は立ち行かない。そのうち水が漏れ、瓦解するのも、案外、早いかも知れぬ。

獄舎

その後も、小禄・恩河の両親方に対する審問と拷問は続いた。朝忠も獄中の身で、法廷で両親方の裁判がどのように進展しているかを知ることは出来ないのだが、平等所《ひらじょ》の獄吏の中には朝忠に同情的な者もおり、彼らからもたらされる情報で、何となく法廷の雰囲気を知ることが出来た。それによると、次のような形でこの裁判は進んで行ったようだ。

まず王府は、新たに伊江王子を糾明奉行に加え、強化を図った。小禄親方はそもそも王族の一員だったので、これまでの裁判官はやや位負けしていたからである。その上で、厳しく審問を重ねたのだが、小禄、恩河の両親方とも潔白を申し立て、決してその主張を曲げようとはしなかった。平等所は証人を立てて二人と対決させるが、却って告発のデッチ上げを示すような証言が飛び出す始末で、糾問奉行らは窮地に立たされたようだ。

そうした折、平等所にとって決め手となるような証人が現れた。花城《はなぐすく》小虎《ことら》と呼ばれた人物である。彼の証言によれば「恩河親方は、かつて三司官を務めていた座喜味親方をなきものとするため、兼城《かねぐすく》親方の別荘で謀議の密談を行なった」という。平等所は、これでやっと恩河一派を一網打尽に出来ると、色めきたった。

再び恩河親方が審問の場に引き出された。度重なる拷問のため、両足は肉が腐り、骨が見えるような状態で、体力も尽きはじめていた。だが、親方はその告発を聞くと哄笑して「ご一同も余程お困りのご様子ですな」と、あきれて反論するのも馬鹿馬鹿しいといった態度である。親方に再び拷問が加えられた。だが、親方はもとより認めない。その様子を見て、糾問奉行の間には、はじめて、この裁判全体がひょっとしてデッチ上げなのかもしれないという不安が広がったのである。恩河親方が気を失って牢に戻された後、奉行の一人が言った。

「花城小虎の証言によれば、兼城親方の別荘で暗殺の謀議が行なわれたということだったが、あの別荘はすでに何年も前に、取り壊されたはず……」

その発言に他の奉行たちも息を呑んだ。早速、花城小虎が法廷に呼び戻された。「謀議」に加わったとされる者たちはいずれも否認している。花城を拷問にかけようとすると、簡単に「あれは作り話だった」と自白した。「恩河の頑なな態度に義憤を感じており、褒美にあずかりたいとも思ったので……」と認めたのである。

そもそも「小虎」という名は、放蕩の無頼漢で有名なこのヤクザ者に付けられたあだ名であって、そのような男の言葉を信用したのが間違いだった。

だが、花城小虎の偽証の波紋は、意外な展開を見せた。彼が摩文仁親方の館に頻繁に出入りしていたことが発覚したのである。花城の偽証が、実は摩文仁親方の教唆によるものではなかったかという疑問が湧き上がってきたのである。

今度は摩文仁親方が窮地に立つことになった。これまで得意満面で糾問を仕切ってきたのだが、急に立場が悪くなってきたことを摩文仁自身も自覚せざるを得なくなったのである。摩文仁親方はその日以来一月余り「体調を崩した」という理由で、奉行所にも姿を見せなくなった。

そのころ、朝忠にも花城小虎のことが耳に入った。朝忠は、その男が、先年、やくざ者を雇って彼に危害を加えようとした者であることを平等所に伝えようとしたが、それは果たし得なかった。

もっとも糾問奉行たちは、そうした通報を受けなくとも、花城小虎の一件では、困惑を隠せない状況となった。しかし、いやしくも摩文仁親方はこの間、筆頭の奉行として、この裁判を推進してきた人物である。今更、親方に疑いを挟むことは出来ない。そのようなことをすれば、法廷の正当性そのものが崩れかねない。

結局、平等所《ひらしょ》は花城小虎を咎めもなく放免することとした。まもなく摩文仁親方は、何事もなかったかのように、審問に復帰したのである。

法廷は半ば追いつめられる形で、確たる証拠もないまま、その年（咸豊九年、安政六年、一八五九年）も押し迫った一二月三〇日、恩河親方に判決を下した。官位剝奪の上、久米島への遠島六年。だが、久米島への便船がなく、そのまま獄中に置かれた。親方は、一六回に及ぶ拷問で受けた傷のため重体に陥り、翌年（咸豊一〇年、万延元年、一八六〇年）閏三月一二日、死去した。

恩河親方の死で、糾明法廷が一層追い詰められることになったのは明らかだった。容疑者を死に至らしめるような拷問は、「科律」の法理に反するとの批判も投げかけられた。奉行たちの焦りは、小禄親方に対する一層厳しい審理・拷問となってあらわれた。親方に対する拷問はすでに十数回に及んでいたが、親方は否認を続けるばかりである。

その取調べの過程で、小禄親方による王の廃立の陰謀に加担した人物として、今度は池城親方が浮上してきた。もっともこれも風評を取り上げた根拠に乏しい疑惑に過ぎなかった。

池城両親方はかねてから小録親方と親しい間柄であったが、先の三司官選挙の前、薩摩の在番奉行が王府高官を招いた酒席で、酔った池城親方が、薩摩の奉行・諏訪氏に「次の三司官には伊是名親方がなるべき……」と言った。それを隣で聞いていた小禄親方が、「そういう話を軽々しくすべきではない」とたしなめたというのだ。ただ、それだけのことである。この話が何故、小禄親方の陰謀の証拠になるのか誰しも疑わしく思ったが、摩文仁親方や平等所幹部は、池城親方を拷問すれば自白がとれると主張した。

しかし、池城親方は現職の三司官である。さすがにその告発には躊躇する声が上がった。酒席での閑話や噂話をまともに取り上げようとすること自体、裁判の権威に関わるとの意見もでた。これまで糾問を主導して来た伊江王子、宇地原親方、摩文仁親方などの拷問一辺倒のやり方に批判が投げかけられ、仲里按司や与世山親方などが、証拠もなく自白もないまま、今また池城親方を獄に引き出すなど「法理に反する」と強く反対したという。

こうして糾問官の意見は真二つに分かれ、法廷は何も決められない状態に陥ってしまった。この上は、衆官百数十人を首里の国学に集めて議するほかないということになった。裁判所はその不能を自認し、責任を放棄したのも同然である。だが、国学での衆議も混乱するばかり。発言した者はすべて「自分は関係なかった」とか「拙者は距離をおいていた」などと火の粉が自分に降りかかるのを払いのけ、自己の保身を図ることに汲々とするのみであった。王国の政治を預かっているという当事者意識も責任意識もなく、衆愚政治を絵に描いたように、何ら一致した結論は出ようもなかった。その結果、最後はもはや王命に頼るほかないということになったのである。

しかし国王・尚泰は一八歳の若年、自ら判断できるわけでもなく、結局は側近の助言によって、摂政・大里王子と糾明奉行・伊江王子の意見に従うべしとの王命が下された。両王子は異母弟の玉川王子と対立する黒党の頂点に立つ人物である。小禄親方および朝忠には、死罪が言い渡されるであろうと誰もが予想した。

このとき、与世山親方とその息子・津波古親雲上は、この王命を何とかひっくり返せないか悩みぬいたようである。朝忠にとって与世山親方は師匠、そして津波古親雲上は朝忠の若い頃からの親友である。そのためであろう、国王の侍講をつとめる津波古が王母の佐敷按司に拝謁して、国王への取りなしを願い出るという非常手段に訴えることとしたのである。二人とも命がけだったのだろう。この嘆願が功を奏して、国王は三日後、前命を翻して今度は与世山親方の意見に従うべしと命じた。誰しもこの朝令暮改には驚いたようだが、王命とあれば、従うほかない。

こうして、ようやく咸豊一〇年（万延元年、一八六〇年）一二月三〇日、判決が下った。小禄親方には伊江島・照泰寺に五百日の寺預かりの処分、そして朝忠には、久米島に一〇年の遠島、であった。

この判決を聞いて、朝忠は、気も狂わんばかりの怒りを覚えた。余りにも馬鹿馬鹿しい裁判である。何ら根拠のない罪をきせられ、そのために一〇年もの長期流刑とは。もとより与世山親方と津波古政正には感謝している。死罪になるところを、命を救ってくれたのだ。しかし、朝忠としては、彼らが、どうしてこの裁判のまやかし、茶番を暴露してくれなかったのか、そのことが口惜しくてならないのであった。何一つ確たる証拠がなく、有罪が証明できなければ無罪にするのが「法理」であろうに。

朝忠が最も深い悲痛を感じたのは、玉川王子の最期であった。玉川王子はかねてから小禄親方の無実を訴え続けていたが、義兄の大里王子、伊江王子にたびたび呼びつけられ、叱責されていた。玉川王子の妻は小禄親方の妹であったため、義兄たちは玉川王子に「妻を離縁して小録との姻戚関係を絶ち、身の潔白を証明せよ」と命じた。しかし、玉川王子は「妻には何の罪もない。もとより小禄親方も無実である。いかに兄上の命とはいえ、離別など承服しかねる」とこれを拒否。

王子は小禄親方に対し有罪の判決が出ると、糸満の別邸にこもり、連日、火をつければ発火するほどの強い酒を浴びるように飲んだ。やがて肉体を蝕まれ、悲憤のうちに三八歳の若さで亡くなった。抗議の自裁であった。

開明的で心優しい玉川王子がこの王国を導いてくれていたら、琉球はきっと素晴らしい国になっていたはずだ。王子の死の報に接して、朝忠は一晩中、冷たい獄中の床の上で号泣した。

この年、琉球には、地震、豪雨など天変地異が頻繁に起こった。天に異星が現われ怪光を発した。もとより自然現象に過ぎないのだが、琉球の人々にはこの上なく不気味に思われたのである。

首里城前の園比屋武御嶽の中にある榕樹（ようじゅ、ガジュマロ）から、赤い血のような樹液が路上に流れ出した。そればかりか、さらに不吉なことが続いた。赤木に夥しい数の虫が異常発生した。気持ち悪い幼虫で、半年後には孵化して蝶となった。羽は黒く腹は赤かった。それが首里城内にも無数に乱飛して、人々は狂乱した。

〽赤木赤虫のはべる（蝶）なて飛べば、
　牧志恩河の遺念ともれ
　（赤虫が蝶（はべる）になって飛んでいる、
　これは牧志恩河の遺恨にほかならない）

平等所《ひらしょ》（裁判所）によって牧志朝忠に下された判決は、当初、「久米島への遠島一〇年」というものであった。もとより到底受け容れられない不当な判決であったが、ただひとつ、遠島の先が久米島と聞いて、朝忠はそこに救いがあると感じていた。久米島はチルの出身地だったからだ。久米島には恐らく堅牢な獄舎などはなく、首里の平等所とは違って、かなり自由がきくはずである。チルと一緒にその島で暮らすのも悪くはないと考え始めた。

しかしこの期待は間もなく裏切られることとなった。王府は近年、久米島に外国船が水や食料を求めて頻繁に立ち寄ることから、牧志が外国船に助けを求めることもありうることを恐れて久米島には送らず、そのまま平等所の牢に閉じ込めたままにしておいたのである。事実上の終身刑であった。

しかし、朝忠は、いずれの日にか、この牢から出られるということを、確信していた。そのためには、ともかく、死んではならぬ、生き続けなければならぬと、毎日、自分自身に言い聞かせていた。

——思えば、疾風のごとく駆け抜けてきた人生だった、少なくとも三年前までは……

この朝も獄舎の中で、自分の来し方、行く末を、漠然と考えていた。

朝忠は毎日違った主題について考えることを自分に課している。そうしないと、単調な幽閉生活を乗り切れず、精神的に耐えられなくなっていくことが分かっているからだ。そうは言っても、この「主題を決める」ということが実際には中々難しい。決まらなくて挫折する日も多い。今日もやっとのことで、その主題を、「僥倖」、つまり人生における幸運、琉球の言葉で言えば「嘉例吉《かりゆし》」、ということにしたのだ。

俺の人生は「運が良かった」と言えるだろうか。まず、板良敷家《いたらしき》に生まれたことはどうか。この姓は、与那原大里間切・板良敷村の地頭職に発するものであるし、系譜を辿れば、王族の流れをくむ名家である。自分の名前に「朝」の文字を戴いていることからも、それは証明される。琉球王朝は源為朝が開祖だったという言い伝えがあり、「朝」の字は高貴な家柄のもの以外には使えないことになっているのだ。

とはいえ、没落士族の家に生まれたことは、不運としか言いようがない。しかも、自分はその三男に過ぎない。だが、幸い琉球には世襲制度がない。実力次第で出世できる可能性が残されている。その点は、琉球に生まれて幸運だったといえるだろう。

いずれにせよ、人はその出自を選ぶことは出来ない。また、幸運は、多くの琉球人が信じているように、神に祈れば天から降ってくるものでもない。天運などというものを信じている限り、いつまで経っても人生は切り拓けない。幸運は、その才覚と努力によって、自ら引き寄せるものなのだ。少なくとも俺はそう思って生きてきた。首里の最高学府を首席で卒業できたのも、人一倍頑張ったからだ。そしてそれが二一歳の若さで中国に留学するという幸運につながった。

あの年、北京に留学できたのは、たまたま尚育王様の王位継承に際して清国朝廷から冊封使が送られてきたからだ。その返礼使節として琉球王府から謝恩使が派遣されることになり、その随員に加えられることになったのである。北京・国子監（大学）での三年に及ぶ留学を通して、高名な学者や有意な学生たちと交わり、測り知れないほど貴重な体験を得た。中でも、林英奇《リン・インチ》先生とその息子・俊英《ジュンイン》、そして娘・珊英《シャンイン》との語らいは、無上の喜びだった。琉球の国法に反することではあったが、北京在住の外国人とも交際し、世界の動きを間近に見聞することができた。やはり、これは幸運なことであった。

とりわけ、北京滞在中、一八四〇年に英国との間に阿片戦争が勃発し、清国が西欧列強に侵されていく過程を目の当りにした。国が滅んでいくというのは、こういうことだと身にしみて分かった。天津に、林俊英・珊英兄妹と一緒に、英国軍艦を見に行った時の恐怖と悔しさは、忘れようにも忘れられない。琉球王国を清国の二の舞にしてはならない。阿片戦争は俺の原点だ。そう思って頑張ってきた。

人の人生と同じように、国の命運も、指導者の才覚と努力によって、意識的に切り拓いていかなければならないのだ。国を支える一人ひとりの覚悟が問われているのだ。だが、わが王国は、清朝以上に腐りきっているではないか。次から次へ起こってくる国難に対して、王府高官は首里城に篭って、ただ神に祈願を繰り返すのみ。こんなことでは、琉球に明日の希望はない。

朝忠は若い頃、武闘家・松村宗棍《そうこん》に弟子入りし唐手（空手）を学んだ。狭い獄中でも毎日、鍛錬に励んだ。朝目覚めると、まず、大声を張り上げて、腕を突き出し、足を蹴り上げた。そのあとは英語の練習だ。頭に浮かぶことを全て英語で言ってみることにした。不可解な言葉を繰り返しているのを見た牢役人が、牧志は精神錯乱をきたしていると考えたのも無理ないことである。だが、朝忠にとっては、生き続けるために欠かすことの出来ない日課だった。

かつて北京留学中に、オランダの留学生ヤン・デ・ヨングから「万国公法」の話を聞いた。その後、異国通事として活躍した期間、その万国公法に関する知識がどんなに役立ったか知れない。西欧の諸国が国交を求めて琉球に来航するとき、交渉相手は二言目には必ず「万国公法」を口にするからである。それは国家間の関係を規律する法であるとして、欧米では広くそれが守られているという。しかもその始祖は、二百年以上も前のオランダの法学者・ヒューゴウ・グロチウスだとのことであった。

そのヤンがオランダ船で条約交渉のために琉球に来るなどとは思いもよらなかった。ヤンは北京で一緒に過した頃、グロチウスに心酔していたらしく、この学者のことをよく話題にした。グロチウスはオランダ王国の有力な法務官であったところ、あるとき政争に巻き込まれて逮捕され、財産没収のうえ終身禁固刑を言い渡されて、ルーフェステインという城砦に幽閉された。二年後、妻の助けによってその城砦から救出され、フランスに脱出、パリで『戦争と平和の法』という不朽の名著を書き上げた。これが今でも「万国公法」の基本的な手引きとなっているのだ。ヤンの話を思い出しながら、朝忠はオランダ代表団の祝宴で、あの挨拶をしたのである。

北京で最初にグロチウスの話を聞いたときは、とくに感慨もなかったのだが、自分自身が幽閉の身となったとき、何よりも心の拠りどころにしたのが、この逸話だった。以来、朝忠は、自分もグロチウスに倣って、何としても生きてこの牢から出るのだと、誓ったのである。

そして、昨年一一月、遂にその機会がやってきたかに思われた。牢役人が鍵を掛け忘れたのに気がついた朝忠は、夜半、そっと牢を抜け出した。牢を抜け出すのは二度目である。翌朝、泊の港に停泊中の外国船はいないかと見ると、他ならぬオランダ船が碇を下ろしているではないか。まさにこれはグロチウスの国の船、天の采配とその船に乗り込もうとした。ひょっとしたら、また、ヤンが乗っているかもしれない。

しかし喜んだのも束の間、寸前に王府の役人に見つかってしまい、国外脱走の夢は断たれたのである。朝忠は捕縛されて再び牢獄に舞い戻ることになった。しかも、この事件のお陰で警備は滅法厳しくなり、もはや脱走を企てることなど不可能になってしまった。一時は絶望感に苛まされたが、しかし必ずまた機会はやって来ると自分自身に言い聞かせて耐えてきたのである。

その頃詠んだ「獄中七絶」。この理不尽な仕打ち、その無念を、いつの日か誰か必ず晴らしてくれるだろう。

奸計流言惑世頻（奸計《かんけい》・流言《りゅうげん》、世を惑わすこと頻《しき》り）
無端唱乱陥良人（端無《はしな》くも乱を唱《とな》え、良人《りょうにん》を陥《おとしい》る）
是非黒白唯能弁（是非《ぜ ひ》と黒白《こくびゃく》とは唯能《ただよ》く弁《べん》ずるのみ）

只籲蒼天涙湿巾（只《ただ》、蒼天《そうてん》に籲《いの》［祈］りて、涙巾《なみだきん》を湿《しめら》す）
獄中困苦已三年（獄中の困苦、已《すで》に三年）
曲法阿世乱石穿（法を曲《ま》げ権力に阿《おもね》る輩《やから》、乱石穿《らんせきうが》つ）(7)
恰是斉人逢刖足（恰《あたか》も是《これ》、斉《ただ》しき人の刖足《げっそく》［両足切断の刑］に逢《あ》うごとく）
茶車何日得言施（茶車《としゃ》［この苦しみ］、何《いず》れの日にか言《げん》を得て施《めぐら》さん）

――必ずこの牢を出てやる、何が何でも生き延びるのだ。それがチルとの約束である。

そのチルは、毎月、せっせと書籍を送り届けてくれている。書物には、チルが文字の右側に小さな点を付けており、それを結び合わせていくと文章になるのだ。返事は朝忠が文字の左側に点を付けて返却する。これまでのところ、獄吏はこれに気付いていない。

チルの暗号の文には恋の字も愛の字もなかった。淡々と必要な事柄についてだけ伝える、役所の報告書のような内容の文である。朝忠には、その理由が良く分かった。一言でも恋の気持ちに触れれば、とても書き切れぬことになろう。お互いに傷をなめあい、悲嘆に暮れるしかない。それでは、別離の生活を乗り切ることが出来なくなる。チルは強い女だ。その強さが挫けそうな朝忠を助ける。

チルはかなり多くの娘たちを弟子にとって琉球舞踊を教えているようである。朝忠にとって、チルの元気な様子が何よりの安心であった。それに、朝忠が作った教則本を手に、毎日、英語の練習も欠かさないということだった。それに熱中することで、苦しいことも忘れられるとあった。一緒にハワイに行くという約束を、チルは未だ本当に信じているのだろうか。

朝忠は、自分が疑獄事件で生贄《いけにえ》にされたのは、多分に、摩文仁親方の恩河親方や自分に対する「嫉妬」によるものだということは分かっていた。男の嫉妬ほど醜悪で手に負えないものはない。王府は今や嫉妬の坩堝《るつぼ》といっても過言ではない。だが、恨みはしまい、自分だけはそういう哀れな感情に支配されることを峻拒して生きたいと願ってきた。これからも、そう生きたいと思う。

脱獄を試みた半年後、大和の暦で文久二年、西暦では一八六二年、その六月三日、在番奉行・市来次十郎は、王府に対し、先のフランスからの軍艦購入の件につき牧志朝忠を鹿児島にて取り調べるため、彼の身柄を引き渡すように求めてきた。摂政・三司官らはこの突然の要求に驚き、取調べならば首里の平等所《ひらしょ》でお願いしたいと在番奉行に願い出た。奉行は「これはお国元よりの命令である」として、譲らない。「それでは、もう一度持ち帰って王府で協議いたしまする」と答えて、三司官は首里に戻った。「薩摩の無理難題はこれが最初ではない。今回も、のらりくらりと交渉を重ねて、何とか諦めてもらおう」と安易に考えていた。他方、在番奉行は、こういう場合の王府の引き伸ばし作戦を熟知した上で、強攻策をとることにした。

翌日の六月四日の朝、獄舎の入り口の方で騒ぎが起こった。続いて、明らかに薩摩武士と分かる者の大声がした。「牧志殿、牧志殿は、何処におわすか！」

「ここにおりまするっ！」と朝忠も、大声で応えた。

「おっ、ここだ！」と、朝忠の牢の前に、四、五人の武士が現れた。いずれも抜刀している。「牧志殿か、われら薩摩藩邸の者、お奉行の命により、牧志殿をお番屋にお連れ申す」そう言うと、一人が大ナタで牢の鍵を叩き壊し、朝忠を牢の外に導き出した。獄舎の入り口付近に五人ほどの薩摩武士が、やはり抜刀して平等所の獄吏達を威嚇し遠ざけていた。朝忠は駕籠《かご》に乗せられ、あっという間に獄舎を抜け出した。こうして、朝忠はついに薩摩藩の役人によって救い出されたのである。

ちょうどその日の朝、摂政・三司官が王府で協議のため参集した直後、平等所から緊急の知らせが届き、薩摩武士が牧志朝忠の身柄を牢から解放し連れ去ったという。三司官らは慌てて御番屋に赴き、牧志の身柄の返還を求めた。「軍艦購入の件は前代の御奉行と王府の三司官も加わって解決した案件、何ゆえ今更、連絡役であったにすぎぬ牧志朝忠を鹿児島まで移送して取り調べる必要がありますでしょうか」と異議を唱えた。すると、奉行は、別の理由を挙げ「薩摩藩には異国通事で英語を解する者が一人もいないため、牧志を鹿児島の琉球館に詰めさせ、異国船渡来にそなえさせたいのだ」と説明した。

王府では、摂政（首相）、三司官（副首相）、表一五人（閣僚）らが協議を重ねた。法により裁きを受けた国事犯がこのような形で放免されるなど「法治の国」では全く信じられない暴挙で、何としても牧志の薩摩移送だけは阻止しなければならない。連日、在番奉行所への抗議と請願が繰り返えされた。しかし薩摩側は、のらりくらりと返事を延ばすのみで、牧志朝忠の居場所さえつかむことが出来ない。

王府側は最後の手段として、宜野湾三司官を鹿児島に派遣し、直接、薩摩藩主に請願して、英語の出来る代わりの通事を琉球から差し出すこととし、牧志の身柄返還を求めることにしたのである。

---

(7) 最初の四文字は不明のため筆者（黒内彪吾）の補塡による。

風《かぜ》待《まち》

六月四日、朝忠はついに自由の身となった。風待ちのため御用船が出航したのは、七月一九日であった。御仮屋で保護されて過したこの一ヵ月半の間に、様々なことが起こった。

在番奉行の屋敷内に保護された朝忠は、その後五日間ほど、食事をする以外は、ひたすら眠ってばかりいた。さすがにこの三年の幽閉生活は身にこたえた。極限まで痛めつけられた体は、滋養と睡眠の効あって、徐々に回復していった。

六日目、前任奉行の市来《いちき》次十郎の部屋に導かれた。奉行は朝忠に言った。

「この三年間のご災難、誠にご苦労でござった。もっと早くお助けしようと色々機会を探っておりもしたが、わが御国許も斉彬《なりあきら》公ご逝去の後いささか混乱していましてな、このように期間を徒過してしまいもした。お許し下され」

「何を申されます。このたびのお助け頂きましたこと、こころより御礼申し上げます」

「しかし、牧志殿は良き奥方を持たれましたな」

「奥方？　お恥ずかしきことなれど、入獄いたしました折、離縁しておりますが……」

「勿論それは存じておる。拙者の言っているのは、玉城《たまぐすく》流の師範をされている照《テル》子殿のことでごわす」

「照子……おお、チルーをご存知とは！」

「ここだけの話でごわすが、今回の破獄はチル殿の発案じゃ。それにもう一人、市来正右衛門。例の軍艦購入の契約を破棄した折、牧志殿に命を助けられたそうですな。拙者の甥に当る」

「おお、そうでございましたか、正右衛門どのは、拙者の真の友でござる」

「照子殿、いやチル殿は、牧志殿が入獄された後、正右衛門に文を送られ、われわれもそれによって小禄・恩河・牧志事件の真相を知ったわけでごわす。正右衛門は直ちに小松帯刀《たてわき》殿に伝えて牧志殿の救出を願い出たのだが、ご承知の通り、斉興《なりおき》公のご存命中は、何も出来ず、今般ようやく小松殿のお許しが出た次第。わが藩も欧米諸外国との交渉頻繁となり、英語の通事を得ることが急務となって、そこで貴殿に白羽の矢が当ることになった……と言うのが、まあ表向きの理由じゃ」

「はあ、そうでございましたか」

「それで、次の御用船で貴殿を鹿児島にお送りすることとなった。拙者もちょうど任期を終えましたので、同道致す」

「はあ……」

「気乗りしない、という表情じゃの」

「いえ、決して、そのような……」斉彬公が存命であったなら……との思いが朝忠のなかったわけではない。口ごもっている朝忠を思いやってか、奉行が引き取った。

「まあ良い、御用船が出港するまでには、まだ一ヵ月はあろう。それまで、よく考えられよ。牧志殿はわが薩摩藩にとっても大恩人でごわすによって、決して悪いようにはせぬ」

「はっ、忝《かたじけな》く存じます。……誠に不躾《ぶしつけ》ながら、お願いの儀がございます」

「おお、何でも申されよ」

「長期の入獄で、体も弱っておりますゆえ、もしお許し頂けるのなら、旧僕を一人このお屋敷に来させて身の回りの世話をさせたく存じますが」

「その従僕は信用できる男か」

「はい、それはもう……若い頃から私に仕えてきた次郎と申す従僕です」

「それなら問題はないであろう。近いうちに来てもらうことにしよう。もし必要ならば、その次郎とやらを、鹿児島に同道させることも構わぬ」

「有難うございます。そのようにさせて頂ければ本当に助かります」

「チル殿にもお会わせしたいが、このお仮屋に来てもらうのは難しいし、牧志殿を辻に行かせることもできぬ。王府の役人どもが連日来て、貴殿の身柄を返すよう、要求してきておるし、王府の密偵どもが、この屋敷の周りをうろついておるようじゃ。チル殿とは、その次郎とやらを通じて、今後のことなど相談されよ。ただ、出発前夜に、この屋敷で送別の宴があり、そこに辻の姐衆《あねご》に来てもらうのが慣わしゆえ、その席にチル殿にも来てもらえると思う」

「は、ご高配、誠に忝く存じまする」

数日後、次郎が御仮屋に来た。彼からの説明を受けて、朝忠もようやく周りの状況を掴むことができた。次郎の話は、大半、彼がチルから聞いてきたことだと言う。辻遊廓の情報網により、チルは王府でどのような動きがあるかを、正確に知ることが出来ていたようである。

「ご主人様の出獄で、王府は混乱の極みといった様子のようです。チル殿から詳しい文を預かって参りましたので、まずはこれをお読み下さい」と次郎は手紙を手渡した。

「旦那さま、ご出牢、誠におめでとうございます」という言葉でそれは始まっていた。獄中では、差し入れられた書物の中から小さな印のついた文字を繋ぎ合わせ、苦労してやっと解読していたことを思い出すと、今更ながら胸が痛んだ。

「この辻村と御仮屋のある西村とはすぐ近くなのに、一月後の送別の宴までお会いできないそうで、悲しいかぎりです。でも、その日を心待ちにしております」

チルの文によれば、朝忠の出獄で、最も打撃を受けているのが摩文仁親方のようだ。

摩文仁は一年ほど前、突然、辻の「梅屋」という遊廓に現れたのだそうだ。どうやら、お内儀が亡くなって、怖いものがなくなったのだという。さすがに、高額の請求書を突きつけられた松屋は敬遠したようだが、この梅屋にも、チルの親しいジュリがいたので、チルはその姐さんに頼んで、摩文仁から出来るだけ多くの情報をつかんでくれるよう頼んだのである。

「摩文仁親方は、一〇日ほど前、旦那さまが薩摩によって牢から引致されたと聞いて、真っ青になり、崖っ淵から突き落とされたような恐怖を覚えたということです。『牧志が鹿児島に行ったならば、薩摩藩の力を借りて、必ずわれわれに報復してくるであろう』と。第一に血祭りにあげられるのが自分であることは、陽を見るよりも明らかだ。あの責め具（拷問）が、今度は自分に課せられるのだと思うと、もう食事も喉を通らないのだそうです」

「摩文仁親方は首里城下の屋敷で、このところ毎日、居室からじっと庭先を眺めておられるとのこと。この数日間、豪雨と晴天が交互にやってきています。昨日も、朝から夏の太陽が照りつけていましたが、昼頃から急に雲行きが怪しくなって、夕立が来そうな気配でした。今の季節、こういう天気は珍しくないのに、摩文仁様にとっては、それが、希望と絶望が競い合っているかのように、映るらしいのです。まるで、わが身の行く末を天の神も決めかねているかのようだ、と親方は馴染みのジュリに泣きつくのだそうです。神経衰弱の気味で、お可哀想というか、自業自得というか……」

「昨日の夕方も、突然、激しい雨が降り出して草木を容赦なく叩きつけたら、摩文仁親方はもう耐えられなくなって辻に来られたようです。空はいつの間にか真黒な雲に覆われ、一瞬閃光が走ったと思うと、天地を揺るがすような雷鳴が轟きました。天は、これでもか、これでもかというかのように、摩文仁親方を苛め、震え上がらせているようです」

「それにも関わらず摩文仁親方は、毎日必ず一度は平等所《ひらしょ》に顔を出し、何とか旦那さまを奪回できないか、画策しているということですから、決して油断してはなりません。ああいう人は何をしでかすか分かりません。どうかくれぐれもご注意下さいますようお願い致します」

あと数日で鹿児島に向け出発という七月中旬のある日の午後、朝忠に、薩摩の役人が、与世山《よせやま》親方（安仁屋政輔《あにやせいほ》）が息子の津波古親雲上《つわこ》（安仁屋政正《あにやせいしょう》）と一緒に会いたいと言って来ていると、その来訪を告げた。薩摩在番奉行は朝忠にこの老人を朝忠に会わせるべきか迷ったが、与世山親方が朝忠の師匠だったと聞いて、致し方なかろうと許可を与えたようであった。与世山親方はすでに七四、五歳のはずである。その師がわざわざ弟子の自分に会いに来てくれたと知って、朝忠は驚くとともに痛く恐縮した。朝忠はあわてて玄関に急ぎ、平伏して二人を出迎えた。津波古親雲上が言った。

「父が今朝になって急に朝忠殿に会いたいと言い出したので、困惑しました。これまでも王府の高官が何度となく貴殿に会わせてくれるように要請したのですが、在番奉行殿はこれをお認めにはなりませんでしたので、父には無理だと言ったのです。しかし、父は『王府の役人として会うのではない、かつての師匠として、弟子に最後の別れを言うだけだ』と執拗に申すものですから、そこまで言うのなら、ともかく御仮屋に行くだけ行ってみましょうと、こうして参ったわけです。どのみち、面会を許可されるわけはないのですから無駄足になるけれども、父がそれで諦めてくれるなら、と。ところが、薩摩のお役人に事情を話してみると、少し待たされましたが、奉行のお許しが出たと言うことで、むしろ驚いているところです」と政正は説明した。

部屋に入ると、朝忠は改めて、平等所における裁判で二人が朝忠の助命のために尽力してくれたことを感謝した。

「一旦、鹿児島に退き、心身の回復を待って再起をはかりまする。必ずや再び王国のためにお役に立てる日が来るものと信じておりまする」

与世山親方が息子に、朝忠と二人だけで話がしたいと言ったので、津波古親雲上は席を外した。二人だけになると、与世山親方の表情は一変した。それまでの柔和な笑顔は消え、阿修羅のような厳しい顔になった。

「時間がないから、単刀直入に申す。わしはお前に引導を渡しに来たのじゃ」

「と、申しますと？」と朝忠は聞いた。

「そちの破獄によって、王府は大混乱をきたしておる。黒党の者たちは、そちが鹿児島に行けば、必ず報復されると恐れておる。だが、そんなことより、そちが鹿児島に行けば、薩摩藩が琉球に介入するための格好の口実を与えることになろう。だから、鹿児島に行ってはならぬ」と親方は言った。

朝忠は絶句した。だが、朝忠は気を取り直して師に答えた。

「今般のこと、先生にまでご心労をお掛けし、誠に申し訳なく存じております。しかし、元はと言えば、いわれもない罪を着せられて投獄された身、しかも今回の破獄のことは薩摩藩がいわば勝手に実行したことであれば、私が責任をとることでもございませぬ。しかも今は薩摩に囚われの身、私に選択の余地はありません。薩庁が来いという以上、私は鹿児島に行かざるを得ないのです」

釈明しながら、朝忠の師に対する気持ちは次第に怒りに変わっていた。だが与世山親方は続けた。

「朝忠よ、そちが薩摩に行けば、必ず島津久光公から詮議を受けるであろう。そして公は、そちの口から小禄親方や恩河親方や、そしてそち自身が無実の罪で裁かれたことをお知りになるであろう。公がそれを利用しないわけがない。薩摩は一挙に王国を潰す挙に出よう。薩摩は大和が諸外国に港を開いた以上、これまでのように、琉球を通じて中国との貿易を行なう必要はもはやなくなったのじゃ。薩摩にとって琉球を王国として存続させる理由はなくなった。牧志・恩河事件は、格好の口実となろう。わしはもとより白党だが、今や、白の黒のと党派闘争をやっている時ではない。朝忠よ、もとよりそちが納得できる話でないことは百も承知の上じゃ。しかし、王国が存続していくためには、そちを鹿児島に行かせるわけにはいかないのだ」

「先生の仰っていることは、失礼ながら、矛盾だらけです。私共が無実とお考えであったなら、何故、法廷でその旨、公訴棄却、無罪放免をご主張下さらなかったのですか? まあ、それは過ぎたこととしても、先生は一体、私にどうせよと仰せなのですか? このまま琉球にいるわけにはいかないし……先生は、私に死ねと申されておるのでしょうか?」

「そうは言わぬが……しかし、牧志朝忠の存在そのものが、王国にとっては脅威となってしまっているのじゃ」

「先生、分かりました。私が命を絶てば、王国が救われるという、先生のお考えは、よく分かりました」

朝忠は心底、怒り、かつ悲しんでいた。だが、与世山親方は誤解したようである。

「そうか、王国のために命を捨ててくれるか。さすればそなたは、琉球を救った英雄として歴史に名を残すことになろう。そちの家族のことはわれわれで面倒を見よう。王国を潰した反逆者となるか、それとも英雄として……」

「先生、先生ともあろうお方が、そのような詭弁を弄されるとは……！」

「なに、詭弁と言ったか、弟子が師に対して言う言葉か！」師は激高していた。

「先生、私は死ぬ積りなど毛頭ありません。どんなことがあっても、私は生き続けていく積りです。しかし、ご安心下さい。私は薩摩に行ったからといって、王国に不利になるようなことは一切申しません。また、黒党の方々に報復するなどとは、これっぽっちも考えてもおりませぬ。私が許したいと思うのは、むしろ白党の、いや一見白党の、偽善的な人々です。開明派のふりをして、しかし結局は権力ににじり寄る人々、仲間の苦難を見捨てて自分の保身しか考えない人々……」

「そうか、もう良い……勝手にするが良い……」

「はい、申し訳ございません」

こうして師弟は決裂した。朝忠が出世するに従って、すでにその師弟関係には微妙な乖離が生じてきていたのは事実だ。しかし、弟子に自殺を勧めるような師が、この世のどこにいるだろう。琉球で最も尊敬する人の、本当の姿を見てしまった、と朝忠は思った。息子の政正が同席していなかったことが、せめてもの慰めだった。

師・安仁屋政輔は朝忠若き日の憧れの的であった。師のようになりたい、師のように生きたいと願って生きてきた。それがどうだ。結局は他の多くの王府高官と同じように、師も旧態依然の王国の体制を維持し、その中で自己の保身を図っていくことしか考えていない頑固な老人の一人に過ぎないではないか。

――もう師は要らない！　故国は捨てる。もはや、琉球に思い残すことは何もない。

底知れぬ深い絶望感、喪失感が、朝忠の胸を覆った。

明日は鹿児島に向けて出航という前夜、薩摩藩御仮屋では、前任奉行送別の宴が催されることになっていた。慣例により、辻の姐衆が招かれ、琉舞が披露される。王府の役人は誰も招待されておらず、内輪の慰労会である。

朝忠は、そろそろ宴会が開かれる大広間に行こうと自分の部屋で着替えていた。朝忠は、いよいよ三年ぶりにチルに会えると思うと、さすがに興奮して昨夜はよく眠れなかった。

その時、従僕の次郎がばたばたと息せき切って廊下を走ってきた。

「どうしたのだ？」

「ご主人様、大変です、チル殿が！」

「えっ、チルーがどうしたのじゃ」

「はい、チル殿を迎えに辻の西武門、大鳥居の辺りに参りましたら、かなりの人数の筑佐事（ちくさじ、警吏）や平等所の獄吏が、棍棒を持って検問をしておりました。中に入れさせないのです。何かあったのかと聞きましたら、『盗賊が辻村に入ったので、捜索中』とか言っていました。しかしこの琉球に盗賊なんているわけがありません。しかも、筑佐事らに混じって、あの花城小虎の姿を見かけたので、これは一大事と思いました。案の定、筑佐事たちはチル殿の似顔絵を持っていて、辻村から出ようとする女たちを、一人ひとり念入りに調べていました。チル殿を逮捕しようとしているのは間違いありません。恐らく摩文仁親方の差し金でしょう」

「しかし、一体、何のために？」

「それは、ご主人様を鹿児島へ行かせないように、あるいは行っても、黒党への報復をさせないよう、チル殿を人質にとっておくためでしょう」

「女子を人質にとるなど、何たる卑怯！　ああ、どうしたら、よいものか。とにかくお奉行にお願いしよう」

「お奉行様はすでにご存知で、何人かのご家来衆を西武門に急派されました。薩摩藩のご家来衆は、今宵は辻の姐衆を御仮屋に招いているので、その姐衆は通すようにと、王府の役人たちに命じておられました。ただ、王府の筑佐事の人数が圧倒的に多いので、ご家来衆も手をこまねいている様子」

「そうか、しかし一旦逮捕されてしまえば、チルーの行方は分からなくなってしまう。絶対に逮捕させてはならぬ、ああ、どうしたものか……」

「もう一度、様子を見て参ります」と、次郎は駆け出して行った。

それから四半時（しはんとき、三〇分）余り、朝忠は焦燥の中で、知らせを待った。きりきりと胃が痛んだ。

と、……遠くで女たちの歌う声が聞こえた。段々と近づいてくる。それも、一〇人や二〇人といった数ではない。何百人の女たちの歌声である。そしてついに、女たちの集団は、御仮屋の前で止まった。

朝忠は何が起こったのかと玄関に出た。御仮屋の前の通りや広場は、着飾った辻のジュリたちで溢れていた。楽童子の三線、太鼓に合わせて、女たちが歌い始めた。琉球始まって以来の大合唱である。そして踊りが始まった。

〽だんじょ嘉例吉《かりゆし》や、選《いら》でさしみせる
船の綱取れば、風や真艫《まとも》
サー、サー、カリユシ、
（本当に、船出には嘉例吉《かりゆし》の吉日を選んでいるので
出船の船綱を取ると、順風満帆だ）

〽綱取よる船の、よせでよせまれめ
い参ち参うれ里前、朝夕拝がま
サー、サー、カリユシ
（とも綱を取った船の出航は、別れが辛いからといって止めて止められようか。
行ってらっしゃい、愛しいあなた。私は朝夕、あなたの旅の平穏を祈りましょう）(8)

前任奉行・市来次十郎は家来たちと一緒に何事かと驚いて屋敷から飛び出してきていた。

「サー、サー、カリユシ……」と踊り子たちは繰り返し、その奉行に手を振っている。一人の女が奉行に花束を渡して言った。

「明日は嘉例吉《かりゆし》、航海のご無事を祈っています」

「おう、おう」と、奉行は感激の面持ちで、言葉が出ない。女たちは明るい笑い声を残して引き揚げていった。みんな、あっけにとられた。来た時もそうだったが、帰るときも、まるで津波のようだ。あっという間に、静けさが戻った。

――それにしても、チルーはどうなったのだろう、大丈夫だったのだろうか。

朝忠は心配でならない。チルを探しに行った次郎はまだ戻ってこない。チルが警吏に捕まり摩文仁の手に落ちれば、それこそ取り返しのつかぬことになる。ああ、次郎は何をしているのか。

その時である。背後から、紅いサンダンカの花が一輪、朝忠の顔の前に差し出された。

びっくりして振り向くと、そこにチルがいた！　この三年間、何度も夢に見たチルが、そこにいた。

「おお、チルー！」

「旦那さま！」

「会いたかったぞ！」

「はい、わたくしも！」

二人は人目も憚らず抱き合った。別離の三年間、この瞬間を何度夢に見たことだろう。そして夢の後は、いつも深い悲嘆だけが残った。お互いに、これが夢でないことを、頬に触れ、髪の毛に触れ、そして肩に触れて、何度も確認しあった。

「もう決してそなたから離れぬ」

「はい、わたくしも、決して離れませぬ！」

「それにしても無事でよかった。筑佐事たちがチルーを捕まえようと躍起になっていたそうだが」

「はい、今日の昼頃、極秘の知らせが染屋の女将さんにありました。女将さんは辻村の村長《むらおさ》、盛《ムイ》前《メー》です。辻の各楼に、踊り子を出せるだけ出すよう緊急の依頼をしました。私を安全に御仮屋に届けるにはこの方法しかないと。そうしたら、五百人ものジュリが直ちに集まってくれました。ジュリ馬祭りの時の要領で、私を行列の真中に入れて、一斉に西武門を、文字通り『躍り出た』のです。筑佐事たちはなすすべもなく、遠巻きに見守るだけ。ジュリって、すごいでしょ！」

「いや、驚いた、参ったぞ。ともかくチルーが無事で本当に良かった」

「はい、辻の皆さんのお陰です」

「考えてみれば、辻村こそ差別のないデモクラシーの間切（村）だな。女将のような人をプレシデントにすれば、琉球も良い国になるかも知れぬ。辻の女子はみな自立した人間だ。だからこそ、あっという間に五百人の軍団も出来上がる。それに引き換え、男は駄目だ。男が支配している限り、琉球に未来はない」

「ま、女将さんはいつもそう言っていますわ。琉球の未来は女将さんたちに任せておきましょう。さあ、もうすぐ舞踊の宴が始まります。大広間に参りましょう。玉城照子の弟子たちの踊りを見てくださいまし」

「そうか、チルーは師範だったのだな。弟子は何人位いるのか？」

「五〇人ほど」

「そんなに！」

「これからは、この娘達が、琉球舞踊の道を継いでいってくれます。私の仕事は終わったのです。これまで全力を尽くしてやってきましたから、もう思い残すことはないのです」

「そうか、それはよかった。拙者も同じだ。この琉球に、もう思い残すことはない」

その夜、朝忠は従僕次郎とチルを伴って、奉行・市来次十郎の部屋を訪ね、改めて礼を述べた。

朝忠は今後の身の振り方を奉行に述べた。それを聞いて奉行は言った。

「万事、如才なく、そのように進めようぞ」

---

(8) 宜保栄治郎『前掲書』三三七頁。

終章——喜舎場朝賢の覚書より——

七月一九日朝、薩摩の御用船は那覇湊から鹿児島に向けて出港した。大勢の人々が見送りに来た。牧志朝忠が乗っているかどうか確かめに来た首里の役人らしい姿もあった。奉行の横に編み笠をかぶった武士の姿があった。和装だが帯刀していないので、恐らくそれが牧志朝忠であろうと推測された。

御用船はゆっくりと風を受けて北上していった。そしてまもなく湊から見えなくなった。「牧志朝忠は、とうとう行ってしまった……」誰しもそう思った。

すでにこの数日前に、琉球王府は、先回りして宜野湾親方を鹿児島に送っていた。彼は英語が出来る長堂里之子親雲上を引き連れていた。牧志の代わりに長堂を差し出すので、牧志の身柄を返して欲しいと薩庁に願い出るためである。

ところが、その宜野湾親方は、鹿児島滞在を短期間で打ち切り、八月も終わりになる頃、長堂とともに那覇湊に戻ってきた。宜野湾親方がもたらしたのは、思いもよらぬ知らせだった。

牧志朝忠が御用船で鹿児島に向かう途中、伊平屋渡（いひゃど）と呼ばれる琉球本島最北端の海峡で「自ら急流に身を投じて」死んだというのである。宜野湾親方は、もはや鹿児島にいる理由がなくなったので、早々に引き返してきたとのことであった。

牧志朝忠の入水自殺の報は、その破獄以上に、王府にとって大きな驚きであった。しかし、王府の役人に限らず、朝忠を知る誰もが、自殺の報を疑った。


「牧志が自殺？」

津波古親雲上《つはこぺーくみ》（かつての安仁屋政正）も、それを疑った一人であった。彼は今年三八歳、国王・尚泰の侍講を勤めている。牧志朝忠とは若い頃から親しく付き合ってきたし、朝忠の鹿児島渡航直前にも、父親の与世山親方と一緒に会っている。

その与世山親方は、牧志入水の知らせが入って間もなく病に倒れ、天寿を全うして一ヵ月後に亡くなった。

津波古親雲上は、彼の若い弟子である喜舎場《きしゃば》朝賢《ちょうけん》が鹿児島の琉球館に短期の出張を命じられたのを機会に、彼に秘密裏に牧志「自殺」の一件を調査するよう命じた。喜舎場は当時二二歳で、国王の近習の一人に選ばれていた。彼は、御用船で帰国した前任奉行・市来次十郎にも面会を許され、市来に随行して帰国した薩摩の役人や御用船の船員などにも面談して、二ヵ月後、首里に戻った。もっとも、一人だけ、会いたいと思いながら入れ違いで会えなかったのが、牧志の従僕・次郎であった。次郎は喜舎場の鹿児島到着前に琉球にかえされたということであった。帰琉後の消息は、調べてみても、結局分からなかったのである。

喜舎場の報告は次のようなものであった。

七月一九日の朝五つ半（午前九時）、薩摩御用船は泊湊を出航、一路、鹿児島に向かった。大勢の見送りがあった。甲板には離任する前任奉行・市来次十郎をはじめ、随行の薩摩武士が並んでいた。奉行の隣に、牧志朝忠と思われる人物が編み笠を被ったまま、立っていた。奉行から、編み笠はとらないようにと言われていたようである。羽織姿の和装で、帯刀していないことを除けば、薩摩の武士と見分けがつかなかった。

甲板にいたのはもとより武士だけである。朝忠の従僕次郎は船室に留まっているのだろう。姿は見えない。朝忠と次郎には小部屋が与えられていた。船内で個室を割り当てられていたのは奉行と朝忠だけである。薩摩藩が朝忠に敬意を表してそれなりの待遇を与えていたことが分かる。

昼前、北上する船からは右に残波岬が見えた。八つ半（午後三時）頃には伊江島を左に見た。風を受けて御用船は快走、夕刻七つ半（午後五時）、前方左手に、伊是名島・伊平屋島が見えてくる。右には琉球本島の最後の部分、辺戸岬が見えた。まもなく伊平屋渡《いひゃど》である。この海峡は流れが速く、船は大きく揺れ始めた。船頭達が忙しく立ち回り、船内の緊張感が高まっていた。

その時である。朝忠の従僕、次郎が大声で叫んだ。

「旦那様、旦那様！　どこにおられます？　ああ、大変だ、旦那様が海に飛び込んだ、誰か助けてくれ！」

「どうしたのだ？」

船員や薩摩の役人たちが集まってきた。次郎が泣き叫びながら、甲板に揃えて脱いである草履と羽織を指差した。

「旦那様と私は、この甲板に出て夕陽を眺めておりました。しばらくすると、旦那様は、『腹が減った。お前、厨房に行って何か食うものを貰ってきてくれぬか』と言われますので、急いで、とりあえず、握り飯を握って貰ってきたところでございます。ところが、戻りましたら、旦那様の姿が見えません。そして、この草履と羽織が……ああ、何としたこと……！」

全員が船の後ろに走って、海面を凝視した。しかし、白い波のほかは何も見えなかった。近くを航行する舟影もなかった。

「あれは何だ、鯨か？」

役人の一人が船の横を泳いでいる大きな魚の群れを指差した。

「海馬（ジュゴン）でさ」と船頭がこたえた。「しかし、これほど多くのジュゴンが群れをなしているのを見るのは、珍しいことで……」と船頭も驚いた様子だ。

しかし、まもなく夕闇が迫り、暗い海のほかは、何も見えなくなった。

知らせを受けて飛んできた奉行の市来次十郎は極度に狼狽していた。

「この野郎、お前が突き落としたのであろう！」と、従僕を怒鳴りつけた。「牧志が自殺するわけがない。こやつが牧志を殺したに相違ない。そいつを縛り付けておけ！」

自室に戻った市来は、しばらくすると刀を持って戻ってきた。従僕次郎の前に立つと、抜刀して言った。酩酊し、真っ直ぐに歩くことも出来ない状態だ。船中での飲酒は禁止だが、自暴自棄となった市来は、鹿児島への土産に買ってきた泡盛を、がぶ飲みしたようである。市来は次郎を罵倒した。薩摩の役人達が二人を取り囲んだ。

「牧志の死はお前の所行に違いない。当初、従僕を携行させることは予定していなかったが、牧志の強い願いだったので、拙者の責任で認めたのだ。ああ、もっと慎重にお前の身元を調査しておくべきだった。泊のお仮屋では、万一に備えて、牧志の所在を秘匿し、保護と監視の目を怠らなかった。だが、まさか船内でこんなことが起こるとは！　船内でも監視をつけておくべきだった。今となっては、すべて後の祭り。ああ、帰藩すれば、藩命を達せなかった我輩も罪を免れない。切腹は免れない。お前を成敗し、我輩も自ら腹かき切って死ぬほかない。」

そういうと市来は、今度はおいおいと泣き始めた。

「拙者は、こんなことで死にたくはなかった。もっと大きな仕事をする積りだった……」

市来はわめきながら刀を振り回し始めた。周りの従者たちが左右から羽交い絞めにして刀を奪い、興奮状態の市来を何とか鎮めたが、市来の乱心はおさまらず、船内は騒擾の極みとなったという。

次郎は、逃亡を防ぐため、鹿児島に着くまで小部屋に監禁された。到着後直ちに次郎は縛られて薩庁に引き出され、そこで審問が行なわれた。次郎は船内で起こったことを、そのまま陳述した。薩庁は次郎の陳述を受けいれ、無罪放免として琉球に返すこととした。市来次十郎についても、お咎めはなかった。

ちょうどこのとき、薩摩の藩主後見・島津久光は、幕政改革のため、大砲や銃を持った一千の軍隊を率いて京を経て江戸に登る途中であった。京都では寺田屋で薩摩武士同士が切りあったのである。久光の企てが失敗すれば薩摩藩の存亡にかかわる。薩庁には一人の琉球人のことなどに煩わされている余裕はなかったのかもしれない。

こうして牧志朝忠の自死が認定された。喜舎場朝賢が薩庁の役人に見せてもらったという記録によれば次の通りという。


「七月一九日牧志は市来氏に伴われ覇港開洋す。牧志は旧僕一名を携帯せしむ。此の夕、船伊平屋島灘を過ぐ。旧僕に謂て我飢えたり汝飯を執り来れと。僕急ぎ船厨に行き飯を求む。牧志隙を窺い海に投じて卒す。年四五。予てより頗る神経錯乱の気味ありと云ふ」


報告を聞いて、津波古親雲上は言った。

「かねてより神経錯乱の気味、だと？　そのようなこと、あるわけがない。出発の数日前、牧志殿に面会した折には、そのような素振は全くなかった。落ち着いて話をされ、意気軒昂であった。大体、神経衰弱であれば、薩摩藩がそういう者を取り立てようなどと考えるわけがなかろう。御番屋で一ヶ月以上も風待ちの期間があったのだから、もしそういう兆候があれば分かったはず。そのような病人を鹿児島まで連れて行くわけがない」

「私もそう思います。市来殿もほかの薩摩のお役人も、牧志殿にそのような兆候があったなどとは申されていませんでした。ただ、薩庁としては、何か自殺の原因を書かないわけにはいかず、神経錯乱であれば当たり障りもなく……そういうことにしたのかと思われます」と喜舎場は答えた。

「それでは、やはり、誰かが旧僕をそそのかして殺したということか？」

「はい、そうとしか考えられませぬ」

「では、誰がそそのかしたのであろうか？　仮説として、あらゆる可能性を検討してみようではないか」

「はい、最も可能性があるのは、黒党の誰か、かと思われます。牧志殿が鹿児島に渡られ、力をつけて戻られた時に、報復を恐れるのはやはり黒党の方々です」

「摩文仁親方などが一番怪しい、ということは誰でも考えるであろうな」

「はい。しかし、牧志殿を殺せば一番疑われるのは自分だと、摩文仁殿ご自身もよくご存知でしょう」

「そうだな、それに摩文仁親方は、それこそ最近、精神錯乱がひどいようじゃ。牧志殿が鹿児島に立たれた日、殿中で突然『牧志が襲ってくる、牧志が殺しに来る！』とわめきちらし、手に負えなかったと聞く。最近、あらゆる官職から引退させられたようじゃ。家柄、経歴からみても、いずれは三司官になるものと、ご自分でもそう思っておられたようだが、自業自得とはいえ、哀れな最後じゃ」

「そうですね、黒党でないとすれば、あるいは白党の方の中で、報復を恐れた人がいたかも知れません」

「牧志殿は白党の味方であったぞ」

「お味方でありながら、見て見ぬ振りを決め込んでいたとすれば？」

「うん、たしかに、敵以上に報復を恐れていたかも知れぬな。池城親方などは、ひょっとしたらそうかも知れぬ……しかし、池城殿も告発を受ける寸前まで行ったのだし、その後、三司官を辞任されている。やはり池城殿が牧志殿の暗殺を企てるなど、到底考えられぬ」

「では、薩摩藩でしょうか？」

「いや、薩摩が牧志殿を亡きものにしようというなら、お番屋での風待ちの間にいつでも命を奪うことが出来たはず、あるいは鹿児島に着いてからでも良かろう。なにも、船のなかで大芝居を打つ必要はない」

「薩摩藩は、そもそも牧志殿を英語の通事として必要としていたのでしょうか？」

「それはまたどういうことじゃ」

「琉球王府は、宜野湾親方を鹿児島に送り、英語が出来る長堂里之子親雲上を引き連れ、牧志殿の代わりに差し出すので、牧志殿の身柄を返して欲しいと願い出る積りでありました」

「そうじゃ」

「しかし、薩摩藩は、長堂には全く関心を示しておらず、宜野湾殿と一緒に帰してしまっています。私には、薩摩藩がそれほど英語の通事を必要としていたようには思えないのです。通事が必要なら、長崎辺りから幾らでも見つけることは出来たでしょう」

「なるほど、たしかにそうじゃな。薩摩は単に牧志殿を救出することだけが目的だったいうことになろうか。いずれにせよ、薩摩に牧志殿を殺そうという意図がなかったことは、明らかじゃ」

「それでは、この殺人には政治的背景はないとして、従僕次郎の個人的な怨恨による、という見方はいかがでしょう?」

「いや、わしは若い頃からその従僕に何度も逢っておるが、忠義一筋という感じの男じゃ。お番屋でも、牧志殿をかいがいしく世話しておった。怨恨を持っておるならば、そもそも鹿児島に同行などしないであろう」

「そうですね、そうすると、牧志殿はやはり自殺されたのでしょうか……」

その時、津波古がポツリと言った。

「わが父、与世山親方が、牧志殿に自殺を教唆したのではないだろうか?」

喜舍場はびっくりして師の顔を見た。

「どうしてまた、そのようなことを仰せられます?」

「いや……ここだけの話にしておいてもらいたいが、御仮屋で牧志殿とお会いした折、父が二人だけで話したいと言うので、拙者は席を外した。父が、その時、牧志殿にどういう話をしたかは分からないが、牧志殿に、そちが死ねば王国の安泰が守られる、などと言ったとすれば……」

「お父上がそのようなことを仰るわけがありませぬ」

「だがな、拙者が父上に牧志殿が入水自殺したと伝えると、病床の父は『そうか……』と言って、一瞬、その顔が輝いたように見えたのだ。その後は、ぼろぼろと涙を流して『牧志も、最後はこの老人の言葉を……』と言ったような気がするが、あとは聞き取れなかった。そして『牧志の遺された家族の面倒をみてやらんといかんな……』と付け加えたのだ」

「仮にそう言われたとしても、牧志殿が『はいそうですか、それなら死にます』などと言われるような人でないことははっきりしています」

「それはそうじゃな。牧志殿は父の弟子だといっても、最初から父とは距離を置いておられた。絶対服従などというような関係ではなかったからな……父の言葉が気になったので、その後、牧志殿の一家がどこでどうしておられるか調べたのだが、その消息は一向にわからぬ。もし分かったら、知らせて欲しい」

「はい、調べてお知らせします」その時、喜舎場朝賢が、はっと思いつくように言った。

「それより先生、偽装自殺という可能性もないわけではないでしょうか？」

「偽装？　何故、牧志殿が死んだ振りをしなければならないのか、理由がないではないか」

「理由は……牧志殿が鹿児島に行くのを潔《いさぎよ》しとしなかったからです。牧志殿は薩摩の支援を得て、琉球を立ち直らせようと努力されましたが、決して琉球を薩摩の支配に委ねようなどとは考えなかった。出来れば王国を独立させようと考えておられたのではないか。もしそうなら、薩摩藩のために働くということは絶対避けたいことだったかも知れません」

「そうだとして、牧志殿はどうやって自殺を偽装したというのだ?」

「はい、船頭の一人が、船の傍に海馬（ジュゴン）の群れが泳いでいたと言っています。ひょっとしたら、ジュゴンに助けられて……どこかの小島に隠れておられるのかも……」

「あっはっは、奇想天外、お伽話のようじゃな」

「いえ、真面目な話、実は、私が調べましたところ、牧志殿が囲っておられた辻遊郭のジュリにチルという人がいます。この人は、小さい時からジュゴンと一緒に遊んだりして、草笛ひとつでジュゴンに指示を与えることができたという話です」

「そのような話、にわかには信じがたいが、そうかどうかは、そのチルという妲に確かめれば良いではないか」

「それが、不思議なことに、チルという妲は、牧志殿が鹿児島に向けて出発された前の日の夜に、突然姿を消してしまったのです。チル女は、摩文仁親方の差し向けた筑佐事をかわすため、大勢の踊り子に囲まれて辻村を出たということです。その夜、お仮屋で前任奉行の送別の宴がありました。そこに辻の妲衆が呼ばれ、琉舞を披露したそうです。その席には、チル殿もいたとみなが証言しております。しかしその後、誰も、チル女がどこへ旅立ったのか知らないということなのです」

「ふむ、それはたしかに変な話じゃな……御用船に乗って牧志殿と一緒に鹿児島に行ったのではないか」

「いえ、御用船に女は誰も乗っていなかったと、みな証言しています」

結局、牧志朝忠の死の真相については、津波古親雲上も喜舎場朝賢も、これ以上、決め手をつかむことは出来なかった。

「もう良い」と津波古親雲上は締めくくった。

「はっ」

「やはり、神経錯乱による自殺じゃ。さすが、薩庁はよく考えたものよ。真実がどうであったにせよ、本件についてはそう纏めるのが一番琉球の平和に資する、薩庁はそう考えたのであろう。恐らくそれが正しかったのだ」

津波古の断固とした言い方に喜舎場朝賢は、明白な新証拠が出てこない限りこの件を蒸し返すことは以降禁ずる、という師の意思を感じ取っていた。

だが、喜舎場朝賢の胸には「真相はどうだったのか」という思いが消えない。何とか区切りを付けたいと思うのだが、その後も、いつもどこかで、そのことを考えている自分に気付かされていたのである。

そして数年が経った。

ある夕方、喜舎場朝賢は若い妻・チカにせがまれて舞踊劇を見に行った。従来の舞踊劇では、物語歌は三線を引く地謡が筋を歌い登場人物は踊るだけだったのに対して、最近の歌劇では、登場人物が歌い踊り、三線を引く地謡は楽器の伴奏に徹するという形に変わってきているらしい。それだけでなく、一応の筋は決まっているものの、台詞も歌も登場人物の判断でかなり自由に行われているようだ。観客はその即興を楽しむのである。前の時代に比べ舞踊劇の世界では急速に自由化が進み、それによって飛躍的に面白くなったのも確かである。

この日の出し物は『金細工《かんぜーくう》』という舞踊劇であった。鍛冶屋の放蕩息子が遊郭の遊び代を払えなくなり、鞴（ふいご）や金とこを売って金を作ろうと奮闘する様子を面白おかしく描いている。放蕩息子は売り手と買い手を一人二役で演じ、それが滑稽で拍手喝采を浴びた。喜舎場朝賢も妻と一緒に笑い転げた。

だが次の瞬間、朝賢は、はっと気がついて叫んだ。

「そうだ、一人芝居だ！　あれは一人芝居だったのだ！」

周りの客が驚いて「シーッ！」などと諌めた。朝賢は妻の手をとり、逃げるように小屋を出た。

「どうなさいましたの？」といぶかる妻に朝賢は言った。

「牧志殿のことが分かったのだ。あれは、従僕の一人芝居だったのだ！　さきほどの放蕩息子の一人芝居を見て気がついた。良いかチカ、出発の朝、牧志殿はそもそも最初から御用船には乗っていなかったのだ。牧志殿の格好をして船に乗ったのは、従僕次郎だったのよ。船上の牧志殿は編み笠を被り、誰も実際には顔を見てはいない。牧志殿の乗船は薩摩の役人も注意していたであろうが、従僕が乗船したかどうかは、とくに誰も気にかけなかったであろう。牧志殿には個室が与えられていたから、次郎は時々着替えをして、牧志殿の格好をしたり、従僕の姿に戻ったり、したのかも知れない。船が伊平屋渡に到達した頃は、船も揺れ船頭たちも立ち回って忙しく、誰も牧志殿や従僕に注意を払う者はいなかっただろう。従僕は、草履と羽織を甲板に置き、厨房に行って飯を貰い、そして甲板に戻って主人が自殺したと大騒ぎをする……」

「では、本当の牧志様はどうされたのですか？」

「恐らく、その前日深夜に、そっとお番屋を抜け出して、糸満辺りから漁師の船で久米島に行ったのではないだろうか」

「なぜ久米島に？」

「馴染みのチルという姐が、久米島の出なのだ」

「では、今も久米島に？」

「いや、久米島でも、長居をすれば身元が露見する恐れがある。それに、牧志殿は琉球に絶望していたはずだ。久米島には外国の貿易船が頻繁に停泊するから、二人は琉球を見限って、外国にでも渡ったのかも……」

喜舎場朝賢は早速、牧志「入水」事件の調査を再開した。彼以上に、妻のチカが熱心だった。師の津波古親雲上には、黙っていることにした。今更この事件を蒸し返すことに、師は何の意味も認めないであろうと思われたからだ。

喜舎場はまず、牧志家の家族がその後どこに移り住んだかを調べなければならなかった。このことは以前にも津波古親方に言われて調べたのだが、牧志家が住んでいた崎山の屋敷で聞いても、転居先は分からなかった。首里赤平村の板良敷の本家の者も、牧志の家族がどこにいるかは知らないという。本家筋の人達は係わり合いになることを恐れ、牧志家とは一切の関係を絶っているということだ。

苦労の末やっと教えてくれたのは、首里山川村に住むナベの兄、亀山某であった。

朝忠の妻ナベと三人の息子たちは、朝忠の下獄後、崎山の屋敷を退去し、世間から追われるように、西原間切の石嶺村に農地を借り小作として生活していたのである。

喜舎場は二頭の馬をしつらえ、チカと一緒に石嶺村を尋ねることにした。茅葺の、今にも倒れそうな古い農家が、都落ちした彼らの住まいであった。馬を降り、外から声をかけると、朝忠の妻・ナベが出てきた。

「私は首里から参りました喜舎場朝賢と申します。ご長男・朝英様の訃報を伝え聞き、参上いたしました」

喜舎場は、朝忠の長男・朝英より一歳年上であったが、首里の国学でほぼ同時期に学んだ。朝英は前年（一八六六年）、二五歳で他界していた。朝英は秀才肌で、外国留学の候補生に選ばれていたのだが、父親の入獄で夢は全て打ち砕かれてしまった。慣れない百姓の仕事が出来るわけもなく、失意のうちに病死したとのことであった。

「朝英も、お友達にお参り頂けて、喜んでいると思います」と位牌に手を合わせる喜舎場夫妻に礼を言いながら、ナベは汚れた袖口で涙をぬぐった。

祭壇に、牧志朝忠の位牌はなかった。朝忠とナベは離縁したということだったから、この家に朝忠の位牌がないのはもっともなことだ、喜舎場はそう考えることにした。

「ところで、牧志殿と鹿児島に同行した次郎という者の消息をご存知あるまいか」

喜舎場はナベに聞きながら、恐らくナベも次郎の行方は知らないだろうと、期待はしていなかった。ところが驚いたことに、ナベは言った。

「今、息子たちと畑に出ていますが、もうすぐ昼ですから戻ってくると思います」

「えっ、ここで一緒に暮らしておられるのですか？」

「はい、次郎さがいなかったならば、私らは百姓の仕事は何も分かりませんから、生きてはこられなかったと思います。崎山の屋敷を出た後、農作業の心得のある次郎さがずっと私たちを助けてくれています」と。

「そうでしたか、牧志殿の最後のご様子など伺いたいと、ずっと思っておりました」と喜舎場は言った。ナベを安心させるために喜舎場は急いで言葉を継いだ。「牧志殿があのように理不尽な裁判を受けられことを、同門の者として、許せないことと思っておりました」

「同門と仰いますと？」とナベが聞いた。

「はい、私の先生は津波古親雲上政正殿です。牧志殿の師であられた与世山親方はその父上です」

「そうでしたか、こんな田舎までわざわざお越し頂き、本当に恐縮に存じます」とナベは礼を言った。

喜舎場夫妻は牧志家の貧窮を察して、豚肉や干し魚など多くの土産物を持参してきていた。それをナベとチカが料理して、三人の帰りを待った。

間もなく、朝忠の息子二人、朝昭と朝珍、それに従僕・次郎が戻ってきた。三人の姿を見て、喜舎場朝賢は意外な感に打たれた。二人の兄弟は全然似ておらず、弟の朝珍は、次郎の息子かと間違うほどに良く似ていたからである。兄・朝昭の方は、喜舎場も親しかった長男・朝英とよく似ている。

喜舎場夫妻が持参した食べ物に、四人は「こんな馳走は何年ぶりだろうか」と喜んだ。食事が終わると二人の息子は、作業が途中だからと畑に引き返して行った。喜舎場が、牧志朝忠の最後について、従僕・次郎から話を聞きたいと言っていたので、気を利かせてくれたようだ。

「昼間から酒は不適当ですが……ちょっと庭でやりましょうか」

そう言って、喜舎場は次郎を外に誘い、持参した泡盛をすすめた。ナベが傍にいては話し辛いだろうと思ったからである。

しかし、次郎は牧志朝忠の最後について、薩庁の記録と同じことを繰り返しただけだった。

「主人が、腹が減ったから飯を貰ってきてくれと言うので、自分がそれを厨房に取りに行ったのです。自分が主人の傍を離れた隙に、主人は海に飛び込んだのです……」

それ以上の新しい話は全くなかった。

「やはり、そういうことでしたか……」

沈黙の後、喜舎場は、雰囲気を変えるように、全く別の話をした。

「先日、妻と舞踊劇を見に行きまして、『金細工』という演目でしたが……放蕩息子が一人芝居をするところがありましてな、これが中々面白うござった」

「それが何か……?」

「いや……」

喜舎場は次郎の目を真正面から見据えて言った。

「次郎殿も、船中では一人二役で、さぞ大変だったろうな、と思ったのです」

喜舎場朝賢は、そのとき、次郎の顔がさっと蒼白となって引きつるのを見逃さなかった。膝に置いた次郎の手が小刻みに震えているのを見て、喜舎場は全てを理解した。やはり牧志朝忠は番船に乗っておらず、次郎が変装していたのだ。

喜舎場は、自分の推測が的中したことに納得の表情になったが、しかし彼にはそれ以上、なんの感慨もなかった。真相が明らかになったとしても、今となってはそれに何の意味があるだろうか。

このことは自分の胸のうちに仕舞い込んで墓場まで持っていくべき事柄であろう。

沈黙の後、喜舎場は全く正反対のことを次郎に言った。彼を安心させるためだ。

「いや……牧志殿はやはり神経を病んでおられたのでしょうな。三年も入牢されていたら、誰だってそうなります。自殺されたことは本当にお気の毒でした。次郎殿は牧志殿をよくお世話なさった。私にはそのご苦労が良く分かります」

次郎は安堵の表情を見せ、喜舎場に確認を求めるかのように言った。

「はい……主人は、神経を病んで自殺しました」

喜舎場は大きく頷いた。

だが、次郎の次の一言が、今度は喜舎場を驚嘆させた。

「役者と言えば、あの薩摩のお奉行様、ええっと、何と言うお名前でしたか、そうそう、市来次十郎様、あの方こそ名役者でした。私は船の上で、刀を突きつけられて、本当に殺されるかと思いました」

「えっ！　市来殿が、名役者！　……」

喜舎場は、想定もしなかった秘密を次郎が漏らしたので、腰を抜かしそうになった。混乱して、喜舎場は言葉を継ぐことが出来ないまま、次郎の顔を見つめるばかりであった。

「……それでは、私も畑に戻らなくてはなりませぬので」

そう言うと、次郎はそそくさと出て行った。

牧志朝忠の「入水自殺」偽装には、薩摩藩前任奉行・市来次十郎も協力していたのだ。喜舎場は鹿児島で市来にも面談して話を聞いているが、彼からはそうした雰囲気は全く感じなかった。しかし、たしかに、市来の承諾がなければ、朝忠自死の偽装は、従僕・次郎一人の立ち回りでは到底不可能だったであろう。出航の際、奉行は編み笠の人物が牧志ではなく次郎であることを知っていて、甲板上で話しかけていたのだ。次郎を殺そうとしたのも予め打ち合わせた通りだったのだが、余りの迫真の演技に、次郎は、本当に殺されると思ったのだろう。

奉行が偽装に加担していたのであれば、出発前夜、宴会が終わった後、牧志がチルと共に久米島に落ち延びるため、お仮屋を抜け出して舟を用意することも、簡単なことである。

ナベに別れを告げ、馬を並べて首里に戻る道すがら、喜舎場夫妻は無言だった。沈黙を破ったのは妻の方だった。

「……下の息子さん、朝珍さんの父親は、どう見ても次郎さんですよね」

「お前もそう思うか」

「だって、あんなによく似ているんですもの」

「そうだな……朝珍殿は、朝昭さんとも、亡くなった朝英さんとも似ていない。しかしまあ、われわれは二人とも牧志朝忠殿の顔を知らないのだから、何とも言えんぞ」

「まあ……そうかも知れませんね」と合わせながら、チカは納得していない様子だ。

喜舎場朝賢は、朝忠が余り実家に帰らず、出世してからも狭い泊の蔵屋敷で寝泊りすることが多かったこと、そして辻の遊廓にチルという妞を囲い、彼女を熱烈に愛していたということも、理解できないことではないと思い始めていた。

長ずるに従い、朝忠にではなく次郎の面影に似てくる三男・朝珍の顔を見ながら、朝忠の思いは千々に乱れたであろう。そのことが朝忠を一層仕事に打ち込ませ、そして朝忠をチルに向かわせることになったのかとも思われる。

もちろん、ナベの苦悩は、その何倍も大きかったはずである。だが、誰もナベを非難することは出来ない。家庭を顧みなかった朝忠こそ、やはり非難されなければならないからだ。

次郎も悩んだであろう。牧志家が崎山の屋敷に移ったとき、次郎が一緒に行こうとしなかったのは、そうした事情があったためであろう。しかし、次郎は最後に朝忠の命を救ったのだ。船中での必死の一人芝居で、彼も面目を施した。

ともかくも、ナベと次郎がお互いに愛しあうことが出来たのは、素晴らしいことだったと喜舎場は思った。次郎がいなかったら、ナベの人生は、辛いだけの寂しいもので終わったであろう。次郎のお陰でナベの人生も豊かなものになったのだ。形はどうであれ、今は一家四人が一緒に生活しているのだ。貧しいながらも、幸せそうだった。

朝忠もチルという女性と出会い、命がけで愛し合うことが出来た。そして何よりもの救いは、彼が死んでいないこと、そして二人が今もどこかで生き続けているということなのだ。生き続けるということは、まさに奇跡だ。人生とは何と素晴らしいものか！

「チカ」と喜舎場は妻に声をかけた。「こちらの馬に一緒に乗らんか？」

「はい、旦那さま！」と、チカは顔を輝かせ、夫の前に横向きに乗った。

「奥様のナベさんは、とてもいい方でしたね。苦労されている割には、何かとてもふっ切れたような……」

「そうだな、チカ、そなたに一緒に来てもらって本当に良かった。そなたがいなかったら、奥様があのように心を開いてくれたかどうか、分からぬ」

夫は腕を回して、チカの胸を優しく包んだ。

「まあ」と低く息をつきながら、若い妻は馬上で夫に上体を預けた。


喜舎場朝賢はその後、明治元年（一八六八年）に、津波古《つはこ》親方の推挙で最後の国王・尚泰の側仕となったが、明治一二年の廃藩置県で首里城明け渡しに立会い、琉球王国の滅亡を見届ける役回りとなった。四〇歳で自らも失業士族となった朝賢は、同志を募って久米島で開墾事業に携わった。その間、妻のチカは夫を献身的に支えたが、数年前に先立っていた。晩年の朝賢は、玉城間切仲村渠《たまぐすくまぎりなかんだかり》に居を移して晴耕雨読の生活に入り、世替わりの諸相を『琉球見聞録』にまとめる作業に余念がなかった。

喜舎場朝賢が牧志朝忠の次男・朝昭に再会したのは、実に三五年後、明治三三年秋のことであった。朝昭が突然、喜舎場を訪ねて来たのである。朝昭の年齢はまだ五〇代半ばのはずであるが、八〇歳の老人のように見えた。朝昭の語るこの三五年の辛苦は、筆舌に尽くしがたいものであった。

「喜舎場様においで頂いた石嶺村での生活は、まだ何とか安定しておりました。次郎さが助けてくれたお陰です。しかし一五年経って、石嶺村での小作地が年期切れで明け渡しとなってからは、大変でした。文替わり（通貨交換比率の変更）のため、貯金も全く価値がなくなってしまいました。具志川間切天願村に移り住み、そこでも貧乏な小作を続けました」

「しかし、母ナベが老齢で百姓には耐えられなくなり、首里に戻りたいというので、私と母は首里に移りました。弟の朝珍はすでに結婚していましたので、そのまま天願村に残り、そこで三人の娘が生まれました。次郎さは朝珍の家族と一緒に暮らしたいと言いましたので、天願村に残りました。次郎さはそこで、明治一〇年に病死しました。次郎さが病気に倒れたと聞いて、母のナベが手伝いに行き、それはかいがいしく、次郎さの最期を看取っていました」

「そうでしたか、次郎さんは幸せだったのではないでしょうか」

「ええ、私もそう思います。私共には父親代わりでした。私は四〇歳になって初めて嫁を貰いました。相手は二四歳のウトという娘で、カマドという名の女の子が生まれましたが、ウトは貧乏に耐えられず、すぐに離縁となりました。私は、母のナベと幼い娘のカマドをかかえて途方にくれました。首里の家も借金で一年後には居られなくなりまして、その後は大里間切与那原村におります。

時々那覇にきては占い業で生計をたてようとしているのですが、客も殆ど寄りつかず……」

「大変でしたな。それでお母上は？」

「はい、一昨年、七六歳で天寿を全う致しました。私が不甲斐なかったばかりに、辛酸の後半生でした」

「そうでしたか……お父上が琉球のためにあれほど尽くされた方であるにもかかわらず、ご遺族がこのような仕打ちを受けられなければならないとは、許されることではありません」

「何年か前に、旧藩士族に救済の途があると聞き、中頭郡役所に嘆願書を出しましたが、未だ何らの応答はありません。父があの事件で有罪判決を受けたとき、家譜なども全て取り上げられてしまいましたので、士族であったことを証明するものが何もないのです」

「それでは近々、私から奈良原知事に嘆願書を出してみましょう。それにしても、もう少し早くご窮状をお知らせ下さったなら、何か方法もありましたものを……」

「はい、実は、喜舎場様にご相談しようとお探ししたのです。しかし、喜舎場様は、当時、久米島で開墾事業に携わっておられるとのことで、連絡がつきませんでした」

「そうでしたか、それは申し訳ないことでした。確かに私は廃藩置県の後、失業士族を何とか救済できないものかと、同志と共に久米島の大原というところに行き、そこで開墾事業を行なっておりました。この事業を思い立ったのは、石嶺村に伺ったとき、あなたやあなたの弟さんが農作業に力を入れておられた姿を思い出したからです。ただ、私共には次郎さんのような有能な助っ人がいなかったので、事業は結局余りうまく行きませんでしたが……」

喜舎場朝賢は、久米島でチルの妹・スイに会ったことを思い出していたが、それを朝昭に話しても詮無《せんな》いこと、と考えた。朝昭は父親が伊平屋渡で自死したものと信じ込んでいるからだ。世間も牧志朝忠は自死したと理解しているのだ。従僕次郎もすでに亡くなっており、今更、真相を伝えることは、混乱させるだけだ。朝昭とは、奈良原知事への嘆願書のことを約束して別れた。

嘆願書は一箇月後に書きあがったが、朝昭はその直前に亡くなってしまったので、結局、提出されずに終わった。だが、この嘆願書は喜舎場の『琉球見聞録』に挿入され、それによって牧志朝忠の生涯の記録が後世に残ることになった。


喜舎場が久米島にいたのは、廃藩置県が行なわれた明治一二年の翌年から四、五年の期間だ。滞在中、彼は朝忠とチルが久米島に来た可能性があることを思い出して、仕事の合間に、チルの妹のスイを探した。狭い島内、スイを見付けるのに、さしたる苦労はなかった。スイは島の有力者と結婚し、この夫婦は久米島紬の大規模な作業所を持つまでになっていた。

最初は訝《いぶか》しげに警戒していたスイも、何度か喜舎場と接するうち、次第に心を開いて話してくれるようになった。

「喜舎場様のご推察通りです。あの年の七月二〇日過ぎ、突然、姉のチルは久米島に戻ってきました。そう、牧志朝忠様もご一緒でした。二人には私どもの屋敷の離れを使ってもらいました。深刻な事情があったようで、ここにいることは蔵屋敷（代官所）にも秘密にしておいて欲しいとのことでした。チル姉さんは私にとっては大恩人ですから、私は何でもする積りでいました。夫も使用人たちも、みな協力してくれました」

「チル姉さんが辻の遊廓に売られて行ったとき私はまだ三歳でしたから、会うのは殆ど初めてでした。私はすでに結婚して子供も二人おりましたが、会ったらすぐ打ち解けて、それこそ姉妹のように語り明かしました。チル姉さんは私が立派な家に嫁ぎ、紬の仕事も成功しているのを見て、何より満足そうでした」

「姉から、二人の結婚式をして欲しいと頼まれました。私たち夫婦は喜んでこれを引き受けました。二人の喜びようは、それはもう格別でした。紅型《びんがた》の衣装を身に付けたチル姉さんは、本当に輝くような美しさでした。朝忠様は姉さんに、これからはそなたのためだけに生きる、と仰っていました。あんなこと言われたら、誰だって女に生まれてよかったと思うでしょうね」

「次の日は一緒にお墓参りに行きました。姉がお金を出して母と兄のために作ったお墓です。そのときは、すでに私共の父親も亡くなっていて、そのお墓に入っていました。姉は、両親と兄に、結婚の報告をしていました」

「姉夫婦は、結婚の記念にと、琉球松の苗木を。お墓のそばに植えました。今ではその木が大きく成長して、お墓を覆っています」

「七月末、幸運なことに、真謝《まじゃ》の湊に、大型のオランダ商船が寄航しました。オランダ船はルソン（フィリピン）の東インド会社に立ち寄った後、清国の福州に行く途中だったということです。朝忠様はその船の船長さんをつかまえて、姉さんと一緒に乗せてもらうよう交渉しようとしていました。ちょうどそのとき、士官の一人が船から降りてきました。その士官と朝忠さんは、お互いにはっと見つめあい、それから『ヤン』とか『シャン』とか叫びあって、抱き合っていました。何でもその士官の方は、昔、朝忠様と清国で一緒に勉強したお仲間で、三年前にも条約交渉の席で再会されていたとか。若い時の友人ほど有り難いものはないと朝忠さまは何度も仰っていました。姉夫婦は、そのオランダ船に乗せてもらえることになり、福州でアメリカ船に乗り換え、布哇（ハワイ）に行く積りだと言っていました。布哇《ハワイ》といわれても、私などにはどこの国なのか見当もつきませんでしたが。朝忠様は通事だったからもちろん英語が堪能でしたが、姉もそれまで英語を勉強してきたと聞いてびっくりしました。姉には何も不可能ということがないような感じでした」

「私共は、姉夫婦が布哇《ハワイ》に行くためにはお金が必要だろうと考えて、あるだけの銅銭を集めて渡そうとしましたが、姉は一銭も受け取りませんでした。外国に行ったら金貨か銀貨しか通用しないので、姉は貯金を全て金貨に替えて持ってきたのだそうです。姉は本当にしっかり者です」

「姉によると朝忠様は、王府の大臣までされた方なのに、迫害を受けて亡命せざるを得なくなったとのこと。それでも琉球を心から愛しておられました。これからの琉球の人間はどんどんと外国に出て行って、新天地で思う存分、活躍すべきだとも言っておられました」

「出航前日の夜中、小舟で二人を商船に送り届けました。ひっそりとした別れでした。数ヵ月後、無事、布哇《ハワイ》に到着したと知らせがありました。その後二〇年間は、二、三年に一回くらい、いつも忘れた頃に便りが来るだけでしたが、姉は布哇が天国のようなところで、朝忠様に愛されて暮らしていると、幸せそうでした」

「その後、徐々に琉球から布哇に移住する人も出てきました。姉夫婦は、布哇に来た琉球の人達のお世話をしてきたようです」

「朝忠様はその後間もなく病に臥され、昨年の秋に亡くなられました。安らかな大往生だったとのこと。姉の手紙には、この写真が同封されていました。お墓の前に立っているのがチル姉さんです。布哇で琉球式の亀甲墓を作るのは大変だったようですが、生前の朝忠さんのたっての希望で、姉さんが頑張って作らせたのだそうです。姉さんはオランダ船に乗る時、久米のお墓に植えたと同じ琉球松の松笠（松ぼっくり）を持って行ったのですが、それが布哇で芽を吹き、今では大きく成長して、朝忠さんのお墓を覆っています」

写真を裏返すと、そこには次のように記してあった。

『牧志朝忠（C. C. Maxi 1818–1882）は、この秋、天に召されて旅立ちました。今はこのお墓の真中にある、小さな納骨室で眠っています。布哇マウイ島、一八八二年、牧志チル（T. Maxi）』

参考文献

① 喜舎場朝賢『琉球見聞録・附録琉球三寃録・東汀随筆続編』（東汀遺著刊行会、一九一四年初版、一九五二年再版）。（後掲・海音寺潮五郎、嶋津与志の作品は、いずれもこの喜舎場朝賢の遺した覚書に依るところが大きい。本作品も、基本的史実については、この書に負っている。）

② 海音寺潮五郎『鷲の歌』（上・下）（講談社、一九九五年）。（原載一九六八年五月から六九年四月、朝日新聞）（主として薩摩側から見た牧志朝忠の伝記小説。）

③ 嶋津与志『琉球王国衰亡史』（岩波書店、一九九二年）。（琉球の史料を詳細に参照しつつ書上げられた牧志朝忠伝。）

④ 大塩眞二『悲劇を生きた沖縄の偉人・板良敷（牧志）朝忠』（沖縄同好の集い HP (http://www.geocities.jp/shioji2002/itarashiki-file.htm)、二〇〇三年）。

⑤ 上原栄子『辻の華』（時事通信社、一九七六年）。（辻遊廓にジュリとして生きた著者の回想記）

⑥ 宜保栄治郎『琉球舞踊入門』（那覇出版社、一九七九年）。

⑦ 豊見山和行『琉球王国の外交と王権』（吉川弘文館、二〇〇四年）。

⑧ 沖縄歴史研究会・高良倉吉代表『沖縄県の歴史散歩』（新版、山川出版社、一九九四年）。

⑨ 高良倉吉『おきなわ歴史物語』（ひるぎ社、一九八四年）。

⑩ 高良倉吉『続・おきなわ歴史物語』（ひるぎ社、一九八八年）。

⑪ 大城立裕『琉球の英傑たち』（プレジデント社、一九九二年）。

⑫ 外間政章『ペリー提督・沖縄訪問記』（球陽堂書房、一九七五年）。

⑬ 沖縄歴史教育研究会・新城俊昭『高等学校・琉球・沖縄史』（新訂増補版、東洋企画、二〇〇一年）。

⑭ 安里進・他『沖縄県の歴史』(山川出版社、二〇〇四年)。
⑮ 与並岳生『尚育王』(新琉球王統史一七巻、新星出版、二〇〇六年)。
⑯ 与並岳生『尚泰王』(新琉球王統史一八、一九巻、新星出版、二〇〇六年)。
⑰ 山口栄鉄『英人バジル・ホールと大琉球ー来琉二百周年を記念して』(不二出版、二〇一六年)。
⑱ 村瀬信也「最恵国条項論」『国際法の経済的基礎』(有斐閣、二〇〇一年)。

あとがき

琉球はむかし中国の史書で「流求」と呼ばれていた。流れ求めるこの王国は、大海原で漂流するサバニ（小舟）のように、歴史の潮流に翻弄されながらも、絶妙なバランスの中で、生き続ける途を求め、力の限りを尽くしてきた。この物語の主人公、牧志朝忠（まきし・ちょうちゅう）と琉舞の舞姫・チルが生きた一九世紀中頃もそのような時代であった。

牧志朝忠（一八一八年出生）は北京・国子監での三年間（一八三八－四一）にわたる留学中、清国が、阿片戦争で英国にまさかの敗戦を喫したことに深い衝撃を受けた。清国はもはや頼りにならない。琉球が自立して歩むためには、何よりもまず、琉球の人々が個人として自立しなければならないと考えるに至る。

帰国後、朝忠は琉球王府の異国通事として活躍し、次々に来訪する異国船の対応に当った。彼はその高い識見により、仏国や米国の艦隊の人々にも深い感銘を与えたという。当時、琉球は、清朝と薩摩藩に両属しつつも、国際法上は独立国として、米仏蘭の各国と条約を結んだ。そうした中で朝忠は、中級武家の出身ながら、後に王府閣僚にまで出世する。

チルは海を隔てた久米島から琉球本島に流れてきた薄幸の少女。貧困にあえぐ家族を救うため、チルは辻村の遊郭「染屋」で遊女（ジュリ）となることを自らの意思で決める。しかし天性の舞姫として、チルは舞踊の世界で大きく羽ばたき、自立した琉球の女としての道を進む。朝忠との運命的な出会いを通して、チルもまた琉球の歴史の中でその役割を果たすことになる。

琉球の王宮内では、摩文仁親方（まぶにうぇーかた）の率いる親清国の守旧派が主導権を握っていたが、宗主国島津藩主・島津斉彬《なりあきら》は、家臣・市来正衛門を派遣して琉球王府の改革を断行させた。この改革は、一旦は成功したかに見えたが、斉彬の急死によって挫折。ここに、親薩摩・改革派（白党）と親清国・守旧派（黒党）との間の熾烈な抗争が展開される。白党・黒党の対立は、やがて朝忠を巻き込んで一大粛清事件に発展（「牧志・恩河事件」）。同志の恩河親方（うんがうぇーかた）は凄惨な拷問の末に獄死、朝忠も終身禁固刑を受けて獄舎に繋がれる。

三年後（一八六二年）、朝忠は薩摩藩に救出された。チルとも三年ぶりに再会。しかし彼は、御用船で鹿児島に向かう途中、伊平屋渡（いひゃど）と呼ばれる琉球本島最北端の海峡で「自ら急流に身を投じて」死んだとされるのである。だが、彼には自ら死を選ぶ理由など全くなかった。では、誰が牧志を殺したか。朝忠の若いころからの親友・津波古政正とその弟子・喜舎場朝賢がその謎に迫り、ついに真相が明らかとなる。

これは、琉球の海に、ジュゴンの群れが多く回遊していた頃の物語でもある。

——以上が、この時代小説の「あらすじ」である。

＊　　＊　　＊

この物語を書こうと思ったのは、二〇〇五年二月のことだった。私の主宰する国際法ゼミのゼミ旅行で沖縄に行こうという話になって、学生たちと那覇を訪れた際、書店で偶々見つけたのが『高等学校・琉球・沖縄史』という本だった（前掲参考文献⑬）。その本に書かれていたわずか二頁ほどの牧志朝忠に関する記述を立ち読みして、非常に心動かされるものを感じた。その後、何冊かの琉球史の本を読み漁りながら、この小説を書き始めた。

初稿を殆ど書き終えた頃、嶋津与志氏の『琉球王国衰亡史』（参考文献③）という作品があることを初めて知り、愕然とした。史料に忠実に牧志朝忠の一生を活写したこの作品には圧倒される思いで、私の小説など何の価値もないと、一時は執筆を断念した。しかし、私の物語は、嶋氏の作品とはかなり視点が異なる。登場させたチルという女性のお陰で、物語の展開も単なる男の権力闘争にとどまらない広がりを持たせることができるかも知れない。気を取り直して、執筆を継続することにしたのである。

その後も、時折、思い出したように原稿を取り出しては、推敲してきた。二〇一四年以降、私は、北京の小さな大学で国際法の客員教授を務めており、中国の学生たちに案内してもらって、国子監など、主人公が滞在した場所を探索して、加筆した。

牧志朝忠は時代の転換点にあって型破りな発想のもとに行動した近世琉球の英雄である。そのスケールの大きさは、土佐の坂本龍馬にも匹敵しよう。薩摩に占領される以前の琉球は、アジアに広がる海のシルクロードを自由に航海し、諸外国と交易する豊かな国であった。そうした琉球を復活させることが、朝忠の夢であった。もとより朝忠は、現実を直視する思想家・外交家であったから、実現可能なところから一歩一歩前進することを考えていたはずである。

二〇一八年は牧志朝忠の生誕二〇〇周年に当る。その機会に彼の偉業が顕彰されることを願っている。

黒内彪吾

二〇一六年四月一日

牧志（板良敷）朝忠
ペリー提督監修『中国・日本遠征記』（1856 年）より

首里城におけるペリー提督代表団との接見式
ペリー提督監修『中国・日本遠征記』（1856 年）より

〈著者紹介〉

黒内彪吾（くろうち ひょうご）

本名：村瀬信也。上智大学名誉教授。現在は中国青年政治学院・法学院（北京）客員教授。国連関係の委員を務めるほか、国際的な学会活動にも広く関わっている。前作・滝村光の筆名で『流れ星を待ちながら』東信堂、2005年。

幻影の嘉例吉――牧志朝忠とチル

Beyond Illusions: Love and Hope
in the Kingdom of Ryukyu

嘉例吉的幻影

2016(平成28)年 7月20日 改版翻刻第1刷発行

003-8 : 012-080-040

著 者 黒 内 彪 吾

発行者 今井 貴・稲葉文子

発行所 株式会社 信 山 社

〒113-0033 東京都文京区本郷 6-2-9-102

tel 03-3818-1019 fax 03-3818-0344

笠間才木支店 〒309-1611 茨城県笠間市笠間 515-3

tel 0296-71-9081 fax 0296-71-9082

笠間来栖支店 〒309-1625 茨城県笠間市来栖 2345-1

tel 0296-71-0215 fax 0296-72-5410

* * *

出版契約 No.2016-07-003-8-01011

Printed in Japan, 2016

p.320 印刷・製本／ワイズ書籍・牧製本

ISBN978-4-88261-003-8 C0093 ¥2000